白岩松 / 著

白说 增订本

长江出版传媒　长江文艺出版社

北京长江新世纪文化传媒有限公司
www.cjxinshiji.com
出品

# CONTENTS / 目 录

# 态度
### 进退不是非取即舍

# 时代
### 真相不是非此即彼

# 心迹

没 有 大 事 唯 有 心 事

# 说话不是件好玩的事儿

（2015 代序）

白岩松 / 文

我姓白，所以这本书叫《白说》。其实，不管我姓什么，这本书都该叫《白说》。

一

我没开过微博，也至今未上微信，可不知从什么时候开始，互联网上署名"白岩松"的言论越来越多。曾经有好玩的媒体拿出一些让我验真伪，竟有一半以上与我完全无关。

有人问：如此多的"不真"，为何不打假？我总是马上想起梁文道在一次饭局上，讲他亲身经历过的故事——

内地图书腰封上多有"梁文道推荐"的字眼，终有一天，一本完全不知晓的书也如此，文道兄忍不下去，拿起电话打向该书出版社：

"我是香港的梁文道……"

"啊，梁先生您好，我们很喜欢您，您有什么事儿吗？"

"你们出的书上有我的推荐，可我连这本书都不知道，如何推荐？"

"梁先生，不好意思，您可能不知道，内地叫梁文道的人很多……"

一个完全出乎意料的回答，让梁文道像自己做了错事一样，只记得喃喃说了声"对不起"后就挂了电话，以后再也不敢这样打假。

我怎能确定内地没有很多人叫"白岩松"？更何况，完全不是我说的还好办，可有些"语录"头两句是我说的，后几句才彻底不是，让我自己都看着犹豫。

二

越完全不是我说的，越可能生猛刺激。于是，前些年，本台台长突然给我打电话：

"小白，那个微博是你发的吗？"

"台长，对不起，不是，而且我从没开过微博……"

"啊，那好那好。"

电话挂了，留下我在那里琢磨：如果这话是我说的，接下来的对话如何进行呢？

又一日，监察室来电话："×× 那条微博是你说的吗？ ×× 部门来向台里问……"毫无疑问，正是在该微博中被讽刺的那个部门。

我回话："不是，我没开过微博。"

又过一些日子，监察室又来电话，内容近似，我终于急了："不是！麻烦让他们直接报警！"

可警察会接这样的报警吗？

# 三

二十年前，采访启功先生。

当时，琉璃厂多有署名"启功"的书法作品在卖，二三十块钱一幅。

我逗老爷子："您常去琉璃厂吗？感觉怎样？"

老爷子门儿清，知道我卖的什么药："真有写得好的，可惜，怎么不署自己的名儿啊？"

"怎么判断哪些真是您写的，哪些不是啊？"我问。

启功先生回答："写得好的不是我的；写得不好的，可能还真是我的！"

老爷子走了有些年了，还真是时常想他，这样智慧又幽默的老先生，不多了。

书画造假，古已有之，老先生回应得漂亮。可言论"不真"，过去虽也有，但大张旗鼓公开传播，却还真是近些年的事儿。如启功先生活着，不知又会怎样乐呵呵地回应。

# 四

很多话不是我说的，可我总是要说很多话，因为这是我的职业。

不是我说的话，安到我头上，有麻烦也得替人担着；而真是我说的，常常麻烦也不少。

2008 年，不能不与时俱进，台里终于开设新闻评论栏目《新闻1+1》，我成了被拿出来做实验的"小白鼠"，所谓"CCTV 第一个新闻评论员"。当时，我预感到前路的坎坷，因此对媒体坦白：得罪人的时代正式开始了！

的确，做主持人风险小，各方点赞的多；而当了评论员，就不是喜鹊而是啄木鸟，今天说东明天说西，你动的都是别人的利益，说的都是让好多人不高兴的话，不得罪人不可能。但当时我豪迈：一个不得罪人的新闻人合格吗？

话说大了，路途有多艰难，自己和身边的人知道。连一位老领导都劝我：别当评论员了，回来做主持人吧！

我知道，这是对我好。但这条路不是我选择的，总有人要蹚着水向前走，所谓摸着石头过河……可问题是，这水怎么越来越深？常常连石头都摸不着，而岸，又在哪儿？

在屏幕上，这一说就是七年。不过我也真没想到，我还在说，《新闻1+1》，还在，活着。

# 五

《新闻1+1》刚开播不久，新闻中心内部刊物采访我，问："做一个新闻评论员，最重要的素质是不是要有思想？"

我回答："不是。做一个称职的新闻评论员，最重要的是勇气、敏锐和方向感。"我至今信奉它们，并用来约束自己。

说话，不是每天都有用，但每天都要用你在那儿说。直播，没有什么成型的稿子，只有框架，很多语言和提问总是要随时改变。这就是我的工作。某一年新闻中心内部颁奖，问到我的感受，我答："当一天和尚撞一天钟。"听到这句不太"高大上"甚至显得有些灰色的答谢词，年轻的同事有些不解。我解释：身在这里，还没走，守土有责；到点儿就撞钟，守时，可谓敬业；更重要的是，还得把日常的工作撞成自己与别人的信仰。这话不灰色，应当重新评估价值了！

守土有责，就是偶尔有机会，用新闻的力量让世界变得更好。而更多的时候，得像守夜人一样，努力让世界不变得更坏。后者，常被人忽略。

# 六

我用嘴活着，也自然活在别人嘴里。互联网时代更强化了这种概念，说话的风险明显加大。今天为你点赞，明天对你点杀，落差大到可以发电，你无处可躲。

话说错了，自然在劫难逃；话没错，也有相关的群体带着不满冲你过来。没办法，这个时代，误解传遍天下，理解寂静无声。即便你的整体节目本是为他们说话，但其中的一两句话没按他们期待的说，责难照样送上。后面跟过来责骂的人，大多连节目都没看过，看一两个网上的标题或一两条情绪化的微博就开始攻击。

想想也正常，谣言常常传遍天下，而辟谣也时常寂静无声。见多了也就想通了。有时误解扑面而来，是一小部分人要解气，而又有相当大一部分人在围观解闷。可不管前者还是后者，当你认真解释时，没人细听，所以，解决就总是遥遥无期。

我还是选择理解。目前的中国，人群中的对立与撕裂愈演愈烈，作为一个新闻人，不能加重它，否则后果不堪设想。所以，面对误解甚至有时是曲解，也总得努力去理解。我很少辩解，原因是：你以为是理性沟通，可常常被当成娱乐新闻，又让大家解一回闷。而这，还真不是我的职能。

可不管怎样，还是要有底线，新闻有自身的规律，我必须去遵守捍卫它。另外，几年前我就说过，为说对的话认错、写检讨或停播节目，就是我辞职的时候。只不过，到现在，还没遇到这样荒唐的事情。

面对现实说话，你的困扰是：树欲静而风不止。而你唯一能做出的选择是：无论风怎样动，树静。

# 七

理性，是目前中国舆论场上最缺乏的东西，有理性，常识就不会缺席，但现在，理性还是奢侈品。也因此，中国舆论场上总是在争斗、抢夺、站队并解气解闷不解决。邓小平说过的"不争论"与胡锦涛讲话中首次提出的"不折腾"，我极为认同。可想不争论与不折腾，都需要理性到位。

谁也跨越不了阶段，非理性是当下中国的现状，不是谁振臂一呼就可以一夜改变。可总要有人率先理性，我认为三部分人必须带头，那就是政府、媒体与知识分子。

政府与公众如果都非理性，很多群体性事件就无法避免，政府必须用公开、透明、民主、协商来率先理性。

知识分子在目前的中国，大多只是"公知"，很公共，却常常不够"知识分子"。其中很多人，与"理性"无法靠边，而这些人，又怎能列入知识分子的群落中呢？真正的知识分子，不仅要有当下，更要有责任与远方。

当期待中的理性还不是现实的时候，媒体的理性就十分重要。但做一个理性的媒体人，也许就更有不过瘾的感觉。这边的人觉得你保守，那边的人觉得你激进，连你自己都时常感到克制得不易。可我们该清楚：如果追求的是过把瘾，之后呢？

# 八

人到中年，已有权保持沉默。不得罪人，少引发根本躲不开的争议，静静地说些放之四海而皆准的话语，做一个守法的既得利益者，不挺好？

可总觉得哪块儿不太对劲儿。

面对青年学子或公众讲堂，又或者是机关单位，长篇大论的风险当然不小。更何况，这样的沟通，一来我从无稿子，总是信马由缰，自由多了，再加上水平不高，又习惯说说现实，就容易留下把柄；二来大多带公益性质，没什么回报还风险不小，图什么？

然而沉默，是件更有风险的事儿吧？这个开放的时代，谁的话也不能一言兴邦或一言丧邦，自己的声音不过是万千声音中的一种，希望能汇入推动与建设的力量中，为别的人生和我们的社会，起一点哪怕小小的作用。想想自己的成长，很多顿悟，常常来自坐在台下的聆听，今天有机会走到台上，也该是对当年台上人说"谢谢"的一种方式。

# 九

当年胡适在喧哗的时代，把范仲淹的八个字拿来给自己也给青年人："宁鸣而死，不默而生。"很多年后读到它，认同。今天，我们依然不知道未来，可如果不多说说期待中的未来，就更不会知道。思考可能无用，话语也许无知，就当为依然热血有梦的人敲一两下鼓，拨三两声弦。更何况，说了也白说，但不说，白不说。

2015 年 8 月 北京

# 十年后，那可爱的老头是我

（2018 再序）

**白岩松／文**

2018年，我五十岁；十年后，六十。一个很久很久之前从未想过的远方，远得仿佛在地图之外，可是，转眼就是下一站。

二十五岁那年，我写了一篇文章，用自嘲的方式讽刺了一下电视主持的现状，名字起得有点傲娇——"渴望年老"。记得当时岁数大一些的同事，常常斜着眼看我，然后来上一句："过些年你就不渴望了。"没错，这几年越发明白了他们斜着眼中的含义：青年莫笑白头翁，花开花落几日红？这不，轮到我了！

六十，当然是人生中的一个大站。如果抽烟，车到站，还可以下去抽上两口，透透气，愣愣神儿。但没了这喜好，估计到时没怎么细想，岁月就呼啸而过。说实话，人过四十，这时间列车就提了速，越跑越快，以至于此时落笔，已感觉有些"晕车"。

一

从 2017 年的最后几天开始，感冒一直缠绕我到 2018 年 1 月中旬，症状持续加重，一波未平一波又起，甚至让人怀疑人生。这是我近二三十年里最重的一次感冒。我猜想，这可能是人进五十的下马威，又是畅想六十的预防针。这样想有道理，人到六十，理想谈得少了，身体该谈论得多一些，又或者，身体就是理想。

老子在《道德经》中言：出生入死——人一出生就直奔死亡而去。这条路上，有三分之一的人长寿，还有三分之一的短寿，那另三分之一呢？老子幽了一默：原本长寿，但为了长寿，做了太多的事情，最后短了寿。

老子的训诫得记住。身体是拿来用的，而不是一味地养。当然得用得有分寸。"踢球去吗？"我相信，还会是六十岁时每周都会接到一次的询问，而答案必须是："去！"现在五十，依然每周一两次高强度的训练比赛，队友们早就相约，起码一起踢到六十，而且是保有一定水准，不是在足球场上快走。

还有长跑，这些年已成习惯，六十也不会中断，一周四五次，一次六七公里，不趟马拉松的浑水，不拿着表逼迫自己提高成绩，想跑就跑，自由呼吸，不为减肥，不为活到天长地久，只为奔跑。岁数大了，得学会与身体和解、合作，一起找乐。人一生的故事，就是在自己的哭声中开始，在别人的哭声中结束。既然开头结尾都是哭声，中间多些笑声好一点儿。运动，是生命中让身体欢笑的方式。

人到六十，值得笑的事其实不少，不仅理论上退休年龄将至，有更多时间运动奔跑，还在于：一年多之前的 2016 年年底，中国六十岁以上的人口超过 2.3 亿，再过十年，这个数字早已超过 3 亿。如果这些人单独成为一个国家，在人口最多国家排行中，可以轻松进入前五名，甚至非常可能直接排名第三。

让我高兴的一点正在于此。想想看，在这个巨大的"国度"里，年龄，上不封顶，可六十才是入门水准，三亿多人当中，我是最年轻的那一个，这种不被年龄歧视的感觉，好久没有过了。向下看，人山人海，偶尔有给我让座的；向上看，高山大海，个别人喊两句"小兔崽子"，也当亲热话来听。在这个门里门外的结合部，好奇会压过忧伤，没什么，我只不过走进一个全新"国度"而已。

## 二

要写这个题目，我第一时间想到的，居然是我已毕业了的学生们那一张又一张幸灾乐祸的脸："哈哈，报应啊报应！师父，你……您也有今天？"

五年前，由于是中国传媒大学等几所高校传媒专业的硕士生导师，我便"合并同类项"，每年从四所高校中招十一名新闻硕士生，由于他们的学校有的在北京东边，更多的在西边，就叫了"东西联大"。学生一届带两年，临毕业时，最后一份作业总是：致十年后的自己！

作业交上来，郑重留存。十年后，再面对他们，我打算做一个朗读者。

每当学生们要做这份作业的时候，都处在一个临毕业前告别的季节里，仿佛早来的秋风吹散了夏日的梦。要忙碌的事也多，心绪五味杂陈。我不知道，写这个题目，会不会让他们安静一会儿；我更不知道，落笔时，他们是怎样的心情？但今天，我却想用写这篇文章的体验告诉他们，相比于五十岁，他们在二十多岁时写给十年后，是一件多么幸福的事情。

二十多岁写给十年后，是春天写给夏季的情书；而五十岁写给六十岁，则是夏末写给秋天的喃喃自语。前者是在一张床上去畅想整个世界，是做加法；而我却感觉正从这喧闹的世界里背过身来，回到一日三餐，回到那一张床上，回到真关心你、也真需要你的人身边，是做减法。

年岁小时，都觉得自己很重要，年岁大了，就明白自己很渺小。我现在，早过了觉得自己很重要的阶段，接下来，是心安理得往渺小那儿回的过程。其实，渺小好，如尘埃落地。这可能也正是老师和学生，写同题作文时的区别。对我这个十年后六十岁的人来说，书越看越多，需求该越来越少，否则书是白看了；但别拿这个来批评年轻人书读得少，年轻就是硬道理。没想"是我们改变了世界"，可能身体有病；但到了六十还这么想，估计是脑子有病，这时就明白，"还是世界改变了我和你"。

这么想，不是多大的过错，不用对谁说"对不起"，岁数够了，能平静下来，一个重要的原因，大多都是反抗过、挣扎过、呐喊过，或起码助威过，而至于是否在世界这大青石上撞出了几丝裂纹，还是自己撞一头青包，那往往不是我们能掌握的。时代太强大，命运又太诡异，过去的就让它过去。复盘，又或者一直耿耿于怀，其实都毫无意义，除了折磨自己，又能怎样？到了六十，手里拿的蜡烛，哪怕是火炬，都该交到年轻人手里了。

所以，我还是愿意看年轻人写给十年后，那里有不顾一切的豪情和留给世界的背影。

但当一个可爱的老头，却一直是我的一个理想。这个老头开明而不油腻，亲切有幽默感。不做一个既得利益者，始终向正确的方向而不是利益的方向去使劲。记得为年轻人说话，甚至有时替他们遮遮风、挡挡雨，并总是乐于为梦想敲鼓。这样的年老，是可以渴望的，十年后，机会就来了。

<h1 style="text-align:center">三</h1>

五十知天命，六十耳顺，十年后，我该听到什么都觉得不那么刺耳了。

但我猜，不会。

听到不顺耳的，也许不会再像年轻时那样针尖对麦芒，可做到微笑着觉得好听、顺耳，还是有荒诞感。

我是一个新闻人，从十八岁入专业，到如今三十二年，再过十年，就能把这三十二年信奉的东西推翻？时间，不会这么神奇。不能总说让人顺耳的，自己听到不顺耳的，不反抗也得反驳，哪怕小点儿声，委婉点儿，给人留一些面子。一个健康的社会，该包容下各种声音，都说好话，都爱听好话，是一个社会最危险的标志，而如果新闻人都已如此，留着这个行业还有什么意义？

当然，十年后这个行业怎么样，也真是个有趣的谜。2017年有个中德媒体论坛，会上一位来自中方的互联网从业者神奇预测，二十年后，记者这个职业会消失！

此话一出，刚才还意见、看法常常有冲突的中德双方记者，一致地选择了沉默和摇头。这墓，掘得够早，并不留余地。

二十年后，记者消不消失，我不知道，但十年后，记者应当还在。并且我以为，那时的中国，声音应当更多元，谁都可以大胆地说话，于是，越纵容主观的表达，越需要客观的陈述；越多的人发表意见，越需要知道事实与真相是什么；全民皆记者的时代，才更需要好记者的专业主义。这个看法会错吗？十年后，在中国，会是好记者真被好好对待的时代吗？

不过，即使十年后真的是这样的好时代，离那位先生的预测——二十年后记者会消失，也只剩下不到十年的时间，但记者真的会消失吗？后来，又看到各种各样的预测，比如：在人工智能大发展的前提下，医生会消失，厨师会消失……我感到轻松多了，相比于医生与厨师，记者以及他们所代表的真相，好像真没那么重要了。

其实，只要诗人、歌唱者与母亲还在，还有价值，人类就可以走下去，就还不是最坏的时代。

我希望，六十的时候，诗与歌还有鸟叫，才真的让我耳顺。

# 四

十年后，会写怎样风格与内容的文章，我不知道，因为预测十年后的人生已超出我的能力范围，一般情况下，想想五年后，都会头昏脑胀，并且常常错得离谱。毕竟这是在中国，而且是在一个急剧变化的时代里，想想五年前，多少风光无限的名字，今天他们在哪儿？

不过，十年后不写什么样的文章，却非常肯定地知道，那就是：绝不可能写小说或者剧本。

记者当久了，非虚构写作成为习惯，想虚构一些什么就万分艰难。可奇怪的是，这几年，总有一个小说或剧本的结尾在我脑海中晃荡：大年三十，钟声马上敲响，在鞭炮的轰鸣（在还没有禁放的地段）和孩子们的欢声笑语中，一对快迈入中年的夫妻，却只是手拉着手，仰头在看。妻子悄悄地捏了丈夫手一下说："我怕！"丈夫温柔应答："怕什么？有什么好怕的？"妻子依然仰望着五光十色的天空，喃喃说道："就是不知道怕什么，我才真的怕……"

未来的世界会变好吗？你会不会也有些怕？

今年，是中国改革开放四十周年，这已是中国历史上，持续时间最长的改革。十年后，就五十年了。改革还在继续吗？更开放了吗？

过去四十年，中国的一切都在变，周遭的景象让人眼花缭乱，而一颗心，却时常不知在何处安放。好多人的故居，拆了。故乡，面目全非。想找到回家的路，不是件容易的事。这样的高速之中，人们都急切地想抓住或名或利或财，就似乎容易理解，人们是想借此抓到一种安全感吧。那么，十年后，这种安全感已经可以有了吗？我们一切的变化，难道不是为了有一天，可以有更多不变的东西吗？

得承认，中国虽有几千年文化传承，可从现代国家的角度来看，依然是未完成，而且我总相信，别人，哪怕是再强大的国家，也拦不住中国向更好的方向去。能坏事儿下绊儿的，只有我们自己。十年后，这种担心会消除吗？

十九大报告中，有这样几行字："人民美好生活需要日益广泛，不仅对物质文化生活提出了更高要求，而且在民主、法治、公平、正义、安全、环境等方面的要求日益增长……"

十年后，这种要求会更高吧？中国，又将怎样回应这些要求？

十年后，改革当然要继续，开放更要继续，尤其在人脑海深处。当然，还应加上开明与更多人的开心，因为十年后，中国依然未完成！

## 五

人生不满百，常怀千岁忧，明明只是写写十年后，一不留神，奔千岁忧去了，得赶紧收手，回到人生不满百这个主题上，才具体。

知道我写这个题目，有学生逗我："十年后，'东西联大'毕业生有一百六七十了，想和您聚会，还不得摇号啊？"

我一愣："摇啊！"

可实际答案，一定不是如此。现在聚会是忙里偷闲，十年后，聚会该算作闲里的忙吧？很多年前，有同行问过我："主持人想做到什么时候？"如果一切正常，主持人这行，是没什么年龄界限的，尤其是新闻领域，八十不干了，也有可能，但那是大数据，从不解决个体问题。

我希望在"自己去意已决，而观众恋恋不舍"时收手，否则"自己恋恋不舍，观众去意已决"，那就成了笑话，我可不想成为笑话中的主人公。十年中，我会一直带着这个警觉，评估去留。

可无论如何，不该像现在这样奔波，多大的事业，都是一场接力赛，哪有你一个人跑好几棒这样的玩法。

多出来的时间，自然会给聚会一些。其实，现在聚得就不少，大学同学的聚会，已发展为轮流申办，一年一地，一年一大聚。高中同学，也自然一年不止一聚。没办法，世界这么大，其实大多跟你没什么关系，反而，这世界好与不好，是由你身边的人决定的。家人与同学，大多是你无法选择的存在，是缘分。既然如此，善待，才是最好的选择。更何况人过中年，友情之树日渐凋零，六十，没那么多新朋友可更新，老友相互温暖，是一种信仰，也是一种运气。为避免"朋友间越来越礼貌，只因大家见面越来越少"这种局面发生，那就该，只要有聚会，带着回忆与笑容，去，就对。

当然，聚会，在我这儿，还多了与学生们的。这是做老师的幸福，十年后，第一批毕业的学生都已接近不惑，而刚毕业的，还青春年少。可不管怎样，师生情，都经历了友情阶段，在聚会与时光中，向亲情大踏步前行，这也正是面对十年后，可以不悲观的缘由。

但不管怎样，聚会都是日子中的少数，犹如礼花耀眼，是因为偶尔放。总放，天空与看客都受不了。

学会更好地与自己相处，才是人过中年的关键，又或者说，何尝不是人生的关键？

"灯下细看我一头白发，去年风雪是不是特别大？……"这是台湾诗人杨牧年过五十后写下的一首诗《时光命题》的头两句，像是一种总结，也像是一种准备。与自己相处，先要有这种心境来打底。接下来，有书、有茶、有音乐，有一天从早到晚的阳光挪移，然后往有趣走，往乐观走，往更大的自由走。比世界更辽阔的，该是人的内心，自己的自由，是所有自由的前提，假如到了六十，还不能自由，机会就真的不多了。

## 六

文章写到这儿，按惯例，该用"明天会更好"来收尾。可我一直觉得，这只是人们爱说吉祥话的老习惯，事实并不一定如此。人类并非"每天进步一点点"，都说"长江后浪推前浪"，这么多年过去，也没见着谁把李白、杜甫拍死在沙滩上。因此，"明天会更好"，是说不来的，只能带着警觉，带着自谦，带着敬畏干出来。这样一想，该干的正事太多，而我这样的文章，只能帮闲，是帮不了忙的。

这篇文章，最初并不想写，奇怪的是，拒绝之后，一些句子开始悄悄生长，不请自来，几番掩埋，几番卷土重来，而且接着原来的句子继续疯长，终于无法阻拦，就成了这些文字的"不成样子"。

没办法，文字有自己的命运，落笔成形之后，它很长时间都可能不再与我有关。但有一点我相信，十年之后，我和家人才是这篇文章真正剩下来的读者。对的、错的都已无人追究。那个时候，或许，我会读过后感叹：这哪是写给六十的喃喃自语？分明是人到五十的诸多感慨与闲言碎语罢了。

所以，人和时代，都有自己的命运，十年后的事儿，让十年后去说吧。

本文首发于总第 841 期《中国新闻周刊》

2018 年 2 月 北京

# 保持冷静 继续前行

（2020 新语）

**白岩松 / 文**

大家好！

此时此刻，岁末年关，如果问你"2018 年过得还好吗"，可能有很多数据显示，有比今天的天气——最高气温 -9℃——更冷的东西。

比如 2018 年的经济，最热乎、刚刚出炉的一个数据，让我们觉得这是坏消息。美国东部时间 12 月 21 日，德意志银行发布了一个报告：截至 2018 年 10 月末，本年度 89% 的资产累计负回报，占比为 1920 年以来最高。

看到这条消息，心凉了一大半，没想到还有更惨的，仍是德银发布：截至 12 月 20 日，以美元调整后计价，本年度累计负回报的资产，占比已高达 93%。

在德银追踪的资产负回报占比数据中，这是 1901 年有记录以来的最高比例。

无独有偶，就在德银发布数据的几天前，摩根士丹利也发布了一个报告：除了现金之外，2018 年所有的资产都在下跌……

看完德银和摩根士丹利的报告，我突然想明白了：难怪这一年，我身边的哥们儿跳槽的这么少；也难怪，身边有很多同事比以往更认真地做着本职工作。工资虽然没涨，至少也没降啊。

坏消息就要对应好消息。好消息是什么？不管这是不是 1901 年以来在经济层面最差的一年，它总算要过去了，日历要全部撕掉了。2019 年当然是新的一年，不过，即便新的一年到来，可能也会有很多老问题，横亘在我们面前。

我是 1968 年生人，今年 50 岁整。原来从来没想过 50 岁是什么样的心情——那就是个老头儿啊。直到自己亲自过上了"老头儿"的生活，其实感觉还好。

不过最近几个月，经常有人对我说："老白，你好像过得特别不好。"我就纳闷了。我自己觉得还行，怎么变成了"特别不好"呢？

人家说："你上网去看看啊。"

好嘛，网上关于我的标题，还真是触目惊心：

"49 岁的央视一哥白岩松如今变成白发苍苍的老头儿。"

"白岩松苍老面容惊呆网友，感觉一下老了 10 岁。"

"白岩松罕见现身。满头白发，老态明显，网友感慨一代男神也老了。"

"白岩松与疾病搏斗五年。"

我仔细对照了一下，确定网页上的照片的确是我。让我感到费解的是，与疾病搏斗五年？除了感冒我也没去过医院啊。头发慢慢变白，算病吗？如果要算病的话，这五年我的确在与它搏斗。但是有一点，我就是不染发。刚白的时候不染，现在不染，接下来还不染。既然说新闻人的一个很重要的特点是"真实"，我就想"真实地老一回"。

因为在 50 岁的时候，必须明白一个道理：如果你想按别人的期待去活，就活不好自己的一生。一个个体如此，一个国家也如此。

有的人希望中国成为朝鲜，有的人希望中国成为美国，但是中国只能是中国，只能按照中国的节奏和步伐去走。过去如此，现在如此，将来也如此。但一点儿不妨碍我们一起去努力，去打造一个更符合我们期待的更好的中国。活成自己并不容易，它比批评和评价别人，难多了。我们只能踩在此时此刻中国的这片土地上，我们的幸福、痛苦都与此有关。并且世界上哪一个角落的人，不是这样呢？

在这岁末年关之际，我们可能会想到一个老问题：这世界会好吗？

这世界会好吗？我不知道。但我知道，你原本可以变得更好，你也应该变得更好，如果你愿意聆听来自自己内心的声音。如果你变得更好了，这世界不就会变得更好一点儿吗？

所以，今天我们的聊天，就与内心有关。几年前在法国，我看到一家酒吧门口写着这么一句话："进来吧，这不会改变你的人生，但会让你舒服一点儿。"接下来我所说的，也不会改变你的人生，但愿能让你舒服一点儿。

## 饥饿与温饱

对于在座的各位，最大的问题不是饿，是饱。但对于我这个年龄的人，曾经面对的最大问题，是饿。因此阴影拉得很长，直到今天似乎还有。

1978 年，我 10 岁，第一次来到北京。"改革开放元年"，我们这个国家的首都是什么样？

我、我妈、我哥来到这儿之后，住哪儿呢？住澡堂子。你可能马上会想，因为我们家没钱。我们家当然没钱，你们家也没钱，他们家也没钱。"没钱"不是最大的问题，最大的问题是几乎没什么服务业。游客在增长，怎么解决住宿问题？北京必须开动脑筋。

那时候遍地澡堂子。澡堂子只营业到晚上九点，之后开始接待游客住宿。于是我妈进了女宾部，我跟我哥进了男宾部。第二天早晨七八点，澡堂子要开业了，我们就会被"撵"出去，钱当然已经付过了。

住的问题解决了，接下来就是吃，那才是印象最深的。

在每一个能吃饭的地方，饭点儿都要排队。每一个坐着吃饭的人的后面，都站着两三个等待的人。这两三个人里头，有我们，还有乞丐。我亲眼见到那时的乞丐采用的方式是：一旦前面谁吃完了，假如有剩，谁更早地上去冲那个盘子或碗里吐一口唾沫，它就归谁了，别的乞丐抢不走了。

这是 1978 年的北京。

由于要来北京，又是人生中的第一次，我妈在几个月前就不断地跟我们说，北京东风市场的中间过道上，有一个担担面的店，太好吃了。念叨了几个月，它已经变成了我心目中最大的大餐。

到了北京，排完长队之后，终于有机会吃到这一碗担担面。很多年后回头一想，它不过就是担担面，但在当时美味无比。没办法，我们国家当时没有服务业。1978 年的时候，整个国家的第三产业（也就是服务业）全年加在一起不到 1000 亿；而 40 年后的今天，中国的第三产业，每天收入都超过了 1000 亿。这么一比，你就知道我刚才所讲述的个人记忆，与那个时代的物质欠缺之间，是什么样的一种关系了。

仅仅我这么饿吗？我已经算不错了。我吃到了担担面，我可以排队去等，而且我不是乞丐。

我的老学长杨正泉讲过一个更"饿"的故事。他是北京广播学院（中国传媒大学的前身）第一届毕业生，后来是中央人民广播电台的台长。

他讲，在最惨的日子里，也就是 1959 年到 1961 年间，有一天晚上十点来钟，他正在洗裤子，突然摸出兜里有一两粮票。当时二话没有，把洗了一半的裤子往水池里一扔，穿上衣服冲进北京的寒夜。为什么"二话没有"呢？那是月底最后一天，如果这一两粮票不用，过期作废。当时广播学院还在城里，在今天的中央人民广播电台附近。他拿着粮票四处找，好不容易找到一个卖烧饼的地方，把粮票花出去了。当场吃完，心满意足，回去继续洗裤子。

对于我来说，其实也有类似的记忆。

1989 年我大学毕业后，要去房山周口店——也就是北京猿人的发源地——锻炼整整一年。那一年，最深刻的记忆就是饿。原来我们一到晚上就要运动，也有乒乓球台子，但那时不敢运动，为什么？每天下午五点多钟，晚餐是永远不变的一盘炒疙瘩，吃完，七点钟就开始饿。如果打乒乓球，六点半就得饿，晚上都睡不着。所以我们后来就停止运动，改成了打牌。

有人会问，你们没钱吗？倒是有点儿钱，那时候开工资了。那为什么不去买东西呢？周口店一过晚上六点，周围没有任何小卖部还在营业。那时我每周都要回一趟广播学院。坐长途车从周口店出发，经过 N 个小时，才到北京六里桥的长途汽车站。下车后干的第一件事，就是在旁边的小卖部买一根巨大的香肠，站在那儿吃完，然后转车回学校。

这就是那样一个时代给我留下的非常深的印记。后来，当我有机会碰到陈佩斯，他说了一句话，太棒了。他说："咱们这一两代人，减肥太难了。为什么？咱们看不得剩饭，只要剩就吃掉。"

其实我也非常同情在座各位，你们做"50 后""60 后"这代人的孩子，减肥也是很不容易的。因为"50 后""60 后"的妈，饿过，所以都是以期待和绝不放过的眼神看着你吃饭，"再加一碗吧。"我要代表"50 后"

和"60后"的父母们，向你们艰难的减肥事业说一声"对不起"。

这两年，眼看陈晓卿的《舌尖上的中国》火了，《风味人间》又火了。放到三四十年前，做得再好，也火不起来。为什么？您播的那个点儿太"缺德"了。如果在饥饿的时代里，晚上十点来钟，播什么《舌尖上的中国》，那不是播节目，那是犯罪，会有多少人挠墙啊！

不过，很多美好的记忆，也因饥饿而来。

比如上大学的时候，有一次我们到北京郊区去做社会调查，中午没吃饭，赶回学校已经下午三点了。其中一位女同学说，去我们宿舍吧。然后她违规用电炉子给我们煮了一锅方便面。只不过比平常的方便面多放了一根香肠、一点蔬菜，结果成了我印象中的超级美味。

很多年后，每次聚会，我都要提起那一碗面。我猜想不仅因为那碗面里放了香肠，还因为是在女生宿舍吃的。

刚才说的是物质的饿，精神更饿。物质上再饿，努努力还能吃饱，但精神上，以前真没粮食，改革开放才有了粮食，问题也就出现了：只要饿一定是因为缺，只要缺它就贵。所以我们经历了"精神食粮最贵的时代"。贵到什么程度呢？

1985年我到北京上大学，那年10月，我在王府井买到了上大学之后的第一盒磁带——头一年英国威猛乐队到北京来演出的磁带。当时封面上翻译的是"英国瓦姆电子乐团"，多土啊。这盒磁带多少钱呢？5.5元。当时我一个月的生活费40元。5.5元是什么概念？1985年，北京广播学院食堂一份宫保肉丁是0.35元。

还有更贵的。平克·弗洛伊德的《月之暗面》，一张伟大的专辑，一张在流行音乐排行榜上停留时间最长的专辑。这张CD是我1992年在北京王府井外文书店买的。多少钱呢？198元。198元是什么概念呢？

当时我一个月的工资大约 120-150 元。请问，您现在会用比自己一个月工资再多近乎一半的价钱，去买一张 CD 吗？

再看一本书，房龙的《宽容》。这是我一生中特别温暖的回忆。一个冬天的周日，一周里唯一的休息日，也很冷。由于太冷，我龟缩在宿舍上铺看书。突然一个同学跑进来，"太牛了！我买到了房龙的《宽容》！"

这本书出版了？我居然都没接话，直接从上铺下来，穿上鞋穿上衣服，夺门而出，杀进风雪之中，坐公共汽车从广播学院到红庙，在公共汽车站旁边的新华书店买了《宽容》，抱着回到宿舍。为什么不接话呢？我觉得耽误时间。这就是那个时候的饥渴。

饥渴有没有好处？有。它让你真的善待食物，不管是物质的，还是精神的。那些磁带，我听了多少遍啊！

再回到"肚子的问题"。本周最新消息，上海一位 95 岁的医学专家，公布了一组数据：从 2012 年到 2014 年，中国高胆固醇所致疾病负担的变化趋势，由原来的低于欧美、逐渐并行，现在高于欧美了。

改革开放之初，他作为专家去美国开会，拿出了中国人的血脂、胆固醇等检验数据。美国专家说，你们拿来的是假数据，不可能这么低。可是一转眼，我们的这些数据现在快成为世界最高了。

所以老先生在岁末年关公布这组数据的时候，提出了一个问题，分量不亚于"这世界会好吗"。他说："此时的中国人是不是吃得太好了？"

吃得太好，产生了什么样的结果呢？我们经过 40 年艰苦不懈，经过一代又一代母亲殷切的目光，终于把自己吃成了全世界糖尿病第一大国、高血压第一大国、高血脂第一大国……所以我们现在提倡"管住嘴，迈开腿"，也就是说我们才走了这么短的路程，就已经把自己吃"过"了。

吃"过"了之后，身体负担会越来越重，慢性病快速发展。中国过去有句话叫"吃饱了撑的"。现在您发现，中国面临的很大一个问题就是

"吃饱了撑的"。

所以我提出了一个概念，叫"恢复饥饿感"。很多人说，现在的东西太难吃了，不如小时候。我要说，人真健忘啊，可能的确有一些东西不如小时候好吃，但如果大多数人都发出这样的感慨，只是因为您不饿了——饥饿是美食最棒的调料。

我现在做健康宣传员，当很多人问我"怎么才能饿"时，我说，如果你在吃下一顿饭之前的半小时或一小时，感觉到饿了，就说明上一顿吃对了。您只要上一顿饭吃"过"了，下一顿到了饭点儿，您也不会饿。不饿，自然什么东西都不好吃。

慈禧觉得最好吃的是什么？小窝头。是她在逃难的路上吃到的。好不容易饿了一回，觉得那是人间美味。有个老相声《珍珠翡翠白玉汤》，说的也是皇上在逃难的时候，别人给他弄了一个"乱炖"，吃完了，美。当了皇帝之后，还回头找，必须原汁原味。可是真做出"原汁原味"给他一吃，没法下咽，因为此时他不饿了。

那么，精神也同样如此。一转眼，我们的精神食粮已从"最贵"变成了免费。当时贵到什么地步呢？除了5.5元的磁带和198元的CD，还有1985年我离开家乡上大学的那一天，我们家新买的电视，在我出发前一个小时送进了屋，没来得及拆包，我就恋恋不舍地走出家门。

因为没有打开这个箱子，一个学期之后放寒假回家，我特意跟我们家的电视机合了个影。我不知道现在这个时代的人，是否还会跟自己家的电视机合影。那就是一台20寸的电视而已，1986年的春节。

电视有多贵？那时候是超级大件。我曾经超级羡慕鞠萍姐姐，1988年她参加中央电视台"如意杯"主持人大赛获了奖，走上主持人的道路。走不走上主持人的道路，当时我根本不关心，我关心的是她的奖品，居然是一台如意牌电视。

1989 年在乡下锻炼的时候，我跟我的同班同学算计，现在一个月挣 90-110 元，当时最流行的"平面直角遥"牡丹牌彩电，一台 2480 元，攒多久的钱才能买到这台电视呢？我们铆足了劲说，一个月攒 20——其实根本攒不下来——那么就算一年攒 220，十一年后，才买得起这一台电视。算完这笔账之后，我们觉得这不可能，就聊其他的了。但是今天，2480 元，足以让你买 50 多寸的液晶电视。

与精神有关的产品，价格大范围下降，更多的时候是免费的。现在人人都有手机，相当多的精神产品，都是从手机上来的。但是以我对别人和对自己的观察，有一个强烈的感受：这个世界上，看似免费的东西实则代价高昂，因为它拿走了你的时间，却并不一定很快地提升你。

大家会有一种错觉：通过手机可以获取无数知识。进入互联网时代，知识已经是一个基本性的东西，它不一定能够提升你。老师越来越难当，因为老师刚讲到 3，学生已经百度到 8 了。你怎么讲？知识已经是种标配，随时，只要手指稍微灵活一点儿，想知道什么就能知道什么。问题在于你可以知其然，但是往往不知其所以然。

当免费的"知识"拿走你大量的时间，当你以为自己知道的东西越来越多，实际却在原地踏步，此时此刻，你会有精神层面上的饥饿感吗？

要想让自己变得更好，恐怕要从真正的饥饿感开始。对于相当多的人来说，并不在意每天看了些什么，只是觉得"看了"才安全。原地踏步很久，依然站在十字路口。其实沿着十字路口的每一条路去走，或许都能到达一个不错的远方，但是你满足于眼前无数的"美味"，感觉不到饿。

所以，恢复饥饿感，是极其重要的事情。

## 青春与机会

在刚刚结束的庆祝中国改革开放 40 周年的大会上，表彰了 100 个中国人。其中有一位是歌唱家李谷一，我"猴儿姐"，也属猴，比我大两轮。

猴年跟中国的改革紧密相关。1980年深圳诞生，猴年。1992年市场经济正式确立，猴年。很多人会说，你属猴，所以你格外关注猴。我说不，改革就应该具有孙大圣的72变的能力，它跟猴儿就是有关联的，要不怎么1980年的猴票涨了N倍呢？

好了，这是小插曲，说到我"猴儿姐"李谷一。

我特别为她高兴，她配得上这个奖励。她曾经在改革开放之初，由于唱一首《乡恋》，被禁，被批评。因为那个时候觉得歌都应该是刚硬的，它居然是柔软的。在中央电视台第一届春节联欢晚会上，李谷一大姐一个人唱了八九首歌，因为那时候是电话点歌，《乡恋》必须唱。

我猜想对于李谷一大姐来说，唱得最多的歌一首是《乡恋》，另一首是《年轻的朋友来相会》，她当面告诉我"唱过1000多遍了"。那也是改革初起时，火透了的一首歌。

今天回头再听这首歌，那真是一个善待年轻人的时代。为什么？看看歌词："再过20年我们来相会，伟大的祖国该有多么美，天也新，地也新，春光更明媚，城市乡村处处增光辉。啊，亲爱的朋友们，创造这奇迹要靠谁？要靠我，要靠你，要靠我们80年代新一辈……"

那是一个年轻人多么飞扬的时代。所以《中国青年》这本杂志火透了，《中国青年报》也很火。只要是青年，都被礼遇，都被善待，都被捧在手心上。因为这个国家荒废已久，需要人才。不管多大岁数的人都认同，需要80年代的新一辈，就靠他们了。

政治上，邓小平强调"干部要年轻化"。中国科技大学要招少年班，恨不得"年轻"都觉得晚，最好从少年就开始。大学生都叫"天之骄子"。

"骄子"到什么地步呢？1982年7月1日，西安第四军医大学大学生张华，为救一名69岁的淘粪农民，落入沼气池不幸去世。整个社会掀起了一场大讨论：大学生救农民，值不值？

之所以有这个大讨论，是因为当时一种普遍的社会心理：大学生太难得了。当然，透过这场大讨论，让改革初起的中国人，更明白了生而平等。"值不值"在生命面前不值得探讨，但是我们需要有探讨才会进步。

1946 年，周恩来从延安飞往重庆的时候，飞机突遇险情，当时的降落伞包极其有限。周恩来把自己的降落伞包让给了旁边一个 11 岁的小女孩。幸而最后飞机安然无恙，可是这一个让伞包的行动，也透露出人们对年轻人特有的一种关切。所以我一直觉得我们这一代人很幸运，因为我们的青春迎头撞见了改革的青春时代。大学生弄点儿"离经叛道"的事，都容易被"纵容"。

1984 年 10 月 1 日，建国 35 周年的国庆大典，严格规定不能随便往里带东西，但是大学生方阵偷偷带进来一个东西——"小平您好"的横幅，明显是几块布拼凑起来的，后来成了历史当中一个美好记忆。我采访过当事人，事情本身的确是"违规"的，可是没有人谈到这一点。也就是说，年轻人做的事情，可以被宽容一下，因为那是属于年轻人的黄金时代。

那个时候的年轻人拥有无数的机会，机会来自于之前的时代是荒废的，所以有大量的空白地带，需要人们去填补和改变。


究竟机会多到什么程度呢？

我大学的同宿舍同学，有三个播音系的，每天字正腔圆练习"八百标兵奔北坡"。我知道自己的长相不行，跟同学一比，我也知道自己的声音不行，所以从来没想过有一天会当主持人，在电视上露面。我很喜欢"北京广播学院"这个称谓，因为干广播好像对颜值要求不高。

但是，我在 25 岁那一年，成为中央电视台《东方时空》节目第一个在栏目里出镜的主持人。《东方之子》第一期节目就是我主持的。这就是机会！

我一直在说，25 岁时的我，何德何能？水平没那么高，但在一片沙漠地带，你作为一个仙人掌，就被别人当成了绿色植物。可是现在，到处都是密密麻麻的绿树、鲜花，你得开得多么不同，才能够被接受、被点赞呢？

29 岁的时候，就更夸张了，我已经破格成为高级编辑，也就是正教授的级别。当大家鼓掌的时候，我并没有任何的骄傲感，因为我赶上了一个青春与机会紧密相连的时代，今天很难。

当时的《东方时空》平均年龄二十多岁，我们创造了中国电视的奇迹。四面八方都说《东方时空》是延安，要向这里会聚，但是任何繁华都会落幕。很多年后，一切不是那个样子了。我经常听到我的很多同事感慨，怀念 20 世纪 90 年代的《东方时空》那种热气腾腾的场面。我经常给他们泼一盆冷水，"我们曾经赶上过一段不正常的岁月，现在正常了。"

那是改革初期一段相当"不正常"的岁月，虽然很美好，很幸运。但是今天回头看，那个时候，今天来了，明天就可以被开掉，现在《劳动法》能让你这么干吗？我们那个时候没有"几险几金"，我出镜的西装都是借的，没有人允诺你一个美好的未来。

所以，现在进入了一个"正常的时代"。正常的时代什么样呢？就是论资排辈、排队不加塞的时代。"70 后"们嘴上甜言蜜语，其实可能恨得牙根儿痒痒，"这帮'60 后'的老同志怎么还不退呢？""80 后"的脚尖顶着"70 后"的脚后跟，一边说"大哥，向您学习"，心里也暗暗较着劲呢。这时"90 后"已经大批量地来到你们身边，同样感到长路漫漫。再隔几年，"00 后"也陪您排队来了。

每隔十年一个代际，没有谁能躲得过去。这是一个正常的时代。正常的时代，就有正常时代的憋屈和拥挤。在座各位都觉得此时的青春非常非常地不容易，我也认同。但是只要是青春，就不容易。好多人说青春特美好，是因为容易忘记。回忆是一个带暖色滤镜的奇妙旅程，把所有的苦难都滤掉了，留下来的都是美好的东西。

我 21 岁时最愿意读的一首诗是《21 岁，我们走出青春的沼泽》。沼泽，容易吗？人生中的多少个"第一次"都在青春里。有一句话我非常认同：如果每一个少年和青年，把他成长的过程如实告诉父母，他的父母会在惊心动魄的诧异当中昏厥过去。只有我们自己知道，青春是如何不容易。

当你们感慨自己的青春非常难过的时候，我可以给你们举一代人的例子。2019 年，将迎来新中国成立 70 周年，我们就姑且以 1949 年出生的已经是你们的爷爷奶奶辈的经历来说，他们容易吗？

1949 年出生，十一二岁长身体的时候，三年困难时期，吃不饱肚子；等到十七八岁要上大学的时候，大学的门关了，荒唐的十年开始了；等到十九、二十岁，应该谈恋爱的时候，男女不分了，全穿着蓝褂子绿裤子。2018 年是知识青年上山下乡 50 周年整。1968 年一纸号令，知识青年要上山下乡，年轻人穿着绿褂子、蓝褂子，离开故乡到远方。再隔一些年，二十七八岁，该考虑婚姻了，突然恢复高考了——结婚还是上学？更重要的是，有很多离开家乡的知识青年，已经不可能再做其他抉择了。

2018 年《收获》杂志的"兴隆公社"专栏，一直在刊登对 50 年前那批去兴隆公社的知识青年的调查，其中有一个小细节。杭州有一对姐妹，妹妹才十六七岁，跟着姐姐一起到黑龙江的兴隆公社去插队。别人结婚的时候，找这小女孩"压床"①。压床就给吃一顿饱饭，给了好多糖，

---

① 一些地方的习俗。新人结婚前，请未婚的少男或少女在婚床上睡一晚，以图吉利。

她觉得结婚是一个拯救自己的事，而当地人又愿意娶一个刚送到身边的南方媳妇。尽管她姐打了她一记耳光不许她嫁人，她依然嫁了。人生就再也没有了另一条路。

等到三十多岁，想着多子多福，计划生育了；好不容易把希望寄托在孩子身上，无论如何也要供出一个大学生，下岗了……

所以请对跳广场舞的大妈们善待一些，她们中的好多人，正是走过了这样的路程。您觉得她们的青春比你们更好吗？

到了我这一代，好多了，可是也依然不容易。

1987 年 1 月 1 日，台湾歌手马兆骏发布了一首歌《会有那么一天》，很快，大陆的歌手就把它收入一张名为《金木水火土》的专辑，我猜没给人家钱。

五彩辉煌的夜晚，屋内的灯光有些昏黄
我们燃烧着无尽的温暖，虽然空气中有些凄凉
会有那么一天，会有那么一天
不用再一个人孤孤单单地回家
会有那么一天，会有那么一天
不用迷失在走过的天桥上

今天我们没有财富，至少可以相互拥有
今天我们没有晏遥远的承诺，可是你我都已知道
会有那么一天，会有那么一天
我们会飞到天外的天
会有那么一天，会有那么一天
我们会拥有自己的空间……

歌中所唱的青春，和你们的青春一样吧？

1988 年 12 月 31 日晚上，我们还有半年就要毕业了，就要走向社会了，前面是什么？不知道。当时全班分到全国各地去实习。我们几个在北京实习的同学在宿舍里，昏黄的灯光下，熬尽新年，聊了一夜。那一天我们屋里不断在放的就是这首《会有那么一天》。

我想，三十多年前的青春所要经历过的一切，跟你们今天是一样的吧，如果不考虑其他背景的话。没有财富，但是可以相互拥有；盼望有一天可以不再一个人孤孤单单地回家……所以，我理解你们的迷茫和痛苦。每一代人的青春都不容易，又各有各的不容易。这一点大家要充分认清，不止在中国，在全世界哪儿都一样。

1994 年我去瑞士，帮我们做节目传送的是一个瑞士年轻人，他跟我们讲，瑞士是个老年人的国家，不适合年轻人待着。晚上一过八点，整个国家没声音了。我们在瑞士的外事机构，周末下午打了一场排球，被投诉，警察来了，因为声音超分贝。所以那个小伙子说，他每年在瑞士只工作半年，挣够钱，剩下半年哪儿热闹去哪儿，他受不了这个老年人的国度。

2018 年我去日本参加一个会议，我说，每年中国游客来日本的越来越多，日本游客去中国的却不多，尤其年轻人，很少去中国，应该改进。坐在我对面一位岁数很大的日本记者，似乎压抑着某种痛苦回答我们：日本的年轻人不要说不去中国了，美国也不去，他们都在家里。他们非常羡慕中国的年轻人，二十多岁已经在琢磨买车买房的事，在日本是不可能的，年轻人的经济条件前所未有地糟糕。

因此当时代进入"正常"的时候，留给年轻人的机会，已经被压缩到论资排辈的过程中，你们的痛苦都与此有关。如何让自己脱颖而出？加塞，不可能。这个世界是越来越讲究规矩的世界，不可能通过加塞去解决这个问题。那么如何让自己脱颖而出？不管在哪个时代，只有让自己变得不同，才会找到脱颖而出的路。

马上就会有人说："白老师，您成了，所以您可以说'要做与众不同的人'。我们没成，所以不行。"我说："我是因为努力和别人不一样，才成的；如果要和别人一样，成不了。"

1996 年 1 月，我在广播学院的院刊上登了一篇所谓学术论文，是用散文的方式写的，其中有一个段落叫《渴望年老》，当年我 27 岁。

"一张又一张充满稚气的漂亮脸庞，在不同的电视频道上，每天从早到晚背诵着别人写的、与自己年龄脸庞极不相称的大人的话，似乎是中国电视目前最悲哀的一件事情。"

我没打算走这条路，主要是没条件走这条路。我也想成为俊男，也想拥有美声，也想念别人给我写的稿子，但那个位置不给我——开个玩笑。其实，这篇文章的这段话，就决定了那个时候我的想法：我不能这样。

最后一段："记得曾有人问过我，如果你有一个自认为理想的主持人境界，而现在还没有达到它，障碍何在？我答，年龄。"所以看到如今那么多自媒体争相报道"白岩松老了"的时候，我想，我好不容易走到这儿，您还不高兴了？我挺高兴的。

打我起步做主持人，我就在照镜子的过程中知道，我走不了别人能走的路，我必须走我自己的路。这中间所涉及的，不光是一个方向，还要找到方法。

在一个录播的时代，我没有足够的资本跟俊男美女拼，要走出不同的路，很难。我期待并渴望直播时代的到来，因为直播很难藏拙。只是我看不到什么时候会是中国电视的直播时代。

就在我"渴望年老"那一年，1996 年，亚特兰大奥运会，我开始为直播做准备了。当我采访奥运会所有的获奖者时，已经用直播的方式要求自己：我在我前面的摄像机那儿挂一个表，节目成品是 8 分钟，我要求自己必须在 20 分钟内结束采访。而在以前，都要采访一小时，甚至一个半小时，回来剪成 8 分钟。

在没有任何人要求直播的情况下，我进行了自我训练。后来采访时间甚至压缩到 15 分钟，质量不仅没下降，反而获了很多奖。

这个时候命运之神开始敲门了。我总是觉得，人的一生当中，命运之神会敲你好多次门。真正的挑战在于，他一敲门，你就准备好了迅速开门。如果他敲门的时候，您不以为然，或者没准备好，等想明白了再去开门的时候，他跟您的邻居把合同签了。

第二年，1997 年 7 月 1 日，中央电视台开启了第一次大型现场直播，香港回归。我最后成了这个直播当中唯一获奖的现场记者。这之后十多年的时间里，中央电视台所有大型事件的直播，都是我主持的。搭档换过很多，但是几乎都有我。原因就在于，我更早地为它做了准备。我跟我的导播们说过一句话："遇到任何问题和障碍的时候，把信号切给我，我来说。三分钟之后你再去解决。"

《道德经》里有一句话，叫"以正治国，以奇用兵"。治理国家要正，带兵打仗要奇。如果带兵打仗也"正"，明天要跟敌人打了，今儿先一个电话过去，提前告知自己这方的军队部署，甚至候补方案，这倒是很"正"，但结果肯定是全军覆没。

后来我带"东西联大"的研究生，总告诉他们，把老子的这八个字转换成另外八个字"做人要正，做事要奇"。要不您就在那儿排队不加塞，熬吧。可是现实生活中我看到很多身边的人士，恰恰是反的，做人很奇，做事很正。那您慢慢就出局了。

国家已经明确提出要创新。创新很重要的一点就是要与众不同。每天拿着手机，和别人浪费了同样的时间，看的是和别人同样的内容，凭什么抱怨你跟别人一样平庸呢？您选择了走最拥挤的道路，凭什么去羡慕那条相对顺畅的高速路呢？

　　我发明了一句话："人的收入是跟自己的不可替代性成正比的。"你越不可替代，你的收入越高；你越可以替代，你的收入越低。比如现实生活中，有很多职业，非常辛苦，而且可能要付出生命的代价，可他的工资只比最低生活保障高不了太多。但是比尔·盖茨呢，很多年的世界首富，他的生活似乎很惬闲，为什么？比尔·盖茨只有一个。但是我刚才说的某些工种，任何人只要培训几天就可以上岗，替代性太强。

　　我经常看到好多求职者，期待月薪八千、一万、一万五。如果您所干的活，跟实习生干的活是一样的，未来的领导会选择你吗？只有你拿出来的东西跟别人不一样，才有可能成为人群中不可替代的那一个。

　　好多人问我：老白，听说你没上微博，也没用微信，老土啊。

　　土不土无所谓。正因为我没上微博，没用微信，才省出了大量的时间。一方面，微博微信当中所有有价值的东西，绕几个弯儿仍会第一时间来到我的面前，不会太迟。但是我让很多可能被浪费的时间，属于了我自己。

　　那这些时间用来干吗？用作发呆，用作无聊的时候胡思乱想，用作跟自己聊天。有什么用吗？有啊，比如今天，我在讲你在听啊。要是没有这么多自己无聊的时光，没有这么多的胡思乱想，我拿什么跟你聊天呢？我拿什么来争取把自己这个"人"的一撇一捺写得更好一点儿呢？

　　让自己与众不同，在这个"正常"时代里，几乎是青春期唯一的机会。一个人的一生，如果不能在少年和青春的时代，就开始让自己变得不一样，将来机会就不多了。

## 缺陷与完美

　　这个世界上本来就没有完美，因此缺陷是完美的重要组成部分。摧毁一个人最好的方式，就是让他追求完美和达到极致。在我身上，可能大家感受到的更多是缺陷。不过我自己觉得，没有缺陷，就没有完美。

有人说，你是北京广播学院毕业的，你就是一个本科生，连研究生都没当过，博士更没当过。我说对啊，我就想试试一个本科生，凭着自己不断地努力，能走多远。

我的缺陷多了，我在中央电视台连股级干部都不是，在很多人眼里就会觉得"没后劲儿"。后来我才理解，他们所说的"后劲儿"是你得当官，得被提拔。对不起，广播学院新闻系的学生，好像拥有一种家风——做好自己的事，不一定非被提拔成什么级别的官。

我很喜欢北京广播学院这样一个履历。有人说那是因为你高考分数有缺陷，没考上更牛的大学。可是，您知道我的高考志愿吗？

第一志愿，北京广播学院；第二志愿，武汉大学；第三志愿，北京大学。当然，这里没有任何对其他学校不敬的意思，这是 1985 年那个时代的特质，大家只想去自己喜欢的专业和学校。所以缺陷和完美你是很难分清的。

改革开放 40 年，取得了这么大的成就，有缺陷吗？有啊。还不少。

现在我们主管金融的负责人会说，只要号称年利率超过 10% 的金融产品肯定是骗子。1989 年咱们国家直接当过这种"骗子"，银行存款年利率 11.5%，原因在于 1988 年价格闯关失败，钱毛了。

20 世纪 90 年代有缺陷吗？有啊。那时流行"读书无用论"，很多孩子本来应该去读书的，后来就没读。

新千年有缺陷吗？多了。比如"道德赤字""人性逆差"，难道不是吗？

这两年人们越来越在意公德，很好，因为过去只在意个人的德行。中国长期以来是封闭的，所以在熟人社会里，中国的道德水平极高，全世界第一，这一点儿不夸张。全世界哪儿能找到为了买单能打起来的？只要是熟人、哥们儿，什么都能借。但是面对陌生人，道德水平就会差很多。

改革开放很重要的一点，就是让我们开始离开自己的家乡，去面对更多的陌生人，走进新约空间。

我曾亲眼见到飞机上，上来俩哥们儿，估计喝高了，不停地大声说话。旁边人说："哥们儿，小点声，这么多人呢。"那俩人说："这儿又没人认识我。"你看，当人们放纵自己糟糕的公德行为的时候，是因为这儿没人认识他。

可是最近人们受不了了，因为随着现代性的提高，人和人之间是有关系的。过去缺不缺德是要不要脸的问题，现在缺不缺德是要不要命的问题。抢人家公共汽车司机的方向盘，最后十几个生命落入江中，难道这不是缺公德要不要命的问题吗？所以这依然也是缺陷。在物欲面前，人性的道德的堤坝并没有随之升高。好在我们现在意识到了这样一个问题。

缺陷和完美同样伴随着中国改革开放的进程。正是因为有这些缺陷，我们面对这些难题并且不断地提升它，我们才靠近完美。中国改革开放40年，已经是中国几千年历史当中，改革时间持续最长的一次改革了。而且它还要继续向前走，所以在面对中国改革进程的时候，你很容易得出一个结论，这句话也是我发明的——缺陷是完美的重要组成部分。

为什么要这么提？

首先，完美存在吗？谁是完美的？请举手。哪一个完美的个体不是带着缺陷存在的？

有很多人经常怀旧，说现在的道德水平、人性水平，远远不如20世纪50年代，那个时代多好，路不拾遗，夜不闭户。多新鲜啊！那个时候能偷什么呀？小孩儿都会唱的歌是："我在马路边捡到一分钱，把它交到警察叔叔手里边。"没什么可捡的。

张中行老先生在《顺生论》里写了一句话，大意是说不要去相信"人心不古"这种说法，人心没古过；哪朝哪代，都有那朝那代的问题。即便是盛唐年间，当时的知识分子泡在酒馆或茶馆里，恐怕依然在针砭时弊，看到的也是很多缺陷。因为这是知识分子的职责，也是每个时代的特质。没有毫无缺陷的完美，那是幻象。

生活同样如此，按了葫芦起了瓢。《士兵突击》这部电视剧曾经很火，里边有一句台词："生活就是一个问题接着另一个问题。"所以你要去面对这一点。完美不存在。

有一次我跟北大前校长周其凤教授聊天，他说："人文跟科学又汇到一块儿去了！"他是化学家，他说在显微镜下看，很多分子结构如果是完美的，没那么好看；一旦由于某种原因出现了缺陷，特别漂亮。这何尝不是给咱们的一个很重要的启发呢？

所以我开始慢慢琢磨缺陷和完美之间的关系。我发现今天很多人的痛苦，都在于不接受、不理解也不想去了解"缺陷是完美的重要组成部分"这句话。

您看，我们绝大多数人，打小就要面对这样的妈：考了98会训斥你，那2分哪去了？考了99，那1分哪去了？即便考了100，还会说隔壁小王考三回100了，你才考第一回。

我们从小到大就没得到过真正的成就感，我们都背负着苛刻的追求完美的压力向前走，后遗症慢慢就出现了。这种后遗症就是，我们对自己所拥有的东西都不太珍惜，但是对没有的格外在意，把自己逼上了一条绝路。

我们能不能换个角度思考问题？我自己的体会就是：自打接受缺陷之后，我的日子完美多了。我不会再逼自己向那条绝路去走。

比如婚姻。我经常跟我的研究生们说，谈恋爱一定是因为欣赏对方的优点，但完美的婚姻是接受对方的缺点。这就有了那首歌，"相爱容易相处难"。为什么相爱容易？对方的优点把你拿下了。为什么相处难？你得接受对方的缺点。

董桥老先生有一篇文章里写道，两位老学者交谈时，看到前面一对老年夫妇走过去，说，要不是他们婚姻这么幸福，他原本能取得更大的学术成就。但是紧接着又补充了一句，但婚姻成功比学术取得大成就难多了。

那就是因为接受缺陷不是一件容易的事。

我想在座的各位都正处于这样的年岁，被恋人的优点所吸引，很多人还没打算开始去接受缺点，没走进婚姻殿堂，那你就要开始做准备了。

比如我们家，乍一听，另一位和我之间的差异之大，简直没法在一起过日子。我自认为歌唱得不错，我媳妇儿，说五音不全都是对她的隆重表扬，至少还有五音呢。所以她从不唱歌。

我是内蒙古人，喜欢喝一点酒，但现在很麻烦。如果在自己家里喝酒，这岁数不可能喝白酒。喝葡萄酒吧，一瓶，一个人喝太多，俩人喝正好。一个人喝，剩一半，放到第二天就不行了。但我媳妇滴酒不沾，不是心理问题，是生理问题，一杯酒就能上吐下泻。你看，这日子没法过呀！

但是我们能一起跑步，她能跑 10 公里。我们能一起喝茶，我发现喝茶这件事很重要，就像年轻的时候打麻将很重要一样。因为你要跟别人谈人生的时候，不能给他打电话说："哥们儿，今天晚上过来谈人生吧。"你只能跟他说："哥们儿，三缺一。"

婚姻当中也是，你若跟夫人说"咱俩谈谈人生吧"，估计就是谈离婚的事了，太庄重了。要是喝茶，就说明你们聊了不少。

有一天水均益、鞠萍姐姐来我家做客，他们在屋里，我去厨房，一会儿我听到了客厅里传来他们的对话：

"老白跟谁说话呢？"

"跟他媳妇啊。"

"还有的聊呢？"

这有点儿曝光的意思，但是我秀缺陷，我不秀恩爱。任何长久的成功的婚姻，都是包容的结果。如果你的婚姻不够好，可能是因为你过的日子还不够多。就像我们刚开始过日子的时候，穷，根本不装修。买不起床，买个床垫子往化纤地毯上一扔，靠墙，她睡里面，我睡外面。我夜里两次被她踩醒，才知道她七八百度的近视。所以同志们，要试婚呐！作为过来人一肚子眼泪。

但是在我讲述的过程中，你似乎也能感受到一点点甜，这不就是缺陷和完美之间的某种关系吗？我从来不认为我会遇到一个完美的人，就像她也不会遇到一个完美的我一样。当你接受缺陷之后，日子完美多了。

还是谈婚姻，2017年上半年，快有数据了，中国结婚的对数558万，离婚的对数185万。过去有一句老话叫"三人行必有我师"，套用现在我们的结婚率和离婚率叫"三对儿成必有所失"。

连续12年离婚率在上涨。2012年，结婚的643万，离婚的111万，一个多么纯真的时代；2013年就变成了结婚708万，离婚134万；2014年结婚的694万，离婚的145万；到2017年上半年，结婚的558万，离婚的185万。

越完美的缺陷越大。在中国离婚率城市排名当中，真抱歉，北京、上海、深圳、广州是前四位，然后是厦门、台北、香港、大连。恐怕都是大家觉得相当不错的城市。越是高学历，离婚率越高。那么我反过来问，您是否会因为有缺陷就不去北上深广了？您就不追求高学历了？我们现在的离婚率，的确高于包办婚姻时代，您愿意回到包办婚姻时代吗？还是更喜欢自由恋爱，对吗？即便它伴随着相关的缺陷。缺陷是完美的重要组成部分。在这一件事情上，依然清晰地印证。

那么接下来更要考虑我们自己的人生了。我觉得我们从小到大，父母和家长以及社会环境对我们的教育不科学，非常不科学。因为老先生早就说过"人生不如意十有八九"，但是我们受到的教育都是要追求完美，稍有缺陷就急。我们对自己所拥有的东西都不珍惜，对不拥有的格外较劲，尤其是别人有而我们没有的东西，那就更难受了。我们必须全得到，可能吗？

还有老先生说了："人生不如意十有八九之后，人生 90% 都是平淡，剩下靠那 5% 的幸福牵着走。"那 5% 的幸福，就像是赛狗时狗嘴前面的签子上挂的那块肉，引诱着你往前跑。聪明人是善于把 90% 的平淡向幸福那边靠的；不聪明的人，总把 90% 的平淡往痛苦那儿挨。这就看你平常怎么去解读缺陷和完美之间的关系。

完美是绝境，我发明了一个准则叫"90% 准则"。

先举个例子，比如消费，要实现一件物品 90% 的功能，没那么难，让人付出更大代价的，往往是对最后那 10% 的极致的追求。1998 年 1 月，我们《东方之子》的栏目组在郊区开会。我买了一辆新车，富康，16 万元，算上购置税等接近 20 万。全组的人都跟着兴奋。那天晚上，在一个空旷的地方试驾，这辆新车里挤进了七八个人。

后来我又陆续换了新车，当然也会越来越贵，但我再没找到过当初那一夜的成就感和幸福感。所以这也制止了我在这条路上继续向前探索，只要实现 90% 的功能就够了。我现在开的车，在品牌、性能上，都实现了汽车 90% 的功用。要继续追求剩下的 10%，更牛的品牌，再快零点几秒的提速（其实根本感觉不出来），价格恐怕就要 100 万起步了。而你只需要付出这个价格的一半，就可以实现 90% 的功能。

我是音响发烧友，三十多年了，这是无底洞。但是我给自己定了个原则：只追求 90% 的功能，绝不超过 10 万块钱。我现在的一套音响设备，七八万元，但是已经达到了音响 90% 的水准，我不会再去追了。虽然我也希望它的各项参数更趋近完美，那可能就 50 万起步了。更何况，这也只能达到 95%，剩下那 5%，取决于最重要的一个因素——听音环境。还得换房子？那就是 500 万起步了。

我超级感谢自己的"90% 准则"，因为打一开始我就明白了缺陷和完美之间的关系，你要找到一个平衡点。

再比如做节目，我也有个"90% 准则"。通常人们以为，好选题会被重视，不好的选题则不被重视，我恰恰相反。在我这里，我重视"不好的选题"胜过好选题。好选题起点高，85 分，我会非常努力地奔着 90 分去，到了 90 分就不会再去求极致。但不好的选题我格外在意，因为它只有 30 分的起点。所以，我做了 30 年新闻，做了 25 年电视，总的来看，不一定最高分很高，但我几乎没有最低分。

按中国的"成功学"理论，应该追求极致啊，即使 90 分也还应该再努力啊。冯友兰先生说过一句话："诗是最不科学的，而在人生，却与科学并行不悖。"新闻和诗歌有共通之处，有极致吗？一旦追求所谓极致，把每一个细节都填补明白，可能就成了机械。表面上完美了，分变少了，格局变小了。

而且我做了这么多年新闻，曾经也做过领导。我发现当我面对一个重大选题，要选择让谁干的时候，一般不选偶尔得高分、经常得低分的人，而是选择最低分很高的人。如果选择了前者，万一这次赶上他低分的状态呢？

前些天跟刘国梁聊天，他说这跟体育也是相通的。打大的国际比赛的时候，他们不能选择起伏很大的选手，要选择非常稳定的选手。

当你接受了缺陷和完美之间的关系之后，是对自己的一种解放；但请相信，这不是一种自我放弃。接受缺陷，不意味着不认真、对结果无所谓，别忘了还有一个 90 分的原则呢。只是要解决二者之间的关系，让自己不那么痛苦。

其实以前的老先生，早就有过这样的训诫，只是今天我们已经不太记得罢了。

我 25 岁那一年，正好是现在年龄的一半，1993 年，我在看《曾国藩》这部长篇历史小说。曾国藩在 50 岁左右的时候，悟出了一个大道理，他的书房起名叫"求阙厅"，意思是"主动求缺陷"。

为什么要主动求缺陷？老先生在 50 岁的时候，突然活明白了，他发现人生最好的境界，是"花未全开月未圆"。花没有全开的时候，是一朵花最漂亮的时候。月没有全圆的时候，是它最有希望的时候。因为花一旦全开，就开始凋零；月一旦全圆，就开始奔残月而去。人生同样如此。

所谓"花未全开月未圆"，这里有很多需要慢慢感悟的东西。一开始或许只是一种对生活的理解，后来则变成了一种主动的态度——我永远不会让自己花全开、月全圆的。

## 平静与焦虑

20 世纪 90 年代初，特别流行的一首歌《驿动的心》，是我们这一代人非常熟悉的，它完全可以概括当时年轻人的普遍心态。我们那时候唱《跟着感觉走》，唱《一场游戏一场梦》，唱《驿动的心》。今天，这么平静的歌，很不容易找到，因为我突然发现"驿动的心"变成了"焦虑的心"。

2000 年即将到来的时候，那似乎是全人类的重大时刻，要进入一个新的千年。《文汇报》约我写一篇新世纪寄语。当时写了一篇 1000 来字的文章吧，我对新世纪提了两个词的期待：平静与反思。

我预感到时代的车轮将越来越快，平静将成为奢侈品。而没有平静，就不可能拥有真正的幸福。一转眼 18 年过去了，平静是更贵的奢侈品了。其实不偶然。

记得 1999 年 12 月 31 日，迎接特殊历史时刻之际，我们都曾经对新的千年有那么那么多的期待，就像现在你会对新的一年有很多期待一样。但那个时候期待更大，因为它是新千年的开始。我做的跨年直播，世界各地渐次进入新的千年。做完直播，大约凌晨三四点钟，这已是新千年的第一天了。我从我们台出来，在门口看见两辆车相撞，车主正吵架呢。我一下子就平静了，新千年不会把这些问题都带走的，日子依然是原来的日子。时间要慢慢洗牌，向前走。但是焦虑却会随着时代的车轮越滚越快。

我带"东西联大"的研究生，原来以为只是当新闻的老师，后来要当写作的老师，再后来当阅读的老师，现在越来越觉得，更常扮演的角色是心理老师。现在这一代人，内心的问题，比我们那时候严重得多。

有时候学生会跟我说：没办法，焦虑是这个时代的标志，白老师，你们那一代以及前一代多好，无忧无虑的。

这番话突然打开了我的记忆之门，真是这样吗？

1975年12月，我父亲已经病到很严重的地步，转院到哈尔滨，全家一起过去的。我印象非常深，那天晚上楼道的大喇叭里突然放起了哀乐，父亲的眼泪"哗"就下来了。他跟我母亲以为是周总理去世了，后来听新闻，是康生去世了。

1976年1月8日，我们已经回到海拉尔的家，哀乐再一次响起。父亲和母亲哭了一天，因为周总理真的去世了。一个病入膏肓的人，依然会为哀乐响起而哭。

一转眼到了1976年9月9日，毛主席去世。9月15日我父亲去世。

父亲去世头一天晚上，把家人和他的几个朋友召集到面前开会，安排后事。他是从家乡草原走出来的、他们那个村子里的第一个大学生，母亲也是大学生。作为一个神志尚且清醒的知识分子，他很快地交代完后事，居然还和朋友们针对报纸上江青的着装而感到忧心忡忡和愤怒。

一个第二天就会离开这个世界的人，居然还和他的妻子朋友一起，担心着这个国家。

那一代的人，没有时间和余力去思考自己的命运，因为这个国家、这个时代、这个民族，到了非常危险的境地。那是一个更大的焦虑，那是更大的忧心忡忡。

回头看1976年，周总理走了之后，十里长街站满了为他送行的人，难道那不是焦虑的中国人？几个月后，"四人帮"被打倒了，又两年后，改革开放出发了。

我们经历过一代又一代中国人更大的焦虑、更大的担心，和更多的忧心忡忡。正因如此，今天每个个体的焦虑和担心，才值得理解，值得尊敬，值得庆幸。十里长街上的人们，不就是希望有一天大家不再只忧心于国家和民族的前途，而是也能考虑考虑自己？

你们现在的焦虑很具体，房价、婚姻、职场、人际关系，等等。首先它是社会进步的结果，"小时代"才是美时代。接下来要去面对它，慢慢解决它。

什么叫焦虑？焦虑就是对自己或亲人的安全和前途命运，忧心忡忡。但是如果长时间手没有具体的事情，却持有焦虑的态度，就有可能转化成精神疾病。

现在我们很多人，就焦虑得并不具体。像《积极心理学》这本书中所说，每一个个体所担心的事情，其实90%都不会变成现实，但你为它付出了90%的担心，瞎耽误工夫。有人问过丘吉尔，二战期间，德国天天炸伦敦，你焦虑不焦虑？丘吉尔一拍脑袋，"我哪有时间焦虑？"原来焦虑是需要时间的，您焦虑，可能只是因为太闲了。

还有一个父亲，因为孩子去世一蹶不振，焦虑，痛苦。这时他最小的儿子来了，"爸爸帮我把这个玩具组装上吧。""去去，一边儿玩去。""爸爸帮我把这个玩具组装上吧。""好吧。"等他用三小时把这个玩具组装完了之后，突然发现，这竟然是近来仅有的，没被痛苦侵扰的三个小时，因为他在专注地做着眼前这件事。也有可能，你的焦虑和你的痛苦，只是因为你没在专注地做事，你在为"诗和远方"写着悲伤的歌。

再然后，是时代要解决的问题。人生应该由九个字贯穿：拿得起，放得下，想得开。从小到大，你所受的教育、你所看到的榜样，是不是都在讲"拿得起"？我们应该聊聊"放得下"和"想得开"。

有人说应该多读书，也有人说，读书没用，那么多人大字不识，还是富了。我比较认同后者。仅仅为了"拿得起"，读书没那么大用途。如果大势很好，你顺势而为，机遇也相当不错，没文化照样"拿得起"。改革初期有无数的人，大字不识，但成了亿万富翁，你跟谁说理去？

"拿得起"不一定通过看书能解决。看过很多书的人，还可能恰恰拿不起，因为他左思右想，错失良机。如果你认为自己不但"拿得起"还能一直拿下去，而且越拿越好，的确不用看书。问题是这不可能。

改革迅速进入成熟期，机会空间越来越少，论资排辈、排队不加塞，摆放在你们每个人面前。这个时候恐怕要通过读书去解决"放得下"和"想得开"的问题。只有真正在读书中获取了"放得下"和"想得开"，才能真正"拿得起"和"拿得好"。

我们的教育和生活中太缺乏这个了。如果大家都没有"放得下"的精神，大家都要拿着它，老子在《道德经》里说了，"多藏必厚亡"，你拥有的东西越多，失去的可能也越多，你不会真正"拿得起"的。

所以要去读书，为了"放得下"和"想得开"。而一旦放得下和想得开，你的焦虑因此会减少很多。凡事要求极致，哪有尽头呢？

你看史铁生，写过《我与地坛》的著名作家——有评论家认为，假如那一年没有出现其他中文作品，仅有一篇《我与地坛》，同样当得起华语文学的丰收之年——他的那篇文章恰恰写的就是"放得下、想得开"

的过程。

史铁生的人生是在岁末年关时结束的。他给我们留下的财富，就是他一生思考的问题：拿得起、放得下、想得开。突然有一天，他被命运扔下了，很多事再也拿不起了。他说，当初我四处奔跑的时候，总在抱怨现实生活中的很多不公，现在我坐在了轮椅上，开始怀念那个当初可以在阳光下自由奔跑的年轻人。又隔了几年，他得了褥疮，坐在轮椅上非常非常地难受。他说，我开始前所未有地怀念那些没有褥疮可以安静地坐在轮椅上的时光。又隔了一些年，他得了尿毒症，要透析了，他开始怀念当初仅仅为了褥疮而苦恼的日子。原来人生所谓的痛苦，都还有一个"更"字啊。但是后来一瞬间，他转念想开了：死亡是一定会到来的一个结局，那我现在着什么急呢？

他平静下来了。走进地坛是为了寻找"拿得起"的答案，走出地坛时，他已经放得下、想得开，成为了今天我们心目中的史铁生。

接下来好像该收尾了。大家还记得开头的时候，德意志银行的那份报告吗？2018年是1901年以来，经济上最差的一个年份，当年资产的93%都是负收益。摩根士丹利说，你无处可躲，除了现金全在下跌。

在这样一个几乎不可能投资获益的时代里，应该投资自己啊。投资自己才是只会升值绝不贬值的一本万利的事。而读书，是我见过的最便宜、收益最大的自我投资。世界那么大，跟你没什么关系；世界好和不好，是由你身边的人决定的，更是由你自己怎么想来决定的。

话题要回到这个国家，2018年，中国过得也好，也不好。

也好，就是我们用更加改革和开放的姿态去纪念改革开放，而且将继续。我非常期待改革40年所累积下来的既得利益者，能为当下这代年轻人再唱"在希望的田野上"，一定要打破利益的藩篱。只有进一步改革，进一步开放、开明、开心，年轻人才会发自内心地唱"在希望的田野上"。

　　但也有不好的。特朗普、加拿大、华为、中兴、贸易战……但我觉得不算坏。很多年后我们一回头，才会发现，2018所经历的这一切，可能是我们成长的一个新的起跑线。在人生中，千万别轻易地失望和绝望，有时候，失望和绝望是老天爷给你的机会。希望一般都跟失望和绝望捆绑在一起，很少在舒服的时候降临。

　　改革开放，如果不是之前整个国家走到了濒临崩溃的边缘，顶多改良。

　　曾国藩一次又一次自杀被救，最后父亲去世心灰意冷，回到家里，才从儒家走进老庄的道家哲学当中，再出来时面目全新，打下南京，成就了一生的最高点。

　　哪一次的希望不是从失望和绝望处出发？因此你们要善待失望甚至绝望，那可能是机会。我认为这也是中国的一个机会，因为要逼着我们思考很多阳光灿烂、山呼海啸、红旗招展的时候没有思考过的问题。

　　如果你不创新，如果你不接受"漂亮的失败也是另一种成功"，你就只能是小成功、大失败，因为你永远是跟随者，难道不是吗？

　　经济学家周其仁先生去美国硅谷，感到很惊讶，因为硅谷有无数个研究室在干着完全"不靠谱"的事情。但是紧接着，就心生一种尊敬，那些科学家是在极其认真地做着看似"不靠谱"的事，也居然有人极其认真地投资给这种"不靠谱"的事。将来，在这些"不靠谱"当中，就会诞生"特斯拉"这样的品牌，干出极不平凡的创举。

　　我们呢？我们只许成功，不许失败。所以谁都追求规规矩矩的成功，看得见的成功。可是不敢失败怎么可能敢创新呢？创新是跟我们这个民族的基因做斗争，我们民族的基因当中，不断有人在你的耳边说"枪打出头鸟""先露头的椽子会烂"。而今天我们尤其要给年轻人机会，允许他们自主创新。不自主，创不了新。

　　中国是一个大国，我们生在这个国家，痛苦和幸福都与此有关。"大国"该是什么样？我只记着老祖宗的训诫，上善若水。水面当中什么是最辽阔的？江和海。为什么江和海能成为百谷之王？因为它比别人低，海纳百川。"大"的样子原来不是高，而是低，这个低不是低姿态，而是谦逊，而是保有一种包容、开放的胸襟。

我总觉得中国有很多值得老外羡慕的地方，比如他们应该羡慕我们有这么好的一个国歌。我真的喜欢国歌里的这句话，"中华民族到了最危险的时刻"。我们对外可以自信，但没必要自傲。我认为天天唱"中华民族到了最危险的时刻"，才是真正的"厉害了我的国"。

冬天就要过去了，春天当然会到来的。一个伟大的民族是懂得在冬天里播种的民族。就像很多年前的西南联大，不就是在冬天里播种吗？40 年前中国的改革不就是在冬天里播种吗？1978 年 12 月 18 日中共十一届三中全会开幕，于是才有了春天的故事。

所以在结束的时候，送给这个国家和这个时代，尤其送给每一个年轻的朋友一句话，这句话是我在 2012 年在伦敦学到的：Keep calm and carry on（保持冷静，继续前行）.

2012 年我在伦敦报道奥运会，满大街全是这句话，茶叶罐上、马克杯上、T 恤上、招贴画上，到处都是，流行得一塌糊涂，甚至被恶搞，比如"保持冷静，继续喝酒"。

有同仁跟我讲了这句话的来源。第二次世界大战的时候，德国每天轰炸伦敦，虽然丘吉尔率领着所有的英国人抵抗，但他们也做好了被德国人占领的准备。一旦被德国人占领了，怎么办？该给这个国家的每个人怎样的提示？

英国政府印刷了几百万张这个海报，有王室的标志还有英国的米字旗。"保持冷静，继续前行"。一旦被德国占领，人们将悄悄把这个海报散布到大街小巷、家家户户，让大家达成共识，保持冷静，继续前行。当我听完这个故事，热泪盈眶。

后来盟军胜利了，英国把这些海报全部毁掉，可是留了几张残余。好多好多年后，某个年轻人在祖辈的柜子里，发现这张海报，四处探寻，了解到几十年前的这个故事，讲出来，成为感动英国的一个标语。

我为什么会热泪盈眶？因为我觉得这是几十年前英国人内部的一个共识，虽然很多英国人都不知道，但是今天，该让中国人知道：改革了这么多年，我们遇到了这么多的挑战，将来也还会有，这是一个大国躲不开的。对于很多个体，所谓改革开放40年，就是人生发生重大转变，而且是如同过山车一样，每条路上都拥挤，每一个十字路口都要抉择。

所以在2012年伦敦奥运会即将结束时，我买了一件写有这句话的红色T恤，穿着它，做了最后一期奥运直播节目。今天，也把这句话，送给每一个年轻人，送给每一个焦虑或平静的中国人，送给这个国家：

保持冷静，继续前行。

2018 年 12 月 中国传媒大学

# 岁月

活 着 不 是 非 赢 即 输

# 幸福可以无限靠近，无法彻底到达

董桥诗意地说："中年是一杯下午茶。"其实没那么浪漫，青春一去不返，死亡的影子依稀就在前方。

幸福像鞋，舒不舒服自己知道；又像"百分百"的黄金，可以无限靠近，无法彻底到达。

有一点紧张，不是因为人多，也不像中学刚毕业，要见各位应考官了，而是因为要面对一个不太懂的问题：幸福是什么？

不能因为之前出了一本书，书名里有"幸福"两个字，我就成了幸福专家。但不幸的是，在过去的时间里，不断有人跟我探讨与幸福有关的问题，所以今天就跟大家交流一下。

不是"懂"才可以交流吧？如果只有"懂"才可以交流，这个世界上99%的交流都消失了。正是因为不懂才交流，交流是懂的开始。

## 肚子不饿了，欲望更多了

为什么开始关注幸福？这问题挺难回答的。首先是因为我现在不饿了，在座的各位现在也不太饿了，下午两点，各位也刚吃过午餐，困劲儿上来了。

其实困劲儿上来也不错，啥都不用想了。麻烦的是有很多人吃饱了，还不困，就要想很多问题。就像范伟说的："什么叫幸福啊？饿急了的时候，看谁手里有俩包子那就叫幸福；要是能给我吃，那就幸福死了。"

过去我们饿的时候，都是这么理解幸福的，然后就一路奔着饱去。终于有一天绝大多数人饱了，或者说不那么饿了，但是发现你的欲望更强了，想要拥有的东西更多了。所以不饿这事挺麻烦。

第二是我们向前走得太远了，把自己走蒙了：我到底要去哪儿啊？很多很多年前，当我们出发的时候，是要奔着幸福而去，走着走着感觉跟迷宫似的，到处都是岔路。曾经有一句话，我在书里也写过，是我的一个已经离世的老大哥说的：走得太远，别忘了当初为什么出发。

我们很多人都是走得太远，已经忘了当初为什么出发了。为名忙，为利忙，为各种各样的事情忙。原本为了这些事情忙，是因为觉得它们跟幸福很近，可是后来把幸福都忘了。每天焦虑、烦躁、难过、憔悴，玩命地挣钱，却从来没有花钱的时间。

## 我们为什么不幸福？

可能正是这样的一些因素，我们不得不关注幸福。

为什么现在的日子，物质层面上好过了，却感觉不幸福了？这样问的人非常非常多，我也曾经很有感触。

1997年底，我买了这辈子的第一辆车。我们《东方之子》栏目组在门头沟一带开会，我抽不开身，请组里一个老大哥去帮我把车提回来。车开回来后我很兴奋，吃完晚饭，荒郊野岭连路灯都没有，我开车带大家出去兜风。那么小的富康，里面居然装下七个人。除了我开车以外，副驾驶坐俩；后座挤了四个。我这辈子都忘不了那天晚上感受到的幸福，不仅我，车上的每一个人都是如此。今天看来超员违章了，但荒郊野岭中，幸福感更是"严重超载"。

后来我换过几辆车，价钱也越来越贵，但是非常抱歉，我再也找不到当初那个夜晚的幸福。

这是怎么了呢？后来我也看了一些书，接受了这样一个概念：幸福需要三个层面的因素，物质、情感和精神。我又将它引申了一下：物质是基础，情感是依靠，精神是支柱。

如果没有物质基础，情感和精神也是脆弱的。为什么？基础不牢地动山摇。毫无疑问，吃饱了，穿暖了，对一个人的幸福来说太重要了。

过去吃不饱、穿不暖的时候，我们以为只要拥有了物质基础就会幸福，忽略了情感和精神的作用。后来发现它只是个基础，如果情感和精神上有所欠缺，依然不会幸福。

花钱买得来房子，买不来家吧？花钱买得来男人和女人，买不来爱情吧？花钱买得来书，买不来文化吧？

昨天我走了一回好多年没有走过的隆福寺大街，钻进那里的中国书店，看到一本很老的旧书，叫《筒子楼纪事》，是写当初北大那些住在筒子楼里的人。翻阅这本书的时候，感觉很温暖，因为在那个物质匮乏的年代，筒子楼里有情感，有精神。

现今的我们，物质大踏步地向前走，在情感和精神方面，是否失去了很多呢？

## 男人的中年危机

第三个问题常被问到：幸福跟年龄有关系吗？我得说有。

如果我不到四十岁，不会费这么大劲去思考幸福的问题。但不幸的是，国外做过一个调查，人生的幸福指数在中年最低；更不幸的是，我今年四十三，还不到最低点，最低点是四十五左右。

调查结果呈 U 型曲线，过了中年的谷底，幸福指数在老年时又会回升，最幸福的就是童年和老年。现在我明白了，为什么说"老小孩"，老人和小孩的确有很多相似的地方。这就让我更加不惧怕年老，渴望年老。

但我现在仍然处在不幸的中年。中国的男人很惨，没有宗教作依托，又没有一个外在的所谓"更年期"，只有独自悄悄地"中年危机"了。

我没见过几个中国的中年男人，会沟通关于中年危机的问题，但谁都经历过吧。中年是一个前不着村、后不着店的地方，董桥可以诗意地说，"中年是一杯下午茶"，其实没这么浪漫。

过去从来不会去想人生终点的问题，到了中年就不得不思考了，青春一去不返，前方依稀看得到死亡的影子。我今年四十三，我不太相信自己能活到八十六，估计才八十五吧，那也就是说，我的前半辈子已经比后半辈子长了。

中国人忌讳谈论生死，但人生是一条单行线，谁都无法阻拦，不思考死亡的问题便不会活得好。外国先人很聪明，早就说过"生如夏花般灿烂，死如秋叶般静美"，真把它参透了，道破了，你活得才好呢。

我在书里引用过梁漱溟老先生的话，人一辈子总要思考三个问题，按顺序，不能错。

先要考虑人和物之间的关系，所谓三十而立。然后要考虑人和人之间的关系，人到中年错综复杂，为人妻，为人母，为人友，为人上级，为人下级，等等。接下来不可避免地，要考虑人和自己内心之间的关系，我从哪儿来？到哪儿去？活着有什么意义？

中年危机面临的最大问题，就是你会怀疑你曾经信奉的价值，不知道意义在哪里，所以要去思考，要去纠缠。也正是在这种思考和纠缠当中，聪明的人能够看明白一些事情，然后突破那层窗户纸，获得一种更大的自由和解放，离幸福更近一点。

## 幸福和别人有关吗？

接下来一个常问的问题：幸福是自己的事，还是跟别人有关系？

如果我今天在这儿讲话，在座各位有的玩手机，有的聊天，一会儿走了一半，你觉得我会幸福吗？你们也一样，如果今天下午怀着去动物园看猴儿的心情，来这里看我，见到了活的，又觉得某些话讲得还有点道理，算是额外收获，还不收门票，你也能找到一点幸福感。

也有可能，你出家门的时候很幸福，很开心。可是随后，买早点排队有人加塞儿；过马路周围的人都闯红灯，让你进退两难；去银行取钱，营业员耷拉着脸，给你不少冷遇……你觉得你会幸福吗？

也有可能，一些素不相识的人，使你拥有了某种幸福的感觉，哪怕你是"受害"的一方。公共汽车上被人家踩了一下脚，本来很恼怒，没想到对方非常诚恳地向你道歉，那一瞬间你很温暖。你的东西掉地上了，旁边的人捡起来递到你手上，你觉得这个世界还是很有爱。

幸福当然跟别人有关系，这就是问题所在，也是我们当下经常不幸福的由来。物质是基础，可以依靠自己去创造，情感却不仅仅是自己的事，和父母家人有关，和身边每个人有关。

## 幸福和国家有关吗？

幸福是个人的事还是国家的事？

有些调查数据显得很个人化，比如财富、物质、情感等，也有很多跟周围的大环境有关系。比如一个廉洁、高效的行政系统，民主和自由的社会环境，都会让我们感觉很幸福。所以，幸福怎么能跟国家没有关系呢？

那年3月5日，温家宝总理的政府工作报告当中出现了"尊严"二字，当晚我在《新闻1+1》的直播里说："我终于看到了这个字眼，这是一个比让中国成为GDP世界第一还要难以实现的目标，但它毕竟已经出发了。"

"尊严"是我看到的最富有诗意的政治语言。国家既然确立了这样的目标，接下来就还会思考很多问题，比如，到底什么是大事，什么是小事？如果只有奥运、亚运、世博才算大事，老百姓的事都是小事，那就麻烦了。

北京奥运会结束的第二天，我在一篇文章里写："该到了把每一件小事当大事的时候，也该到了把每一个中国人的福祉当成最大目标的时候。"

不能因为奥运会来到北京、世博会来到上海、亚运会来到广州，我们就要牺牲自己所有的喜怒哀乐，甚至批评的权利和不满意的权利。

广州亚运已经体现出很大的进步，一路都是"骂骂咧咧"过来的：老百姓抱怨亚运扰民，官员也会出面道歉。我甚至认为将来，如果中国哪个城市再要申办奥运会，支持率只有70%，不意味着退步，反而意味着进步。

北京申办奥运会的时候，全国人民支持率是97%。倒也不意味着咱们装假，而是那时我们还把幸福寄托在某种成就感和荣誉感上。我们还把个人的幸福跟一个国家、一个时代、一个百年未圆的梦紧紧联系在一起，这个瘾一定得过。

就好像中国人非得过足了开车的瘾，才会重新回归骑车和步行；非得把乱七八糟的情感都体验一遍，才重新体会到家庭的可爱。

## 幸福和信仰有关吗?

我的上一本书前言叫《幸福在哪里》,后记叫《明天,开始信仰》,我想幸福应该跟信仰有关吧。但我还是要不厌其烦地声明,我所谓的信仰,不只是简简单单的宗教——宗教也并不简单,但怕大家理解得简单。

中国人的宗教观是什么呢?人跟佛之间互惠互利。大家都有很强的功利心,进到寺庙里,啥事?想生孩子,找观音。啥事?身体不太好,药王殿。啥事?缺钱,财神爷。

有信仰的最大好处是什么?有敬,有畏。当你的内心里上有天、下有地的时候,你很踏实,知道自己该怎么做事。

有人问,白岩松你信什么?我说,我信一些大的词汇,比如忠诚、友情、勤奋、家庭……就职业而言,我相信新闻有助于这个社会一天比一天好,如果哪一天我不信了,也就不再做新闻了。

全世界没信仰的人只有十一二亿,大部分都在中国。中国人里有信仰的,一亿多人信着佛教、伊斯兰教、基督教、天主教,还有一亿多信共产主义,剩下的就只信人民币了。如果大家都用一种方法信人民币还好,那叫人民币教,没有,各有各的信法。于是就乱了,乱的不止是方寸。

## 爱国是爱牛肉面

接着还有人问,怎么才能幸福啊?对不起,我也没招儿。

我一直认为,幸福像鞋,舒不舒服您自己知道。甭管多大的名牌,您穿着不合适,该硌脚一样硌脚。你妈做的面条,就是比饭店里一百多块钱的面条好吃。

一次我采访香港特首曾荫权，他讲起自己很多年前在美国留学，有夫人陪读，其实很幸福了。突然半夜爬起来，莫名其妙地对夫人说，此时此刻，愿意用一百美金换一碗咱们街口卖的那种云吞面。

我有一个《东方时空》的同事，在一篇文章里也写到类似的感受。出差很长时间从国外回来，下了飞机居然没先回家，而是直奔他最喜欢的那家牛肉拉面店，一大碗连汤带水吃下去，出了一身汗，这才觉得到家了。他有一句话让我特别感慨："所谓爱国，原来是爱我家门口的那碗牛肉面。"

## 以茶代酒，淡中得味

幸福在你心里，不需要外在标准的衡量。

曾经在飞机上看过一篇康洪雷的专访，被一个细节戳中泪点。康洪雷是我的内蒙古老乡，当初当助理导演的时候，每天都要面对乱七八糟各种事。早上起来，总会有一番挣扎，然后对自己说，你康洪雷开心也是一天，不开心也是一天，你打算怎么过？说完之后冲出屋子干活去。

看到这儿我热泪盈眶，把杂志合上了，到现在也没看到后半段写的什么。

人生中得意和失意都只占5%，剩下的90%是平淡。你能不能把那90%的平淡过得不那么平淡？不太容易，尤其年轻的时候更不容易。

我观察我的儿子，他不太爱喝白开水，也不太喝茶，爱喝各种饮料，甜的，刺激的。因为人生淡，年轻的时候味道少，他需要用更强烈的味道，去给自己一种触碰。

而我现在爱喝的都是淡的东西，白开水、绿茶、普洱茶。过去愿意喝肉汤，现在愿意喝好的青菜炖了很久之后的汤。小时候觉得这个没味，现在才知道真叫鲜，淡中得味。这是岁月给的。

## 无限靠近但无法抵达

很多人说,听说你出了一本书,叫《你幸福了吗?》,我说没有"你"。为什么没有"你"呢?因为我首先是在问自己。

此外,问号不意味着答案,但提问是回答的开始。通过这个问号,我起码在一步一步靠近答案。

有一天我们会到达幸福吗?这个问题挺有意思。百米比赛会有一条固定的终点线,即使你跑得慢,十几秒、二十几秒也到了,总能撞线。

但幸福没有终点线。有的人刚跑不久就到了,有的人跑很久也没到。我曾在一本大学校刊的封面上看到一句话:"也许我们喜欢的不是成熟,而是走向成熟的过程。"同样,也许我们追求的不是幸福,而是追求幸福的过程。

你听说过百分之百的黄金吗?没有,99%,99.9%,99.99%,99.999%……

幸福就像"百分之百"的黄金,没有绝对的抵达,但可以无限靠近。

2011 年 北京时尚廊书店

**作者说明**

本书正文,均来自作者近年在不同场合的讲座。为读者阅读方便,作者对内容进行了更符合文章规范的删改处理,并尽量去除不同讲座中的相似内容,以免雷同。

在成书过程中,作者为每篇文章都撰写了"自己的读后感",以求补充更多新的想法并提供更好的阅读节奏。

特此说明。

　　我有个"东西联大'，每届学生都带两年，最后一堂课是在我的家里上。

　　这一天的课主要是讲趣味，但先从"静"开始。

　　我为他们泡功夫茶喝，可有一个条件：三十分钟，谁也不许说话。

　　安静中，茶的滋味慢慢浮现出来。安静中，远处的鸟叫与屋里钟表的嘀嗒声慢慢清晰起来。我相信，这些声响与滋味，在年轻的岁月中，常常是被忽略的。

　　三十分钟到了，最初反而没谁想立即说话。也许，他们感受到了"静"的滋味。我相信，无论谁，不平静，都不会幸福。

　　接下来，讲"趣味"。其中一个重点，是讲古典音乐。也许不会立即进入，但人生总有一个时刻，那些旋律会安静地等待他们，或抚慰或激励。其实，人生只要拥有很多趣味，听音乐、喝茶、美食、收藏、阅读、喝酒、有好朋友聊天……前路平坦或坎坷，就都没太大关系。可人生如果干巴巴地没有趣味，将来的路让人担心。

　　学生毕业时，我会每人送他们一套《传家》，那里，有中国人的日子与趣味。在扉页，我写两行字：人生如茶须慢品，岁月似歌要静听。

# 做点无用的事儿

> 手机阻止了无聊，也阻止了无聊所能够带来的好处。就算中国人有那闲工夫，像牛顿一样躺在苹果树下并被苹果砸中，第一反应也肯定是：把它吃了。

## 普京送的手机与法国人的度假

我不知道大家有没有注意到一个细节，在 2014 年 11 月的 APEC 会议上，普京送给总书记一部手机。这部手机，我看过细节之后发现，只有俄罗斯能做，中国做不了。是因为高科技吗？不是。这个手机是两面屏幕，一面跟咱们的普通手机一样，另一面跟 Kindle 一样，电子墨屏幕。

我为什么说中国做不了？俄罗斯的人均阅读量在全世界排名是很靠前的，脑海中才能诞生这样一个手机的创意。而我们如果设计两个屏幕的手机，一定只是为了让它更加便利，更加色彩斑斓。

　　去年 8 月，我去法国巴黎，发现巴黎人民非常可爱，他们都去度假了，把整个城市留给了来旅游的中国人民。大家知道，法国人一直像捍卫生命一样捍卫这一个月的度假时间。

　　关于法国人对度假的态度，联合国教科文组织的一位中方高级官员说了一番话，给我的触动非常深。他说，中国人往往会觉得法国人太"懒"，一到夏天钱都不挣全跑了，都去度假。但是法国人是怎么去面对、思考、解读这一个月呢？

　　在全世界，如果论创造力，法国是最好之一。有多少法国作家获得了诺贝尔文学奖？还有法国的电影——我自己就是法国电影的狂热爱好者，在我最喜欢的三部电影当中，就有一部是法国的，它们很少让我失望。法国人认为，法国之所以有创造力，跟夏天的休假紧密相关。每年，都有这样一个月，去到一个能保证安静的地方，给自己发呆的时间，回到自己的内心，让自己了解生命。一定要休息，宁可少挣点钱，背后是一种对生命更透彻的理解。

　　生命不只是使用，还需要奖励。而我们对生命究竟是一种什么样的态度？我们的口号是"活到老，学到老"，其实往往是"活到老，挣到老"，赚钱永远没够。中国古人早就告诉了我们什么是"忙"，"忙"就是"心亡"。法国之所以可以成为一个有创造力的国度，跟他们经常要停下来面对自己、成为自己的朋友、与自己对话、与时空对话紧密相关。

　　于是我总结，创造力需要三个条件：有一定的闲钱，有一定的闲人，还有一定的闲时间。没有这三点，想有创造力，不可能的。

　　2013 年是《东方时空》创办二十周年。它在 1993 年创办，为什么几年内就能成为中国具有影响力的新闻专题节目？那种创造力是从哪儿来的？我觉得就从这三个"有闲"来的：

首先，由于进行了改革，合适的人可以进来，不合适的人可以走，每一个栏目的人都会有一点富余。这种人力资源上的"有闲"就产生了强大的竞争力，同时每个人也面临着生存的压力，要更有创造力、干得更好。

第二，也是由于搞改革，制片人可以支配经费，干得好的人多给，干得不好的人少给。这是有一点闲钱。

第三，由于不是满员，同时还可以吸纳社会上的"大脑"，优秀的人云集在这里，就会有多余的时间和智慧。那几年，永远是前面有人在播节目，后面有人在研发新节目。所以，很多新节目都不是领导指定的，而是我们自发推动的。像《实话实说》这样的节目，领导没让做，可是大家做出来了，一看还不错。一个新的热点栏目就诞生了。

人们常说，四个苹果创造世界。第一个是亚当夏娃的苹果，与人类有关；第二个是牛顿的苹果，发现了万有引力；第三个是乔布斯的苹果；第四个就是中国的"小苹果"，帮着消耗了大妈们多余的精力，也是对社会的巨大贡献。

关于牛顿的苹果，我相信在此时此刻的中国，这样的传奇不会诞生。在一个"爱拼才会赢"的国度里，有几个人愿意有那个闲工夫躺到苹果树下去？好，即便有人躺到了苹果树下，被苹果砸完之后的反应也一定很"中国"。

第一个，像绝大多数中国人一样，抱怨。此时此刻的中国最大的特质是抱怨，我们可以到任何一家餐馆去听，小三在抱怨正房，领导在抱怨下属，下属在抱怨老板，老板在抱怨体制，体制内在抱怨体制外……反正所有人都在抱怨，因为大家都觉得责任是别人的，与自己无关。每个人都在抱怨中把自己给择出去了。其实，你什么样中国就什么样，你进步了中国就进步了，但是中国人不会用这样的思维去思考问题。因此被苹果砸到的第一反应肯定是：骂骂咧咧的抱怨。

接下来的可能就是立即给吃了，这是非常"中国"的处理方式。人家说假如一个外星人掉入地球——掉到其他国家命运可能相同，掉入中国会有不同的命运——要看掉入哪个省。如果掉到陕西，就会把它埋上，一百年后再挖出来；如灵掉到浙江义乌，就制造一批模型；如果掉到东北，训练训练上二人转舞台；如果掉到北京，"赶紧问下是什么级别，要不不好接待"；如果掉到广东，一般都是做汤喝了。这是外星人，换成苹果，掉到哪个省都是给吃了。

要么抱怨，要么吃了，好不容易有个替代牛顿的机会，就这么被现代中国人舍弃了。只有钱才有吸引力，哪有与人类有关的万有引力？所以我们会有我们此时的特征。

## 无人处的好风景与无聊时的创造力

1999 年国庆，我在厦门，带着老婆孩子，孩子还很小。我们喝茶喝到晚上十点半，被临时通知"全走，所有的茶室要改成宾馆让人睡觉"。因为这是全中国第一个"黄金周"，厦门没想到游客如此地"海量"。等我们回到宾馆，也看到大堂里全是人，在等床位。

第二天去鼓浪屿，噩梦一般的旅程，但是，到了鼓浪屿之后没几分钟，我就成了最幸福的人。一艘艘船在鼓浪屿停泊，游客下船，99.5%的人直奔日光岩。还有人问：鼓浪屿哪儿最有名？有人答：日光岩哪！我也带着家人跟着人流到了日光岩，一看人山人海，都快看不到日光岩了。大家排队照相，没人仔细看景。一来这儿最有名，二来接着还得赶下一个景点呢！而我们就势拐到了二百米之外的一条巷子里，却发现几乎一个人都没有。

那天从上午到下午，我们把鼓浪屿都逛了一遍，甚至还钻到一个什么洞里。最美的鼓浪屿在最火爆的黄金周是没人的，几乎只属于我们这一家人。但是，大量的游客仍然不断涌向日光岩。从此我到任何一个景点都不一定照相，因为生命很短，有照相的时间，不如用眼睛把风景留在记忆当中去感受，而不是当时不看，回家后再看照片。

所有传说中鼓浪屿最美的地方，比如钢琴的声音从窗户里传出来，野猫从身边跑过，张三疯的奶茶……我全都听到了，看到了。这个时候要反过来去思考，我们的生活，出现了哪些问题？

我们总认为"闲逛"是没用的，我们讲究"直达"，工作、生活，都是功利地直奔目标，过程几乎可以忽略不计……现在又有了智能手机，不要说闲逛，连无聊的机会都消失了。一闲下来，就拿起手机，看个微信，胡乱搜索点儿什么。

我前不久在杂志上看到一句话："手机阻止了无聊，也阻止了无聊所能够带来的好处。"这句话很绕，但是当我想明白，觉得这句话说得太好了。"无聊"在某种意义上也是创造的重要母体。没有了无聊，无聊之中所诞生的某些千奇百怪的、天马行空的创意也就都消失了，甚至"无聊"本身也消失了。

## 无用的事与看似无用的文字

中国人不做无用的事。然而什么是无用的事？什么是有用的事？

与升官有关的，与发财有关的，与出名有关的，都算"有用"的。比如在高等学府里，现在的学子提的问题跟过去不一样，都有指向性和目的性，功利性极强："我该怎么办？""应该怎么选择？""你直接告诉我一个答案？"

我每次都回答，我不是卖大力丸的，治不了"急"病，只能说一些"慢道理"。但是现在的人觉得慢道理不叫道理，你必须给我开一剂药，吞下去立马要见效的。我估计只有一种药能达到这个效果，那就是剧毒的毒药。你只要吃下去，保证两分钟后啥事儿都没有了，你吃吗？所以，有用的药恐怕都需要时间。

现在中国人很有意思，见面递名片、收名片。回到家一看，这哥们儿没用，撕了；这哥们儿有用，留着。就在你把"没用"的名片一张张撕掉的过程中，你可能也就错过了一个又一个有趣的人，留下的全是"有用"的。

我们该怎么重新去理解无用之大用？

今天下午有个小伙子跟我聊，说他自己特倒霉，本来报了某学院某专业，后来被调剂到了汉语言文学专业，也就是人们常说的中文系，学它有啥用啊？我给他四条出路：第一，复读，但现在已经12月了，时间上可能有点来不及，自己考虑清楚；第二，学校内部可以转系，试试；第三，大学本科更多是思维方式的培养，先学着，将来考研时再选择一个自己感兴趣的专业；第四，有时候"先结婚后恋爱"也未尝不可，而且非常重要，试着让自己爱上它……

我自己随着年龄的增长，对汉字的喜爱是在增长的。好多人说，这年头谁还读诗啊，我就要告诉他们，诗歌里浓缩了最精华的中文。要知道，中文是可以一再被重新"发明"的。怎么讲？常用汉字只有几千个，但是每当你要落笔成文时，总会承载着或主动或被动的重新发明汉字的可能。

厦门的诗人舒婷，很多年前路过神女峰，写下"与其在悬崖上展览千年，不如在爱人肩头痛哭一晚"。这两行诗，有哪个字你不认识吗？没有。但是她把我们都很熟悉的汉字重新组合在一起，就诞生了"人人心中有，个个笔下无"的意境，而且成为一个时代的标志。诗歌里就存在着这些看似无用、任每天都在重新生长的中文的无限可能。

海子写过"今夜我不关心人类，我只想你"。这是海子最伟大的一句情诗，依然是大白话，但是它有我们最凝练的情感。当一个民族持续二十多年都不读诗，甚至厌恶诗，把诗歌边缘化，你就知道我们生活中发生了什么样的问题。

这个世界上昂贵的东西，往往是"无用"的，比如戒指。戒指有什么用？没用，但它非常贵。顶针有用，跟戒指长得差不多，却廉价得多。又比如服装，服装有什么用？保暖和遮羞。如果仅仅为了保暖和遮羞，随便去个小商品市场，一百元一身拿下。但是很多女士的一身服饰，一万元都拿不下，另外那九千九百元花在哪儿了？花在没有任何实际功能的用途上：牌子、感觉、样式。

所以，你去研究生活中大部分的事情，看看是有用的贵还是无用的贵？

曾经有一次讲起这个事情，陈丹青很认同我的看法。陈丹青他们干的这活儿有什么用？画家有什么用？诗人有什么用？没用啊。前些年我去了浙江富阳，也就是著名的《富春山居图》的富春，在那儿详细了解了黄公望的故事。老爷子在迟暮之年，用了六七年的时间画完这幅画，送给一位名叫"无用"的僧人。一个寂寞文人感叹自己无用，恰恰遇到一个叫"无用"的僧人，两人还挺投缘。几百年过去了，当年那些"有用"的达官贵人不知哪里去了，而这幅无用之人画的无用之画可是真有用，成了这个城市招商引资的最大名片，甚至总理在中外记者招待会上都谈到了这幅《富春山居图》。它有用吗？没用。可是它真没用吗？

有很多人问我，哪本书对你影响最大？每个人都想得到一个功利性的结果，"影响最大"的一定最有用。但我觉得，除了新华字典，所有读过的书都像是不断汇入江河的涓涓细流，帮助你慢慢地成长，变得壮阔、深远。你怎么知道是哪条汇入的溪流让黄河成为黄河，让长江成为长江？同样，我这一路上从书中汲取了这么多营养，无法界定到底是哪本书塑造了我。

也有学生跟我沟通关于读书的想法，提出很多类似"我喜欢读书，但我的很多同学都爱看美剧，我是不是需要坚持"这样的问题。其实炫耀读过多少书和炫富没什么区别，都挺招人讨厌的。另外，当你开始用"坚持"这样的字眼去描述读书时，已经坏了。

读书是一种乐趣。最重要的是，能够带来乐趣的，是读书本身，而不是读书以后的结果。

现在国内的书店，最显著的位置一定是这样几类书：与考试有关的，与养生有关的，以及所谓的"畅销书"。这反映出当下人们最关心的内容，要过关，要长寿，要有谈资，怕被时代抛弃，其实全都具有某种功利性。

当然，这些都无可厚非。但也有很多好书与功利无关，选择去读它，只因为阅读的过程会带给你不同寻常的体验。

我来这里的路上，在看张曼菱写的《西南联大行思录》，一次又一次地让我热泪盈眶。这种热泪盈眶我觉得很好，让我知道自己是谁，知道自己还会被什么所感动。

这本书中写到，邓稼先的爸爸是清华大学哲学系的著名教授，在抗战爆发之际，他的儿子即将去昆明读西南联大的时候，他说了这么一句话："儿子，学科学吧，科学有用。"这句"有用"的确反映了那个时代知识分子的某种心声，但是如果没有哲学，没有情怀与境界，他怎么会让自己的儿子在国难当头的时刻抛离这一家子？最后，邓稼先成为了我们的两弹元勋啊！

书中还有一处细节。南开大学在 1937 年 7 月底被炸成一片废墟，当时的校长张伯苓发表讲话："本人对于此次南开物质上所遭受之损失，绝不挂怀，更当本创校一贯精神，而重为南开树立一新生命。"蒋介石就是在南开被炸之后的第二天，做出全面抗日的决定，他讲了一句话："中国在，南开在。"而张伯苓的儿子从军学习飞行，最后驾驶那种简陋的飞机，在与日本人的战争中阵亡了。

这就是那个时代的校长，这就是那个时代的校长公子。我读到这些的时候，眼泪就下来了。都是一些"无用"的叙事，但又深藏着乐趣与回味。你的人格就是在这种无用的事情的熏陶中，慢慢地健全独立起来。

现在应该提倡人们都去做些看似无用的事。

我每周必须跑五天步，非常无用的事儿，但是跑的过程慢慢成为一种享受，自己跟自己对话，把自己放空。累得一塌糊涂的时候我首先想到的是跑步，跑完以后，累的是腿和脚，但心和脑子都缓过来了。这也是一种辩证法。

厦门大学的校训是"自强不息，止于至善"，我认为一所好的大学最重要的因素，正是引领永无止境地探索。创新需要具备的素质：独特的思维方式，独立的人格，人心的自由。通常对"自由"的理解是狭隘的，真正的自由在内心。可以探究而且能得出一定结论的就不算辽阔，比如宇宙；无法掌握的才是最辽阔的，比如人心。创造就是对固有牢笼的挣破。所谓自主创新，没有自主就不会有创新，一所好的大学是将"有用"和"无用"相结合，创造一种真正的辽阔。

所以未来中国的创造力，一定是从越来越多的中国人开始发呆、开始思想、开始与众不同、开始另辟蹊径、开始被鼓励并乐于做无用的事情开始的。

我期待那一天更早地到来！

2014 年　厦门大学

其实，我很想给这篇文章起另外一个标题：让生命中总有一点儿闲。

有更多的闲，是一个人与一个社会进步与健康的标志。

二十多年前，我们一周只休息一天，后来一周休息两天，再到现在，全社会探讨一周休两天半的可能。毫无疑问，人类正奔着一周休息三天的目标大踏步前进。我能感受到，将来最大的产业当然不再是房地产，而是健康医疗产业与休闲文化产业。

可惦记这个美好目标的同时，我们得思考另外一个问题：有闲的时候，我们都在干什么？

打麻将、看电视、跳广场舞、喝酒吃饭、看手机……估计没落下什么吧？

我们很难指望这些休闲活动演变为创造力，也很难让心灵腾飞。因为我们既不习惯与自己对话，也不习惯仰望星空。我们想闲却又怕闲也不会闲。

没钱，是穷人；有钱没闲，也只是打工者，不管你有多少钱都是。有一些钱又有一些闲，才有可能让生命多些有质量的色彩。但有闲不会闲，只是为了打发时间，也依然离成为生命的贵族太远。

把有闲，当成对生命的奖励与激励，我们还需要时间！

# 漂亮的失败是另一种成功

> 人在胜利的时候是不必做决定的，但在失败的时候要做决定。
>
> 怀着好奇心看待每一次失败，试着弄明白，这是不是老天爷在提醒自己，要开启某种更好的人生？
>
> 成败与否，不在当下，往往需要历史的追认。

各位同学，你们应该都是高考当中的佼佼者，因此走进了这所大学，也算是这个阶段的成功人士。接下来，你的期望值将不断被调高，因为进了好大学就应该有好工作，有了好工作就应该有更好的未来，好的朋友、好的家庭，以及所有好的期待……你的人生将不断被这种更高的期望值，推向"不成功就会很麻烦"的境地，这似乎更像一个无底洞。所以，今天要跟大家沟通的话题，叫"漂亮的失败是另一种成功"。

## 输得体面，并且有尊严

当下是一个成功学泛滥的时代。中国的很多扭曲和乱象，都与追求面上的成功有关。我们只是追求现实的结果，往往不追求真理；我们把结果看得非常重，因此我们从不享受过程；我们为了实现某种期待，往往不择手段。

2012 年，我参与过整个伦敦奥运报道，伦敦奥运会最重要的那句话，叫"影响一代人"。有记者提问："体育如何影响一代人？"伦敦奥组委的一位官员回答："体育教会孩子们如何去赢。"这句话很正常，在中国，很多事都能教孩子们如何去赢，但是他的下一句话让我格外感动："同时，教会孩子们如何体面并且有尊严地输。"

这是中国人很缺乏的一种教育。在我们的教育体系中，孩子从小到大，什么时候学习过如何体面并且有尊严地输？

我记住了这句话。一方面，它让我更加明白，体育为什么在我们的生活中，扮演着如此重要的角色；另一方面，它像一面镜子，映照出此时的中国。有时，离故土越遥远，感受就越清晰。

仔细想想，在我们的人生中，谁躲得开失败？谁躲得开挫折？可是如果从小到大，我们都没有接受过挫折与失败的教育，不能够体面且有尊严地面对失败，成功又有什么意义？

其实老祖宗早已明白这个道理，说"人生不如意事十有八九"。既然不如意事十有八九，为什么我们从来不教"十有八九"时的心态和应对能力？十之一二的成功，被看得极其重要；十之八九的挫折，也被放大到无以复加。

我上大学的时候，有一次输了一场球，一帮人居然痛哭了一夜，集体喝大酒。很多年之后，突然一回望，才知道和后来所要经历的一切相比，那是多么微不足道的失败，而且是多么美好和难忘的失败。可是当时，我们以为世界末日来了。

近年来，在各个高校，不止一次地发生过年轻学子在如此美好的年华结束自己生命的不幸事件。我们的分数很高，心脏却不够强，很小的挫折都会被我们放大。更何况，在太多"成功学"的概念笼罩下，稍微有一些不如意，便陷在负面情绪中难以自拔。这样的悲剧值得探讨，社会应该教会我们的孩子什么？

## 因失败而伟大

其实，回头看中国历史，包括世界历史，想想看，失败很可怕吗？中国有无数的历史人物，之所以伟大，是因为失败，而不是因为成功。

岳飞是因为成功才伟大吗？如果从我们现在的"成功学"角度来看，岳飞很失败。不管你仗打得怎么样，被人家 N 道金字令牌召回，最后还给办了，在当时的社会来说，他是一个失败者。当时的成功者是谁？是秦桧。可是后来呢？秦桧在西湖边上已经跪了多少年，但岳飞是我们心目当中的英雄，对吗？

项羽是成功者吗？作为一个男人，一个将领，项羽已经失败到无以复加的地步了吧？都霸王别姬了。但是他仍然以英雄的形象，存留于中国的戏剧故事和百姓谈论当中。反倒是"成功者"刘邦，会让我们在内心里，产生某种不屑或者不那么喜欢的感觉。

林则徐的人生成功吗？大家只记住了他成功那一点——虎门销烟，但却不知道在很多"妥协派"的压力之下，一年之后林则徐被去职。从当时的官场角度来说，他成功吗？一点儿也不。

好了，我们不说具体的人了。为什么要补上失败这一课？不仅仅是因为人生不如意事十有八九，更因为人生不是一次注定成功的旅程。人从出生开始，就是一条单行线，直奔死亡而去。就算你赢了全世界，也赢不了这个结果。死亡，是一个最大的"失败"，你应该怎么去面对它？

所以这一系列的举例，都是为了说明，补上"失败"这一课，对此时的中国和每一个中国人，是多么重要的事。

失败，其实有很多意义，这些意义比成功大，或者说有一种成功必须是以失败作为助推力的。南唐李后主，要论失败的话也登峰造极了，我们想要经历那样的失败都很难。但我们至今仍在谈论他，为什么？因为他作为一个伟大的文学创作者，留在了中国的文学史当中。如果不是彻底的国破家亡，他会写出"问君能有几多愁，恰似一江春水向东流"这样一种感怀吗？不会。这个失败对于李后主固然惨痛，但对于后人，对于中文的传承，何尝不是一件幸事？在他的文字中，失败，竟然成为了一种美妙的意境。

莫扎特，我不止一次去过他的故乡萨尔茨堡。他生前在家乡不是一个受欢迎的人，屡受排挤，命运多舛。但他又是一个天才，天才到什么地步？他一生中创造的音乐作品，交给普通人抄谱，都未必抄得完。但是现实中，他的人生很失败，不成功。

我不知道大家有没有看过《莫扎特传》这部电影。他的对手，一个宫廷乐师，处处给他阻得和折磨，但是今天，你是否还能记得他的对手的作品？没有。然而莫扎特到今天始终是一个天才的形象，活在全世界的人心目当中，而且在他的音乐中，你听不到失败，听不到挫折，听不到身世的飘零和所有的难言之隐。他的音乐，永远是人世间原本美好的那种存在，这是一个太奇妙的事情。

这样的例子太多了。我们去探讨贝多芬的耳聋，探讨马勒家庭的不和睦——他很年轻的时候就写下《亡儿之歌》，连他的妻子都觉得，这将是一种预言，后来他的孩子真的夭折了……但是到前年，马勒的交响乐在全世界上演的频率已经超过了贝多芬，成为第一。他曾经说，自己的音乐是写给五十年后的人们，他说对了。

另外还有多少伟大的诗人，正是因为人生中的不幸、挫折和难过，才创作出那些伟大的作品。我们都知道苏轼的作品太好了，但苏轼的官宦生涯其实是非常糟糕的，屡屡被排挤，被贬谪，但即便这样，他仍然留下了传世的佳作，连生活中的负面情绪也找到了别出心裁的出口，否则"东坡肉"是哪儿来的？所以，以史为鉴，回归到个人去看，我们应该知道，失败有时是需要的，而且是伟大创作的重要动因。

## 失败是一门必修课

人如果一直处于"成功"的状态，慢慢也就麻了，所谓温水中的青蛙，你觉得一切都是理所当然。反倒是时常降临的失败与挫折，是上帝对你的一个提醒，让你从"失败"这门课里，接受某些教育。

我采访过一位企业家，问他喜欢什么样的司机，他说我喜欢出过车祸的司机。为什么？出过车祸的司机比其他人更懂得安全驾驶的重要性。这是二十年前我听到的回答，当时还不是太理解，越往后越觉得有道理。司机都是新的猛，越老越谨慎，因为刚开车的时候天不怕，地不怕，没经历过失败，觉得一切尽在掌握。当你自己剐了，撞了，亲眼所见、甚至亲身经历过糟糕的事故，才会越来越谨慎，越来越小心，越来越知道安全驾驶的重要性。挫折与失败就是这样成为一种教育。

在一个人的成长当中，智商很重要，但是到我这个岁数就会明白，比智商更重要的是情商。智商决定你有资格与谁竞争，而情商决定最终谁能赢。想想看，在座各位经过大浪淘沙，从天南海北考到同一所大学，你们的智商是相差无几的。但是接下来，走出校门之后，谁更有可能成为学校的"一张名片"，恐怕更多要靠情商了。与人的合作，对社会的了解，对自己的心理调控，经得起失败，经得起表扬，让自己走得稳，走得远，内心强大而不失趣味，永远对前方充满好奇……

我自己弄了一个"东西联大"。清华、北大、人大、传媒大学，每所学校都会给我提供五六份研究生简历，我会从中选择两个。二期学员中有一个学生，始终搞不清楚自己为什么会被录取。我没跟她深说，其实就是因为在别的简历里，我看到的全是成功，得过什么奖，有什么优秀作品，如何年轻有为……唯独在这个姑娘的简历里，我看到了她的失败和她对挫折的态度。她写了她考研受挫之后，经过了漫长的努力和自我调整，终于又考上这样的心路历程。

那么，经历过这样的打磨，有些东西我不用再教她了。对于年轻人，我并不很关心你们得过多少表扬，有过多少成就，我只担心你们几乎没经历过像样的挫折。我觉得每一所优秀的高校，都应该在毕业证上列出一门课程的得分，证明这个学生是否接受了挫折教育，并且取得了不错的成绩。只有既得到过很多表扬，也经历过很多挫折的人，才能作为一名合格的毕业生，去面对前程未卜、风险未知的人生旅途。

## 败局催生变局

此外，我们还应该明白，挫折与失败原本就是变革的机会。刚才我说过，任何失败都有可能是上帝对你的一种提醒，让你静下来思考，改变原来的路径。要知道，人在胜利的时候是不必做决定的，但在失败的时候要做决定。

体育场上一直有一个准则——胜者不变败者变，对吗？在刚刚结束的"勇士"和"骑士"的 NBA 总决赛中，大家有没有注意到第四场时"勇士"的变阵？为什么？他在 1:0 领先的情况下，被"骑士"连扳两局，大局 1:2 落后。"勇士"变阵，而且刚一开始还不一定成功，上来就被打成 7:0，但他坚持了下去。那一场完胜对手，最后"勇士"彻底击败"骑士"，奠定了大局。最关键的一场比赛，就是 1:2 落后之后的变阵。

问题就在这儿。体育赛场上永远是"胜者不变败者变"，生活中，往往也是这样，被挑战者以不变应万变，挑战者才要出奇制胜。失败逼迫人们不得不变革。

1978 年年底，十一届三中全会，邓小平拉开中国改革的大幕，请问这是胜利的结果还是失败的结果？如果我们一直都还不错，好没好到哪儿去，坏没坏到哪儿去，恐怕也不会做出如此之大的变革决定。但是我们的经济与社会几乎到了一个崩溃的边缘，所以首先要做的事情，是恢复高考，尊重科学，尊重人才，然后结束过去的错误路线，改革、实事求是、实践是检验真理的唯一标准⋯⋯

而拉开改革大幕的邓小平，何尝不是在挫折与失败当中才真正想明白的领导人。谁能说他在五十年代、六十年代，就已经高瞻远瞩，看到中国该走什么样的道路？正是他在所谓"三落三起"的过程当中，尤其是"第二落"和"第三落"，在江西走出了"邓小平思想"这条路。一定是巨大的挫折促使他真正冷静下来，清醒意识到问题所在，并且做出新的决定。

因此，中国改革开放三十多年，现在的 GDP 成为世界第二，从购买力角度来说应是第一。回头去看，恐怕应该"感谢"当初的大失败，逼迫我们走向变革。

再回到体育圈。今年巴萨得到了"三冠王"，但如果回到 1 月份的时候，这是几乎所有的体育迷都想不到的。因为当时巴萨已经近乎完蛋了，输给皇马，输给塞尔塔，尤其是在新年伊始，输给了皇家社会。

失败就像是一个挤破毒瘤的过程。一次失败好像还无所谓，两次失败似乎也还能扛，但是输给皇家社会之后，整个队的矛盾全面爆发出来：梅西和主教练之间的问题、足球风格的问题等等。这个时候球员们意识到惨了，如果不认真面对它，做出一个新的决定，我们将一事无成。快离队的哈维要跟梅西谈，难道你就准备继续看 C 罗得金球奖吗？然后去斡旋他跟恩里克之间的关系……

球队从那次失败开始，真正走上了正轨，创造了足球史上又一个"三冠王"的奇迹。如果没有此前接二连三的失败，尤其是输给皇家社会的这次惨败，如果当时稀里糊涂赢了，所有的问题，恐怕仍会稀里糊涂地存在着。隔几场输一场，隔几场再输一场，最后或许能拿到"三冠王"的一冠，但不会达到如此伟大的高度。

做出决定，往往意味着一种变革，人生何尝不是如此呢？每当失败与挫折来临，你应该怀着好奇心去看待它，试图弄明白它的目的：难道这是一次提醒？难道我应该做出一个更有利的决定？

## 失败意味着更好的开始

接下来还有一点，失败往往是更好的人生的开始。人的一生很短，仔细一想也很长，要经历多少关口。在这些关口所做出的抉择，往往会影响命运的走向。

我 1989 年大学毕业，分到了中央人民广播电台。8 月 15 日我去报到，发现台里人事处的人都认识我，还用一种特别不好意思的眼神看着我。我去广电总局人事司，人家好像也对我的名字很熟悉，"你就是白岩松？"奇怪，那时候我可不是什么名人，只有一个人名。我问，怎么啦？人家说，对不起，你的关系已经被退回广播学院了，我们不要你了。

那一刻，五雷轰顶般的感觉，不亲身经历的话很难用语言描述。我知道问题出在哪里，也完全有可能在一瞬间的情绪冲动下，采取某种方式去发泄。但是让我后来每每想到就深感庆幸的是，我决定给自己一点时间，冷静下来。我去了圆明园，划了一下午船。

我不知道有多少人，在二十一岁这个年龄，遭受如此大的打击之后，会选择冷静一段时间再做决定。那个独自划船的下午改变了我，我想明白了，不要愤怒、不要恨、不要报复，先要拯救。拯救别人，也拯救自己。

一年以后，仍然由于各种各样的因素，我去乡下锻炼了一年，工作证也比别人晚发了一年。回来后，让我猜自己被分到哪个部门，我猜了十五个都没有猜对，正确答案是《中国广播报》。当时觉得很沮丧。作为一个学新闻的人，当然希望战斗在新闻一线，而广播报当时在我心目中就是排节目表，同事几乎都是中老年人。

第一天上班的那个上午，始终打不起精神。但是到了中午，我做出一个决定：怀着万分沮丧的心情，到电台对面一家小书店里，买了一本人民大学出版社出的《报纸编辑》，然后用一个下午把它看完。

我至今感谢自己的这个决定。再沮丧，再难过，也要走上这条道路了，而且一定要走好。想要改变未来，就从做好眼前的事情开始吧。当年的老同事们，是真心对年轻人好，也正是因为我到了这样一个几乎没有年轻人愿意来的地方，才拥有更多的机会。

很快，我就成了独当一面的版面编辑、业务骨干，可以写自己想写的东西，刊发出去，然后被别人看到，觉得这小子文章写得不错。所以后来，才会被推荐到正在创办中的《东方时空》。如果没有当初意想不到的挫折，如果我如愿被分配到梦寐以求的部门，会有今天吗？很难说。

有时候，也许老天爷很着急，本想给你一个更美好、更有趣的人生，可是你在消沉抱怨当中，让机会一一错过。等你终于想到那是命运的垂青之手在敲门时，再开门已经晚了，于是那些天天都在怀才不遇的人，最后可能真就一辈子怀才不遇。

有一位我非常尊敬的企业家褚时健，1999 年，因为所谓的"挪用公款"被判无期徒刑，女儿跳楼自杀了，请问还能比他当时的人生更失败吗？他作为八九十年代的明星企业家，接手玉溪卷烟厂之后，迅速使"红塔山"成为中国最牛的香烟品牌,使玉溪卷烟厂成为中国卷烟业的老大。他那时随便批个条,就可以使任何一个人致富,无数的人对他趋之若鹜。但是由于机制的问题,他被判了无期徒刑。

我在 2000 年出的那本书《痛并快乐着》里,写过一节《褚时健》,为他打抱不平,那时他刚被判刑一年。我认为这是机制的问题,不变革不行。其实我与他至今也从未谋面,只是出于一种理智与情感,觉得应该帮助他。但如果老爷子在这种巨大的挫折与失败中消沉下去,一切就结束了,我也不会崇拜他。

老爷子后来保外就医,跟老伴相依为命。没有时间去委屈,去流泪,开始种植橙子,打造了"褚橙"这个中国最知名的橙子品牌。八十七岁的老人,每天奔波在果园中,仍有无数的企业家排着队想要见他。

我们当然不忍心说,如果没有当年的惨败和挫折,他的故事好像显得不那么圆满。毕竟这惨败和挫折是如此地不该和残忍,社会也应反思他所经历和承受过的一切。可也正因如此,他自己的人生经受住了炼狱般的考验,得到了升华。

这样的例子太多了。大家都知道电影导演李安伟大的成就,奥斯卡奖都得烦了,当初呢? 多年闲极无聊,无事可做,主要任务就是给老婆做饭。要不是有这么个优秀的老婆,他简直无饭可吃了。对一个男人来说,这几年的时光是怎么过来的? 没有机会,没有电影可拍,在美国闯荡了很长时间,到处是可以撞的南墙,于是回台湾找机会。就是那次回台湾,看到了《卧虎藏龙》的剧本,为他未来的成功做好了铺垫。

六小龄童的父亲六龄童,自幼学戏,打小专攻武生,唱花脸。到了青春期,开始"倒嗓",嗓子废了,没戏可唱了。那就看戏吧,聊以宽慰。看到盖叫天的京剧《西游记》,从此开始琢磨打造这个猴戏,开创了绍剧猴戏,自立天下,独具一格。

所以，这样的故事看多了，每当我自己遇到挫折或者失败的时候，总会很好奇地想：老天爷又打算给我什么新的机会？

## 成败不在当下，而在历史

当然，接下来还要考虑，并不是所有的失败都能立即转化为成功，有很多失败本身，就是一种巨大的成功，但是需要时光的追认。

比如在疯狂年代里，马寅初是失败的，梁漱溟是失败的，张志新是失败的，遇罗克是失败的……不仅观点或作品被批得体无完肤，甚至付出了生命的代价。所以我不太认同"公道自在人心"这句话，为什么？当初，批马寅初的不也是人吗？批梁漱溟的不也是人吗？夺去遇罗克和张志新生命的不也是人吗？有时公道并不在人心，但时间，却可以将失去的公道追讨回来。

明末义将袁崇焕，镇守辽宁兴城这个关口。清兵已从东北起兵入关，直逼京城。袁崇焕赶回来救援，驻军城外，几度鏖战，击退清兵。但是最后却因为被人离间，反被崇祯皇帝治罪，凌迟而死。死后老百姓甚至分食他的肉，以解心头愤恨。公道总在人心吗？不一定。

然而后来，悄然为他守墓的也是老百姓，一守几百年，直到乾隆称帝的时期，才正式为他平反。说起来，他作为明末重臣，是清朝的敌人，因此这样的平反，显示出一种大义。并不是所有的伟大，都能在当世被认可，往往需要时间的追认。

所以，在一个大时代里，如果你受到很多委屈或者不平的待遇，别着急，把它交给时间。不能简单地以当下的得失论成败，很多所谓失败，只不过是此时的一个世俗观念，或者某种立场下的判断而已。

做人，要有一种心理准备：历史上见，时间上见，不能总是当下见。

当你一门心思，只想成为现实中的成功者，也许就会失去历史和时间，甚至成为历史的阶下囚。

如果老舍先生能有一颗更强大的心脏，相信公道总会降临，也许就可以熬过最黑暗的日子。如果傅雷先生多活二十年，又能为世人多翻译多少伟大的作品。一方面，我们感慨他们的情怀和刚烈，另一方面又会有些难过，如果他们相信历史与时间呢？

2012 年在伦敦报道奥运会时，我看到一个奇怪的现象：很多纪念品上都写着"Keep calm and carry on"。后来有个在英国生活了很多年的朋友，给我讲了一段故事。

二战时期，纳粹德国空袭英国。英国政府秘密印制了三百万张海报，上面写着"Keep calm and carry on"，翻译成中文就是"保持冷静，继续前行"，印有英国皇家的标志。一旦城市沦陷，政府会将这些海报悄悄散布民间。因为它知道，如果领土被占，无法使用更激昂的措辞。这是冷静的英国文化。

在这句话的提示下，英国人会形成一种默契的共识，哪怕亡国，有共同的信念支撑着，也不会倒下。

当然这个结局并没有出现。二战结束后，英国悄悄将这三百万张海报全部毁掉，其中有一些存留下来。

有一个人整理亲属的遗物时，发现了这份海报，经过考证搜寻，终于知道了这个故事，令整个英国震惊和感动。也因此，"Keep calm and carry on"成为传遍世界的、属于英国的标志。

伦敦奥运会结束的时候，我也穿着一件写有"Keep calm and carry on"的红色 T 恤做了收尾报道。这是双重含义。

第一，中国本届奥运会成绩非常优秀，但要保持冷静，继续前行。

第二，也是更重要的，中国正面临着无数的挑战和烦恼，只要守住"保持冷静，继续前行"这条底线，中国就是安全的。相反，如果这不能成为国家和民族的共识，就会极其危险。

每一个个体又何尝不是如此？希望、危险与沮丧并存。你必须拥有足够的动力，在失败与挫折中迎接挑战。成功与失败都不那么重要，"保持冷静，继续前行"，才是生活中最重要的事。

回到体育中，很多人问我，哪个项目和人生最为相似。我说是跳高。即便只剩下最后一个选手，即便你已获得最终的掌声，也仍然要把横杆再升高一厘米，进行又一次的冲刺。跳高就是一种这样的运动：你一定要以最后一次的失败，来宣告你的成功！

我希望我的人生如此！

2015 年　江苏大学

柴静出的书里，让我多年前对她说过的一句话复活："人们号称最幸福的岁月其实往往是最痛苦的，只不过回忆起来非常美好。"

我的确说过这句很心灵鸡汤的话。一是为了安慰当时很有些挫败感的柴静，也是我自己回望过去道路时真实的感受。

帮柴静走出困境的，不是我这句话，而是她自己。她有自己的标准与目标，别人的眼光打扰不了她，她信自己。

很多人的失败感，不是来自自己的感受，而是别人的眼光与当下世俗的标准。

然后方寸大乱，然后就真觉得自己失败了。

如果你不为别人的眼光与标准活着，失败的感受会在我们生活中消失大半。

建立并信奉自己的标准，你已成功一半。

有一个我尊敬但从未见过面的音乐人，没按照大家香车美女的想象过日子，而是被看到胡子拉碴地坐地铁，于是，照片在网上热传，下面没写出的文字似乎是：一个落魄的失败者……

这种展览与围观，正是一个时代很失败的真正标志。

你确定比他开心吗？更重要的是：你确定比他更自由吗？

更何况，他开不开心自不自由富不富有，与你有半毛钱关系吗？

你让自己变得更好了吗？

# 致青春：做一个和自己赛跑的人

> 学会接受"平淡"这一生活现实，然后把平淡向幸福那儿靠。
>
> 你的收入与你的不可替代性成正比。
>
> 有了感触不必立即表达，中间该有一段"追寻"的时间。

## 不挣扎不绝望不算青春

今天讲一个与青春有关的关键词吧，就是"焦虑"。

焦虑几乎是当下每所高校共同的情绪，从校长到老师，从大一到大四。象牙塔的教育传统在严酷的现实面前，已经受到了非常大的冲击，该如何找到一个平衡点？我们在内心里又该如何去舒缓这种焦虑？

我个人认为，转型期的中国，一个特殊的时代之下，每个行当都会面临焦虑，大学校园也不能幸免。我期待十年或者更久以后，年轻人的大学生活能够更加心平气和，可以享受纯粹的念书时光，但现在似乎不行。

去年我参加了一个内部讨论，团中央书记陆昊和青联主席王晓都在，我说，青年问题已经重新成为社会问题，非常值得关注。集中体现在以下几点：

第一，现实的压力比过去更明显；第二，机会远远不如以往，当然这是时代进步的必然结果；第三，年轻人心理冲突加剧，和就业环境、情感因素都有关，如果不能得到合理疏导，会演变为巨大的社会冲突。

站在年轻人的角度，该怎么看待这些外在或内在的冲突呢？我历来都说这么几句话：第一，全社会都要关爱年轻人，但不是溺爱；第二，没有一代人的青春是容易的；第三，如果青春顺顺当当，没有任何奋斗和挣扎，没有那么多痛苦和眼泪，没有经历过理想的幻灭，还叫青春吗？如果回忆中没有充满各和跌宕起伏的色彩，回忆有什么意义？

中国能满足所有的年轻人在三十岁之前买房的梦想吗？我要告诉大家，门儿都没有。房改犯了一个非常大的错误，就是在十几年前，给了全体国民一个不可能实现的预期——每人都能买一套属于自己的房子。抱歉，美国没有实现，日本没有实现，新加坡、中国香港都没有实现。请问十三亿人口的中国大陆如何实现呢？

为什么当时政府没有想明白，你该解决的是从廉租房到保障房这样的住宅问题，商品房的问题交给市场经济去解决。结果，上来就搞商品房，等到房价几乎失控的时候，想把它摁下去，再来做廉租房和保障房，已经晚了十年。这话可能有点讽刺，但却是事实。

在日本，一个人到了五六十岁快要退休时，才刚还完一辈子的房贷，这是很正常的现象，全世界大多数国家都是如此。可我们这儿很多年轻人买房都是一次性付款，花的是双方父母一辈子的积蓄，或者把老家的房子卖了筹来的钱。年轻一代的住房问题，一定要靠牺牲上一代人的福祉才能解决吗？

我三十二岁的时候，才拥有自己的第一套房子，很幸运地赶上了福利分房的尾巴，也要花一点钱，但不是很多。

在那之前我搬了八次家，我儿子的孕育和最初的成长，都是在租的房子里。其中有一次搬家，让我每每回忆起来都觉得特别……骄傲又有一点悲惨。

当时，老房东不肯续租了，新找的房子就在同一个小区，而且和老房子一样，也在六层。我傻呵呵地给搬家公司打电话，问能不能便宜点，两栋楼相距不到一百米。人家说，不仅不便宜，还得加钱，我们不看距离，只看楼层。

时间很仓促，我们只有一晚上打包装箱，最占地方的就是书，不知道怎么会有那么多。最后，我夫人累得犯了急性肾炎。我认为在我的记忆中，如果没有搬过那八次家，没有那么多找房租房的经历，我的青春是不完整的。

有很多年轻人抱怨，现在社会上都是拼爹、拼外貌，我会告诉他们：我也曾经拥有一个成为富二代的机会，但是我爸没有珍惜。

拼爹，起码得有爹吧？我八岁的时候父亲就去世了，母亲一个人把我们哥俩带大。我在北京没有一个亲戚，也从没为了工作给谁送过礼，不也走到了今天吗？人生如果没有一些落差做比较，也就没那么多趣味了。

北漂一族常问，到底要坚守北上广，还是回老家？探讨这个问题有意义吗？你有机会就留在这儿，甚至可以去纽约、伦敦；没有机会，死守大城市也没意义。我只想羡慕地对你说，当初我们想北漂都不行，因为没有全国粮票。我的很多同学居然是过了三十岁，才背井离乡，告别妻儿外出闯荡。

你也可以抱怨大城市交通拥堵，地铁太挤。要知道，我上大学实习的时候，学校离城区太远，为了不挤公共汽车，每天早上五点多就要出门，蹭老师的班车。上车就睡着，车停了就下去。结果有一天，班车莫名其妙在中间停了一站，我看都没看就跳下去了，车走了，我才发现没到目的地。那一刻我真是悲从中来，可能比你今天面临的很多绝望要绝望得多，但是都过来了。

青春是一生中最迷茫、最焦虑、交织着绝望、希望和挑战的时期。但为什么所有人都说青春美好呢？那是他们在回忆时下的定义。悲伤的时候，即使有太阳也觉得天昏地暗；开心的时候，即使下着大雨也恨不得出去裸奔。这种自在随意，到了中年就不可以了，但或许到了老年又可以了，我还没经历过。

史铁生是我非常尊敬的一位老大哥，2010 年 12 月 31 号，离他的六十岁生日还有几天，他走了。

他曾经说过这样一段话。四肢健全的时候，抱怨周围环境如何糟糕，突然瘫痪了。坐在轮椅上，怀念当初可以行走、可以奔跑的日子，才知道那时候多么阳光灿烂。又过几年，坐也坐不踏实了，出现褥疮和其他问题，怀念前两年可以安稳坐着的时光，风清日朗。又过几年，得了尿毒症，这时觉得褥疮也运算好的。开始不断地透析了，一天当中没有痛苦的时间越来越少，才知道尿毒症初期也不是那么糟糕。

所以他说，生命中永远有一个"更"，为什么不去珍惜现在呢？

我做制片人的时候，有一个孩子来实习，还是托了关系的。一问，才上大一。他觉得早实习可以早点儿熟悉行业，将来找工作更有把握。我说对不起，从明天开始你还是回学校做个大一学生吧。

如果总在为未来忧虑，而不能享受此时此刻的时光，你可以把整个余生都搭进去，但你真的打算这么过一辈子吗？要知道，你所担心的事情，只有不超过 10% 会变成现实，其余的都是自己吓自己。而且生命中有一个很奇妙的逻辑，如果你真的过好今天，明天也还不错。

## 能面对平淡，就是不平淡

2009 年我度过了大学毕业二十周年纪念。对我来说，大学是一生中最美好的四年，很多事情后来再也难以复制。

在大学里，一定要珍惜和维系集体的友情。

舒婷曾经有一句话："人到中年，朋友的多少和头发的多少成正比，友情之树日渐凋零。"但是在大学里结下的同窗情谊，往往可以贯穿一生。因为你们同在一个行当，未来的工作生活多有交集，且不涉及利益的纠葛。

是，我既不同意更不反对大学期间谈恋爱，但是千万不要因为提早走入二人世界，而错过了再也无法复制的集体生活——那种一大群人一起骑车踏青、一起踢球、一起喝酒、一起熬夜准备考试的记忆。

大学期间，还要锤炼出强大的心理素养。

现在大家都在谈论素质教育，但忽略了素质教育的核心之一，应该是面对挫折时仍然保有乐观的态度和坚定的信心，这是这个年龄阶段必修的一门功课。

千万不要为大学期间遭遇的小小挫折寻死觅活，哭闹撒酒疯。我也经历过，以为天塌下来了，后来才知道，简直不值一提。将来，社会迎接你的礼物，就是无数个打击，而你能做的准备，就是在校园里练就一颗坚强的心脏。否则，等不到成功到来的那天，你已经被挫折打垮了。

在工作中，大家通常强调一个人的业务素质、身体素质，我却更愿意用心理素质去衡量一个人的发展潜力。如果你遇到挫折就打退堂鼓，甚至哭鼻子，我只好摇摇头转身就走。在工作中我是没有性别概念的，也不相信眼泪。另外，我不仅要看他的"抗打击能力"，也要看他的"抗表扬能力"。有相当多的人，没有折在挫败上，却折在了一两次的成功上。成功让人飘飘然，忘乎所以，原本应有的上升空间，就这么被堵住了。

大学期间另一件重要的事，是一定要学会用自己的头脑思维，而不是人云亦云。你们会发现，刚刚进入大学的时候，同学之间几乎没有差别，而四年以后，彼此差异却很大。是什么造就了这些差异呢？

首先是专业的设置。不同的专业与其说教给你们不同领域的知识，不如说是让你们学会用各自专业的角度去观察世界。比如我自己，在大学学业结束后，开始用新闻人的眼光去看待世界。法律系的同学有法律人的视角，理工科的同学有理工科的思维。

除了专业角度不同，还有一点使自己有别于他人的，是你的独立思考能力。一个人的价值和社会地位，跟他的不可替代性是成正比的。你是创造者，还是跟随者？这往往决定了未来你的前进速度和能够到达的高度。

为什么有的人每天工作十几个小时，甚至会有生命危险，收入还很低，比尔·盖茨整天飞来飞去、看起来优哉游哉，却那么富有呢？因为前者的工作随时可以被取代，任何人经过短期培训都能做到，而世界上只有一个比尔·盖茨。

我们干新闻这行，也面临着能否做出独特性的挑战。互联网时代，新闻资源被垄断的可能性已经越来越小，那么拼的就是视角和语言表达方面，是否具有足够的竞争力。

不可替代性来自哪里？来自独立的人格和独特的思维方式。

当然，永远别忘了安静地做好眼前的事。

我知道现在有相当多的大学校园里，学生念书念得心猿意马，总觉得越早开始实践，未来的工作就越牢靠。还有，很多学校管理不严格，毕业实习和论文答辩形同虚设。我们上大学的时候，毕业实习是学校统一安排的，单位开出的实习鉴定也是一项很重要的成绩。现在呢，不少学生从大四起就处于"放羊"的状态，所谓实习也是蒙混过关。如果大学无法为社会提供合格的毕业生，社会又怎么能放心地接纳你们呢？

好的工作，和好的恋爱、好的婚姻类似，可遇不可求，是一个自然而然的过程。从一开始就很浮躁，带着功利心去赌，成功的概率很低，你确定你一定有好运气吗？不如踏踏实实做好眼前事，把四年后的事交给四年后去解决，好过程必有好结果。

你们最终要走入社会，有必要了解社会需要什么样的年轻人。

当然，刚刚走出大学校园的学生，并非"成品"，但你们需要展现出学习性和成长性。我参加过几次招聘会，很少看年轻人此刻的水准，而是会判断他未来的成长空间。有时候，甚至要求没有电视行业经验者优先。很奇怪的逻辑，对吗？因为我意识到未来将是一个跨媒体时代，电视、广播、网络，你中有我，我中有你。你不会电视，我还可以教你；但你只会电视，我如何教你呢？

当然，我也格外看重一个人本身，这没什么数据可参照，只能凭经验和直觉。优秀的人才进入合作的团队，可以激励别人，也被别人激励。你在一生中可以从事各行各业，唯一不能改行的，就是做人。

而当你真正离开校园之后，做好"接受平淡"的准备。我在你们这个年龄，也对未来充满了浪漫憧憬：恋爱就是每天送花、甜言蜜语；工作就是宏图大业、精彩纷呈。

但其实，现实不是这样。我描述一个生活中常见的景象：老公在看电视，夫人在织毛衣，孩子在写作业，一晚上没多少话，到点儿热水泡脚，洗洗睡了。你们觉得，这种日子怎么样？

可能大多数人都会说，快离了吧？但我告诉你们，对于相当多的四五十岁的人，这就是最幸福的一种生活状态。真实的人生不会天天都在放礼花，也不会天天都送玫瑰花。

工作岗位也一样，大多数时候是在默默做一些平淡的小事。我所说的接受平淡，就是接受生活的真相。

在你的想象中，梅西过着什么样的日子？C罗过着什么样的日子？他们之所以有今天的江湖地位，是因为每天都在忍受极其枯燥的生活。不停训练，不抽烟，不喝酒，早睡早起……

我过去采访中山大学校长，他向我诉苦说，午休时间，竟然会有老教授一脚把他的门踹开，投诉有学生在门口唱歌，睡不着觉，"你做校长的管不管？"说完转身走了。校长得赶紧打电话把学生劝走，表示对老教授的尊重。你们恐怕很难想象，一个大学校长，一天到晚，大部分时间是在开各种会，或处理这类琐事。

另外，你们也看到《新闻1+1》里的我，在直播，在谈论天下，显得很不平淡。但这半小时对我来说不是最重要的，最重要是在这之前的很多很多个小时，我在做什么样的准备，准备到什么程度才让自己满意？冰山藏在海面下的十分之九，就是我的日子，非常平淡。

反过来说，只有接受平淡，才有可能不平淡。如果总是试图对抗平淡，你注定平庸，相信吗？因为生活不会给你那么多的机会，所有的不平淡，都是在忍耐了足够多的平淡之后诞生的。

## 活得认真才好玩儿

刚才有一个同学提到我书里写过，1993年创办《东方时空》的时候，我们经常就某些不同意见，跟领导进行"激烈"的对话，但现在的年轻人却没有了这种激情和力量，到底是为什么。

我觉得他用的"激情"和"力量"这两个词挺有意思，正好代表了问题的两个方面。

所谓没有激情，可能是因为我们现在越来越务实了，工作不过是养家糊口的一件事，干吗那么较真呢？得罪了领导对自己并没有好处。其实每一个时代，大多数人都是务实的，尽管他们心里也有梦有理想，但是你指望所有的人都怀揣理想去跟领导吵架，挺难的。

然而不可否认，过去可能有20%的人敢吵，现在连5%都不到了。那时我们为什么敢跟领导吵？因为我们心目中有比生存更有价值的东西，就是真理，就是我们认为"正确"的事情。我们不能不为之较真儿。

就好像四个人打牌，最怕的就是其中有一个哥们儿输也无所谓，赢也无所谓，一点儿不投入，最后大家都觉得很无趣。牌上的输赢那不是真的输赢，但是打牌这件事，好玩儿就好玩儿在你真的会投入，输了真较劲，赢了真得意，互相拌嘴。

生活中也是，每天我们做的事，真有多大意义吗？不一定。但是总得投入吧？投入才有趣啊。跟领导吵架，也是一种情感的投入。同时我能对结果不在乎，开个玩笑，"此处不留爷，自有留爷处"。而奇怪的是，只要你有真本事，只要你毫无私心，并不会发生什么严重后果。

我在电视台干了十几年的时候，换过两任台长。他们的办公室我一次也没进去过。为什么要进去呢？我认真做好自己的工作就好了。也曾经有过忐忑不安，不知台长会怎么想。后来看到杨伟光台长写的一篇文章，里面有这样一句话："我非常尊重那些从来不进我办公室的人。"所以，不一定不跟领导吵架、一味顺从、整天往办公室跑，领导就会喜欢你。说不定领导经常苦闷的是连个吵架的人都找不着。

另外一方面，就是为什么现在的年轻人没有力量。没有力量，往往意味着上级给了下属某种暗示：你不能吵架。相比之下，过去的环境压力更小。我们在这样的环境中得以解放，大家都就事论事，吵完很快和解。

在座各位同学毕业以后，也不排除陆续有人会当上领导。当个什么样的领导，也是一门学习。我建议你们当一个尊重部下、允许部下跟你们吵架的领导。

我过去当过几年制片人。那时对同事最常说的一句话就是："我该想的事得你们想，你们该想的事得我想。"我该想的是什么呢？怎么把节目做好。他们该想的是什么？工作条件、环境、待遇等等。都为对方着想，就对了，千万别错位。

我也从来不坐办公室，总在各个办公室之间溜达。有争执的时候，我对了就对了，错了就承认错了，还给人鞠个躬。我们那个栏目组到现在为止，出了太多官与名人，比如张泉灵、柴静两位主持人。显然，没有民主和平等，就不会有这样的结果。

罗大佑的歌中唱："是我们改变了世界，还是世界改变了我和你？"没有答案。但你起码得试着改变一下世界吧。活得认真才好玩儿，对吧？

## "感触"与"表达"之间，还有"追寻"

前两年台湾出了一个很棒的文学电影系列，叫《他们在岛屿写作》，其中一部的主人公是杨牧，他是我非常欣赏的诗人。他笔下的文字，保留了汉语最棒的味道和无限的可能。我建议搞文字工作的人，要多看看香港、台湾同行的创作。

我想说的不仅仅是这个。在这部电影的花絮里，有一位学者的话让我触动很深。她说，创作往往包含着三个步骤：始于"感触"——比如你被一件事或一个人打动，想要创作一首诗；终于"表达"——这首诗最终完成了；但中间这个词是最重要的，有了"感触"不能立即"表达"，而是要去"追寻"——经历了足够漫长的"追寻",等到一切成熟了,才会有完美的"表达"。

我在一个文化论坛上,也曾听过一位著名建筑师谈到这一点,虽然没用这三个词,但意思是一模一样的。其实,所有文学创作、艺术创造几乎都应是这样一个过程。而我的感慨来自当下这个时代:绝大多数人都是感触完了就表达,谁还会追寻啊?

平时经常遇到一些人要加我微信,我说我不用微信,也不上微博。他们就问,那你怎么了解微信上的内容?我说,如果真有足够的价值,我一定不会错过,哪怕绕过八百道弯儿它也会来到我面前,让我看到。到了我这个年龄,已经不需要心灵鸡汤了。朋友圈里的很多东西都是感触完了立即表达,没什么价值,寿命很短。

在我喜欢的电影当中有一部叫《辛德勒名单》。斯皮尔伯格买下剧本之后,曾经放了十年,这就是追寻的十年。各种各样的创意、文稿、文件,再加上探讨、挣扎、否定、激动、消沉等,都会出现在这个过程中。

电影完成之后,他轻描淡写用一个"十年"就把一切都带过去了,其实会这么简单吗?于是我们才在十年之后看到一部如此伟大的电影。

所以,我现在经常用这三个词衡量自己。做任何一件事情,是不是一有了感触就急于表达?有没有经历追寻的过程?尤其在当下,如何在"感触"和"表达"之间加入"追寻",我觉得是这个时代必须思考的。

## 寻找"第二个"答案

我说过,一个人的工资和他的不可替代性是成正比的。你要从年轻的时候就确立一个概念:什么事情都不可能只有一个答案。

这要感谢我的舅舅，他是一个很棒的数学老师。我上初二的时候，他每天给我留一道平面几何题，先把最容易的辅助线给我画出来，然后让我画其他辅助线，玩了整整一个学期。

很多年之后，当别人说起白岩松的思维方式好像不太一样，总在已有答案之外，去寻找另一个答案，我突然想起舅舅的数学游戏，都忘了对他说谢谢了。

正是在这样的游戏中，我已经适应了什么事情都不止一个答案。最明显的答案往往最简单，寻找第二个、第三个答案的过程更难，但是找到了你会更有成就感。

我做节目的特点是，别人的工作结束时，我们的工作才刚开始——要在别人提供的资讯基础上做出评论。但我从来不会为此焦虑，因为已经习惯了逼迫自己去寻找第二个、第三个答案的过程。

非常感谢我的同行，经过那么长时间，还给我们留了可以吃的饭。因为相当多的人只迈出第一步就停下了，没有去另外的角度寻找新的方向。

第一个答案往往是具有欺骗性的。因此我在采访时，对方的第一个答案之后，我会观察他，当他眼神闪烁时，我不再提问，而是把身体往后一靠，准备继续倾听。此时他接着说的才是真知灼见。

因为很多人回答问题时，习惯于先说一个放之四海而皆准的真理，很安全很平衡的"标准答案"。其后接着说的，往往才是他的个人想法。所以对于采访者，也要寻戈第二个答案。

衷心希望大学生们，当你们将来走向社会的时候，面对一切变动和未知,请用"好奇"而不是"恐惧"去面对。推动人类进步的重要因素之一，其实就是好奇。我看到所有伟大的创造者，眼神中都写着一种巨大的好奇。而那些习惯于抱怨的人，早已失去了等待的耐心。

老天爷的确不会永远给你好的。你能做的就是磨练好自己，做好准备。是不是都准备好了，机会就一定来敲门？不一定。但是请放心，它迟早会来，而且不止一次。千万不要等到"准备好"才去开门，那时候好运可能已和你的邻居相谈甚欢了。

要学会等待，但不是消极的等待，而是怀着一种好奇心去等待。我看到很多年轻人，面对变革时，往往很恐惧，很担心，觉得不变最好。如果不变，你是利益的获得者吗？不一定。

从我 1993 年走进中央电视台到现在，很多栏目的第一期都是我做的，虽然后来跟我无关了，但我愿意做，而且充满巨大的好奇。当初《新闻调查》的第一期节目，就是我帮他们做的样片，现在我自己的节目也在不断进行改版。别人会问，现在挺成熟的，为什么要变呢？我却觉得变动才可能带来不变。要跟上时代，就不要怕变动。

我还要说，"坚持就是胜利"这句话有点绝对了。相当多的时候，"坚持就是失败"，因为坚持往往意味着你不好奇了，不从中享受乐趣了。为了坚持而坚持，怎么可能带来胜利呢？

中国队经常被解说员喊"坚持坚持"，坚持之后，黑色三分钟又进俩。

我现在练长跑，很多人也说要坚持，我说我不需要坚持，因为我享受长跑的乐趣。过程中的某几个关键点一旦突破，其后就是非常愉快的过程。什么事业一旦需要"坚持"，也就离进博物馆不远了。

**2010 ～ 2014 年　重庆大学、广西大学、上海交通大学等**

这些文字都是和年轻人沟通交流时的内容，用时髦的话说：像心灵鸡汤。然而如果说人生的哪个阶段最需要心灵鸡汤，那正是青春时节，正长身体，正需要营养。而如果成年人的朋友圈里，还是心灵鸡汤一碗一碗地上，有点儿晚也有点儿好笑。

我承认现在去高校同大学生们沟通也是一件有些风险的事儿。互联网时代，微博微信流行，哪句话少了前言后语就被人发出去，引起误读是常事儿。于是，你做该做的事儿可还给自己惹了事儿。不过，再有风险，如果没人愿意与大学生坦诚并真心地交流，大学是不是变小了？

其实，青春不易，我不健忘，我依然记得清自己在校园时，那些迷茫、挣扎甚至突如其来的绝望，心中有无数个为什么变成问号等着解答。除去课堂，我永远感谢八十年代学校里的各种讲座，各种名人纷纷前来，没架子真交流，甚至常有"过头"的话，然而也帮助我们学会思考，打开一扇又一扇通往世界与人生的门。

不过有一点与现在不同，那个时候我们不追星，合影签名都少。我们往往带着问题与质疑去，而这是一种真正的尊重，也让我们成为了更独立的自己。

没关系，下一次，我等着你的问题！

# 价值

得 失 不 是 非 有 即 无

# 书读久了，总会信点儿什么

名著之伟大，从来不在于所谓的"中心思想"，而在于太多人人心中有而个个笔下无的动人细节。

## 在书中，有一个更大的世界

我经常会面临这样的一个问题："请问对你影响最大的一本书是什么？对你影响最大的一个人是谁？"我的答案永远是标准的："对我影响最大的一个人是我妈，对我影响最大的一本书是《新华字典》；没有我妈就没我，没有《新华字典》我不会认识那么多字，看那么多书。"

其实，人的生命就像一条奔腾不息的江水，总有很多分支不断地给你注入新的能量，一本又一本的书就是如此。但是突然有一天，有一个提问很残忍——哪本书最重要？手心手背难以割舍，怎么去回答呢？

　　或许只有《新华字典》是一个标准答案。在生命的不同阶段，不同的书籍给你填注了不同的营养。有趣的是可能你都把它忘了，但是在遇到某一个事情，或者思考某一个问题的时候，你曾经读过的一本书，还会再次帮助你和激活你。

　　在我人生中的第一个十年，书籍的意义在于为我打开了一个世界。

　　曾经有很长的一段时间，我以为世界只有我的家乡海拉尔那么大，生活的半径很小。但是当你开始识字，开始试着翻开一本又一本的书，你的疆域被大大地拓展了。

　　那时候，在我们那个不大的城市里有两个图书馆，一个市图书馆，一个地区图书馆。图书馆的阅览证是一个门槛极高的东西。就好像八十年代，谁要有一个北京国家图书馆的阅览证，估计就像现在很多高尔夫俱乐部会员一样了不得。不一样的是，俱乐部会员卡用钱能买到，图书馆阅览证用钱也买不到，得符合身份符合级别才行。

　　比较幸运的是，我妈是一个老师，而且是很不错的老师，有"特权"，因此两个图书馆她都有阅览证。我还很小，刚识字不久，就开始拿着她的阅览证去两个图书馆借书。

　　为什么要强调两个图书馆呢？因为你的阅读饥渴一旦被激发起来，一个阅览证是不够用的，要在两个图书馆之间来回借书。所以我们那儿图书馆的人都认识我。最初还没图书馆的台子高，要踮起脚才能够着。

　　那些书让我知道这个世界比草原更宽广，所以书的第一个功用就是为你打开一道门。

　　也许会有人说，互联网时代了，世界的门可以随时打开。是的，没问题，但打开也是有代价的。

　　阅读图书，是首先筛选出高于你的作品，你要仰视它，然后去攀登。

而来自互联网的阅读内容大多是平等的，你会选择与你脾气相投的，你喜欢的，跟你水平接近的。我担心来自互联网的这种同等水平的阅读，让你失去了自我挑战的机会。

那天听一个"90后"跟我说了句话，真的让我很感慨。他说，其实我们这代人连谈恋爱都不会。我问为什么，他说因为我们习惯了一群人待在一起也只用手机聊，不管是生活中还是互联网中，只要两个人待在一起，就不知道该怎么说话。我开玩笑说没关系，你们两个人待在一起的时候，就拿手机聊呗。

我对我的学生会格外强调，学习，相当重要的一点是去喜欢你不喜欢的，适应你不适应的——也就是打开自己，试着体会和接纳那些不同的声音。

当然每个人都喜欢在阅读中通过共鸣、共振来自我求证，但是对我而言，往往收获更为巨大的，是从那些看上去很别扭的，感觉"不顺荐"的，甚至完全不同的意见当中，慢慢读出它的趣味来，为自己开启一个全新的空间。

比如我喜欢鲁迅和他的文字，他很简单的两句话就能够让我热泪盈眶——他说人与人是不同的，"有的专爱瞻仰皇陵，有的却喜欢凭吊荒冢。"但这并不妨碍我在林语堂的文集当中读出了另一种美，也不妨碍当我不用"汉奸"这个词去给周作人冠名的时候，在他的《苦茶随笔》中读到了中国传统教育不提供的另一套写作体系。

这就是中国有相当多的文人对周作人格外感兴趣的原因，如果不从政治的角度、而是从文学的角度去解读他，他的成就与鲁迅不相上下，只不过各走了一条不同的道路。

包容，是阅读的另一种趣味。没有包容就没有拓展。

## 生活不只是当下，还有诗与远方

人生当中的第二个十年，如果要挑一本对我最重要的书，我会挑《朦胧诗选》。

很幸运，我属于"六八一代"，就是出生于六十年代，受中学大学教育在八十年代。八十年代的确是物质极度匮乏、精神世界和文化领域全面打开的时代，从某种角度来说，那时精神文化方面的宽松度比现在还好。

我们第一次经历属于自己的"文艺复兴"，第一次接触摇滚乐，第一次知道古龙、金庸、琼瑶。谁能弄到一套金庸，全班抢着看，抢到第几本就从第几本看起，无所谓顺序。虽然看得颠三倒四，但觉得很精彩。

大家都穿一样的衣服，没有名牌，谁比谁也富不到哪儿去，因此比什么？就比读书。男生追女生，女生追男生，也需要吹牛的资本。现在你或许可以吹父母，吹金钱，吹吹小鲜肉般的外表，但那个时候要吹的是你又读到什么新书。

如果你没写过两首诗，在八十年代简直没法混。那时的诗就相当于现在的名牌包了，是一种时尚的标榜。不分文科、理科，大家都在写诗，一个诗歌的黄金时代。

那时的新华书店太火了。但凡有新书上市，比如重印的《复活》《安娜·卡列尼娜》，只要贴出通知，头天晚上就有人来排队。我们听说出了一本书叫房龙的《宽容》，会专门进城去买。还有三毛的书，有一家出版公司用了将近两年的时间，才把一整套陆陆续续出齐，我们隔三岔五就要到书店去问去找。

所以我永远记得 1986 年，我在王府井书店买到春风文艺出版社的《朦胧诗选》，心情多么兴奋。它是一个漫长的陪伴，到现在我还经常翻一翻。前不久，我儿子突然读到一首顾城的诗，觉得蛮好，也会翻开这本书看看。这就是阅读的乐趣，在一个陌生的房间里东看西看，说不定会找到什么让你格外好奇的东西。

谁一开始就会读很枯燥的东西呢？不会。我儿子一开始读的是武侠小说，看着看着就开始对历史感兴趣，又从历史往外拓宽。现在虽然选择文科，却很喜欢物理，大量阅读和物理有关的书。这就是开卷有益。

诗代表着阅读的另外一种品质。读书进入到第二个阶段，一定会有这样一个变化，你慢慢知道什么样的语言是好的，也想要尝试去写。过去是世界为你打开，你只是好奇地去了解。到了诗歌这个阶段，你的心情开始跟它碰撞，它替你释放，替你表达，同时也在塑造着你。

有人问我，你的文字风格受谁影响比较大？我的文字有三个主要的出处：朦胧诗、摇滚乐、古龙的小说。去年给我的研二年级学生上课，当我说完这句话，一个学生先是惊讶，然后一声叹息。我明白他这个惊讶和叹息，他大概从来没想过这个问题，文字形成风格居然是有出处的。

我在给他们讲诗的时候，会特别强调，为什么要让你们读诗？因为中文有无限可能，每一个玩文字的人都可能有一个新的发明。成千上万的汉字摆放在你面前，哪天当你写出人人心中有、个个笔下无的文字时，每一个字都不是新的，但它们完成了一种全新的组合，你就又一次发明了中文。

除了对心灵的塑造，诗歌也会反过来迫使你有新的表达。诗人是这么说的，你会怎么说？你会怎么想？遇到你有所感触的时候，你会怎么去表达？我觉得挑战都非常大。

当然，读诗还有另外的一种隐喻，到了一定的岁数就学会了：生命不能只看到外在有用的东西，也要学会汲取很多无用的东西，无用为大用。古人说，"不为无益之事，何以遣有涯之生。"人生不能干巴。如果把自已活成了压缩饼干，几天可以，时间长了受得了吗？问问自己能坚持多久？还是需要有另外的滋养。

每个年代选一本书，其实像一个寓言。当我用《朦胧诗选》代表阅读的第二个十年，是想说到了第二个层次，阅读的作用在于打动你，引发你的共鸣，继而塑造你。更重要的是为生命添加了很多看似无用，实则有大用的东西。

## 哀莫大于心不死

到了人生的第三个十年，对我非常重要的书，是唐浩明写的《曾国藩》，一部三卷本的小说。

它来得很巧。1993年我从电台加盟电视台，去做刚刚创办的《东方之子》。当时我才二十五岁，但是迅速被推上主持人这个岗位，在改革的逼迫下直接抵达前沿。我开始跟一个又一个东方之子打交道，我写给栏目的主题词叫"浓缩人生精华"，但是我心里会慌。以自己的年龄和尚浅的心境，怎样去理解那些厚重的人生，是一个相当大的挑战。

很幸运，就在那一年我读到了在文化圈里开始流行的这套书。曾国藩在过去的教科书里是"地主老财"，镇压农民起义的刽子手。现在回头重新去评估，你会发现曾国藩是少有的大陆和台湾都要读的人，毛泽东和蒋介石也不例外。难怪唐浩明这书一出版，在海峡两岸都很火爆。

那么这本书给了我什么呢？我记得我故意将它读得很慢——当你遇到自己真正喜欢的东西，是不愿意太快跟它告别的。只剩最后几页的时候，我一个人在地下室的宿舍里，看着从半层窗户中透过来的光影，慢慢在墙上移动。随着光影终于移走了，才合上这三卷本，就像完成了一次漫长的人生马拉松。

那个傍晚，我写了几千字读书笔记，只是写给自己的，因为我在那本书中收获太多太多。好像有一层窗户纸被捅破了，突然洞悉了与生命、人性紧密相关的一切。

这就引出了阅读的第三层意味：通过与别人的对话，读别人的故事，也跟自己对话，丰富自己的人生。

书里写到，曾国藩一生的最顶点，就是皇帝请他吃了顿饭，他坐在皇帝的侧面，风光如临巅峰，又伴生着很多焦虑。我突然领悟了生命的真相，每一处都是挣扎，凡事都有好坏两面。

佛教讲苦集灭道，什么意思？"苦"就是每天你要面对的事情，"集"是你要把苦归纳收集下来之后面对，"灭"就是想出办法来，把它给解决了，"道"就是变成共通的规矩，可以应付你将来的事情。

人生有意义吗？说得消极一些，一辈子爬得再高能爬到哪儿去？爬成一个皇帝，爬成一个元首？应该爬到一个开阔的境界。我就问你一个问题，从秦朝到现在，你能记住的皇帝有几个？即便在我们活着的这短短几十年，有的名字曾经如此重要，过两年也就没人提了！

时光不会停留，一切终将朽败，你要面对这种事实。人类面临的问题，永远得不到终极的解决，像一场永不停歇的博弈。怎么办？

好的书籍会不断教给你，怎么积极乐观地去面对这样一个实则消极的过程。

要知道，年轻的时候，你一度以为你能解决世界上所有的问题，真的能吗？不过是一种假乐观假积极。你会把未来想象得非常美好，抑扬顿挫，感慨激昂，眼前是一条又一条英雄路。但是当你有一天走出校门，生活才会对你展现出真相。

就像我，做一个主持人，在别人眼中可能已经相当了不得了，但还是无奈的时候更多。如果没有阅读，你会走到死路的尽头。而在书中，你会读到跟你有着同样经历的人，在那个死路尽头记录下来的所思所想，帮你推开一扇新的门，让你有力量背负着痛苦继续行走。走得久了，回头看那段历程，看到自己在进步，社会在进步，又感到很快乐，而且心安理得。

我可不主张年轻人刚刚二十多岁就把人生参透了，那接下来的岁月怎么办？我们都知道有句古话叫"哀莫大于心死"，聂绀弩老先生却写过另外一句话，"哀莫大于心不死"。这里有更深邃的含义，不到一定的岁数是不明白的。

重要的不是生活本身，而是面对人生的态度。乐观的人一定比悲观的人走得更远，走得更好，虽然人生的真相更值得悲观。这就是《曾国藩》给予我的启示。

它帮了我很大的忙，让我一下子沉静下来，知道如何以二十五岁的年龄，去贴近五十岁、六十岁、七十岁、八十岁的心境。

## 以为读过了，其实错过了

到了下一个十年，三十到四十岁之间，如果说哪一本书对我影响最大，我觉得是《道德经》。

我很庆幸在这个年龄段遇到了它。有的书当你很年轻的时候就把它读了，以为是"读过了"，其实是"错过了"。太年轻的时候，有些书的味道你是读不出来的。可在你真正到了需要它的年纪，却没能再次跟它相逢，这是一件很遗憾的事情。

老祖宗足够聪明，多少年前就已经总结出人生的真相、宇宙运行的规律。而成长是什么呢？就是一路摸爬滚打、撞够南墙、伤痕累累之后，再回头想想老祖宗的话，觉得他是对的。

三四十岁之间这个年龄，面临着大的人生转折，青春还没挥袖子就跑了，好像已经依稀能看到生命的终点。中国人又普遍缺乏有关死亡的教育，一味地忌讳，将其黑暗化。然而不知死、如何生呢？

幸运的是，我来自草原上的少数民族地区，草原的土地和文化，给予我们一种开阔的生死观。少数民族人家有人去世，不会像汉族家庭那样呼天抢地——尤其荒诞的是一边呼天抢地，一边连打三宿麻将。

草原人家的悲伤是节制的，它对人和自然之间的关系有更本质的理解。即使遇到白发人送黑发人这样的不幸，母亲都不会太过失态，反倒是一种淡淡的忧伤，相信她的孩子回归大地了。

因此，当我在三十五六岁的时候，开始思考和理解死亡，《道德经》出现了。它告诉我，无私为大私；江海之所以辽阔包容，只因其甘愿处于最低；柔软是生之信号，坚硬是死之气息；杯满则溢，走到一定的时候要敢于清零……里面太多的词句，让我豁然开朗，内心更加平静。

而且和《朦胧诗选》一样，《道德经》是可以反复翻阅的。这是一种深阅读，缓慢持久地为你注入一种能量。

我的人生走到今天，是成千上万本书的共同作用，而我只透过其中四本，给大家讲讲阅读带给我的经验和体会。

它帮你打开世界，带你走出自己狭窄的空间。它与你的情绪产生共鸣，陪伴你度过一段时光，让你品味出无用为大用的乐趣。它带你面对内心，面对人性，面对生命。它还可以提供智慧、抚慰和解决之道，在你行走艰难时，为无门之处开门，让无光之处有光。

## 名著之伟大并不在于"中心思想"

不要因为一本书的主题或表达方式很陌生，就去厌恶它。需要厌恶的只是那些真正水准很低的书。比如现在很多引进版的书，我真的不推荐大家阅读，翻译太差了，我只能看到一个一个单词被转化成汉字罗列在那里，可能一本书分成三部分，交给若干人翻译，半个月就交稿。很少再看到傅雷、朱生豪、郑振铎他们那个时代的翻译，将中国文化的意象与西方文学的表达相结合，信达雅兼而有之。有一些很好的国外的书，我更愿意去找台湾的译本，他们相对靠谱得多。

还有一种我非常反感的出版物，叫作"名著缩印本"，据说是为中小学生量身订制的。只保留故事框架和基本情节，大量细节、对话和心理描写被删除。要知道一本名著之所以伟大，从来不是因为它的主题，虽然可能流传最广的只是它的主题——比如《简·爱》为什么会成为"女性的《圣经》"呢？因为它描写了男女平等——但是抱歉，写男女平等的书多了，生活中有很多问题是经不起多一句追问的。对啊，有那么多写男女平等的书籍，为什么人们心目中只留下了《简·爱》？

我给出的答案是，名著之伟大从来不在于它所谓的"中心思想"，而在于围绕这个"中心思想"，它拥有太多人人心中有而个个笔下无的动人细节，正是这些细节，诠释了种种亘古不变的真理。如果没有罗切斯特和简爱的那番对话，以及无数诸如此类的细节，《简·爱》不会在文学史上占据如此显赫的地位。

中国教育有一个非常糟糕的地方，就是什么事儿都得有"中心思想"。如果我们看一本名著，只是为了看它的中心思想和故事梗概，《约翰·克利斯朵夫》就不用看了。为什么呢？傅雷在翻译的时候，已经把中心思想写在了五卷本的扉页上："英雄不是没有脆弱的时候，只不过不被脆弱征服罢了。"

所以说，现在市面上相当多的所谓"浓缩版名著"，是对读者的欺骗。

你拿掉了最优美的文字和最值得回味的细节，只保留一个中心思想。孩子们没有机会读到原汁原味的作品，这还不是最糟糕的，更不幸的是当他们以后有机会和真正伟大的原著相遇时，却不再看了，因为他们认为自己看过了，而且可能不太喜欢。

## 每一本书中都蕴藏着你所期待的自己

阅读就像一段旅程，不是每一段旅程都要从头开始，也不是每一段旅程都要一直走到终点。有的书很厚其实很薄，有的书很薄其实很厚。有的书你匆匆浏览一遍，就是读完了；有的书当你读过前三分之一，就是读完了；有的书可能只看过目录，就是读完了；有的书，你读了两遍、三遍，甚至更多，但还是没有读完；有的书越到结束，越会恋恋不舍，它意味着生命中一段特殊的相遇，让你不忍告别。

阅读也是要讲究随缘和惜缘的，别功利，别强加。随着年龄的增长，它慢慢成为你的一种不可或缺的生活方式。

一个人头发最茂密的时候，朋友最多，但是最终会走向越来越孤单的岁月。那么好了，当你拥有属于自己的阅读习惯时，你永远不会孤单，永远备感踏实。随便拿起一本书，就如同邀请到了一个朋友，可以跟他对话，可以赞成他，也可以反对他，可以和他谈谈你的焦虑、不安，听听他怎么想，还可以把他放下，拿起另外一本，让第三个人加入你们的交流。

爱因斯坦临终时曾说："死亡对我意味着什么？不过就是再也无法拉我心爱的小提琴了。"阅读也好，音乐也好，就有这么重要，重要到可以与生命画等号。如果我们不那么狭隘地去理解阅读，好的音乐、电影，也都是一种阅读。

　　最后我一定要强调的，其实是前面已经说过的一句话：我们读书是在读什么？读鲁迅、厝作人，还是傅雷、梅里美？其实都不是。我们读所有的书，最终的目的都是读到自己。

　　你会发现焦躁的心平息下来了，突然有种豁然开朗的安全感，你会发现你百思不得其解的困惑，千百年来被无数的人思考过，并且提供了各种各样的答案。真正使阅读成为一种深刻而愉悦的体验的，是你从中找到了自己，塑造了自己；而每一本在你心目中值得阅读和记住的书，都是因为其中蕴藏着未来你更期待的那个自己。

2011 年　哈尔滨工业大学

2014 年　中国人民公安大学

其实，我不是很愿意向别人推荐该读什么书。

时常看到别人所荐的书太多"高大上"，又学术又严肃还艰涩并小众，有学问有品位，自己相去甚远。

可也总是坏坏地想：会不会有一些人，推荐的并不是自己真爱看的书，而是觉得很符合自己身份或能提高身份的书？

可能，荐书，也时常是一种表演。

好多年前，有人教我们"品位"养成，其中一项指南是：众人面前，餐桌上如有服务员问你喝什么，你一定要以阅尽人生沧桑后的平静说道：请给我一杯冰水。但接下来作者写道：这不妨碍你回家猛喝可乐。

我怕我荐的书会是那一杯冰水。

更何况，在荐书成为一种时尚的背后，也隐藏着这个时代的病。一切都功利地求快，希望有那么几本书，读了就快速地让自己脱胎换骨。

如果要真有几本书有这么大的功效，恐怕连医院都不用要了。

读书就是生命中的一日三餐，大鱼大肉清粥小菜都需要。读书是打发孤独与无聊时光的利器，是让自己变得更好的推动力，是真正要长跑的事儿。

最近在美国，正流行"给总统推荐一本书"的活动。大作家斯蒂芬·金是这样回应的：

"所有人都给那家伙出主意。让他爱看什么样的书就看什么样的书吧！"

# 文字停止之处，音乐开始了

> 每当音乐响起，世界就安静了。
> 音乐，比新闻更真实地记录了时代。

## 人性的进化是很慢很慢的

音乐在我心目中，只有好坏之别，没有门类之分。如果一定要分得很细，按门类去听，譬如古典的，流行的，世界的……有可能错过某些门类中的好音乐，也有可能让某些门类里的烂音乐滥竽充数。

今天我们谈论的主题是"为什么要喜欢音乐"。

其实在古典音乐面前，我永远觉得自己是个小学生，无论听过多少，听过多久。

但我确实是古典音乐的受益者。当我们提出"为什么要喜欢音乐"这个问题的时候，恐怕应该先问自己另外一个问题：为什么不喜欢音乐？特别是古典音乐，相当多的中国人在它面前望而却步。

首先我要从个人的角度谈一个看法。我并不认同将 Classical Music 翻译成"古典音乐"。这样翻译有什么弊病呢？它让很多对古典音乐尚未入门的人，因为"古典"这两个字而拒绝它，觉得它跟现在这个时代没关系，距离很远。

我去意大利佛罗伦萨的时候，听当地人讲了个故事，有关芭蕾舞的起源。当年佛罗伦萨有个酒吧，生意很火，每到饭点儿，人满为患。服务员往来上菜时，为了不将酒菜弄洒，只好高举托盘，踮脚穿梭，时间长了，就成了这家酒吧的风格。再往后，又成了芭蕾舞的母版。"高雅艺术"来自民间，无须高山仰止，古典音乐与之同理。

那么，"古典"的定义是什么？

如果我们定义二百年前的音乐叫"古典音乐"，那么陈钢的《梁山伯与祝英台》是最近几十年的事，就得叫"现代音乐"，但这显然是不可能的。《梁祝》依然要算在"古典音乐"的范畴里。况且这样定义的话，现在的很多作曲家，还能玩古典音乐吗？怎么玩？这里就存在着巨大的矛盾。

有人说了，古典音乐里好音乐多，不对，那是因为经过几百年岁月的大浪淘沙，把好东西留下来了。跟贝多芬同时代的音乐创作多了，因为没流传下来所以你不知道而已。而你之所以觉得现代音乐鱼目混珠，是因为它们还没经历那个淘汰的过程。

莫扎特的家乡萨尔茨堡，我去过好几次。整座城市都在卖莫扎特，从 CD 到巧克力，可是莫扎特活着的时候处境并不好，他的音乐并不是最被认可的。

马勒生活的时代倒是离我们更近，然而他也只能靠做指挥来养家糊口。他的交响乐屡受抨击，让他毫无自信，说得不好听些，老婆都快跟别人跑了。

我们时常感慨"人心不古"，其实所谓的"古"也无非是今天的想象。哪个时代都有相似的荒谬与困境。古典音乐诞生的年头，附庸风雅的达官贵人也会在晚上七点半打着饱嗝走进神圣的殿堂，在音乐声中打起呼噜。否则海顿怎么会创作《惊愕》交响曲，用突变的节奏，恶作剧似的嘲讽他们？

所以古典音乐不古典，它演绎的依然是当下。

但是我对"古典音乐"这个称谓也有一部分认同，它蕴藏着一种对于现代而言很珍贵的"古典精神"。什么是"古典精神"呢？概括来说，第一是那种现代生活所不具备的田园般的纯净；第二是人性，最本质的人性。

大家不要忽略，古典音乐的蓬勃兴起跟整个文艺复兴带来的影响紧密相关，它从宗教音乐口一步步剥离出来。有的音乐很老很老，比如中世纪的音乐《牧歌》，包括加迪纳指挥的蒙特威尔第的合唱。如果把它们叫作"古典"，贝多芬们就年轻得可以称之为"现代"了。但是尽管如此古老，仍然能从中听到人性最本质的那种挣扎、忧郁、喜怒哀乐，对人与世界的关系的追寻和思索，与今天的心灵息息相通。

1993 年，我曾经采访过哲学家赵鑫珊，当时我还是个刚入门的古典音乐爱好者。我问他："为什么现在的科学技术进步这么快，但是这个世纪的人依然需要好几个世纪之前的音乐来抚慰心灵？"他的回答我记一辈子，很简单的一句话："人性的进化是很慢很慢的。"

当年，我儿子刚出生几天，我给他写了一封信，其中一个标题就是"爱上音乐"。里面有这么一句话："当全世界都向你背过身去的时候，音乐不会，依然会固执地守在你身边。一想到这一点，我就觉得格外踏实。"

音乐的本质，就是带着对人性的解读和诠释，陪伴一代又一代的人成长。人性这个参照系，请尽管对它放心，最基本的东西永远不会变。就好像古往今来的情书，无论用鹅毛笔写，还是用圆珠笔写，还是用键盘敲、手机输入，形式上千差万别，但脸红心跳的感受从未改变过。

不管你身处的世界经历怎样的变迁，如果你不能把握住最根本的核心，就只能是一个焦虑的跟随者，而不能成为心平气和的生活守望者。古典音乐中就有这种让人安静的力量，在变化的时代中一如既往地陪伴你，让你知道你并不孤独。

所以我不妨说服自己，依然可以叫它"古典音乐"，因为这里所蕴藏的古典精神、人文精神。一段一百年前的乐曲，饱含对人性的思考与描述，或许曾经抚慰过某位德国的知识分子、英国的公职人员、俄罗斯的爱乐者，如今也依然能够触动你的心灵。

## 拆掉"懂"这堵墙

如果说第一个将我们屏蔽在"古典音乐"之外的，是"古典"这两个字，那么第二个让很多人无法进入古典音乐领域的致命障碍，在于"我怎么没听懂呢"？

中国的教育模式使人形成一种思维定式：每道题都有标准答案，每篇文章都有中心思想。我们从小受着这样的训练长大，一旦接触到音乐，便产生一种先天的冲动：我得搞明白这是怎么回事。

八十年代后期我在大学里，正是瞿小松的《MONG DONG》等所谓先锋音乐最火的时候，我就不断在问："这到底什么意思？它要表达的是什么？"但是关于音乐这东西，有句著名的描述："当文字停止的时候，音乐开始了。"它几乎无法表达，但中国人偏要去表达。

所以，放弃这种想法。音乐不是让你"懂"的，只需要你去感受。

音乐带给人的首先是一种生理反应，它的旋律让你的身体和神经慢慢松弛下来，然后生理再演变成心理，我们感到愉悦、感动、欢快或忧伤种种。

我对古典音乐的标题有着某种程度的"警觉"，它们很多都是后加的。比如贝多芬的《月光奏鸣曲》，甚至写进了中学英语教科书。如果你认真去听这段音乐，开始的部分的确给人一种置身月夜的感觉，但是再往下听，始终都是这个主题吗？还有贝多芬的《命运》《欢乐颂》，都像刷在墙上的标语一样，被定义，被局限，以至于我现在听贝多芬的交响乐越来越少。当音乐被过分地标题化，过分地凸显"意义"时，"懂"是"懂"了，但反而会出现另一种距离。

我直到现在都不太敢听《梁祝》，几乎从来不听，为什么？在上大学的时候为了弄懂所谓的古典音乐，搞到一盘《梁祝》的磁带，印象很深，是西崎崇子演奏的。

那时的音乐出品人真认真，磁带里附了一份很完整的文案，把这个曲目的每一段旋律乃至哪种乐器代表了哪种情绪全都写出来了。当时觉得挺过瘾——这块代表封建反动势力，这块代表婚姻受阻，这块代表离情别绪。

按照文案的提示听下来，我觉得这音乐我有点儿明白了。但是从此我再听就很腻，因为它拒绝了我所有的联想，音乐要是那么简单，就不是音乐了。

我永远忘不了1994年冬天，我用了两个月的时间准备我自己策划的一个系列访谈，要采访十一位空前绝后的老学者，这是中国电视界没人干过的事。谁呢？季羡林、启功、张岱年、胡绳、任继愈、张中行等等，平均年龄超过八十岁，最年轻的，也是唯一一个不到七十岁的，是汤一介。

那时候我记了数万字的笔记，每天晚上夜深人静的时候，就看那些老学者的背景资料，记录"路标"，整理问题。我一直是音乐的爱好者，但古典音乐还时常找不到感觉。但是有一天，放进了一张梅塔指挥的柴可夫斯基《第六悲怆交响曲》，我依然把它当成背景音乐，自己在读在写，但是当第一乐章的转折出现的时候，我的笔往那儿一扔，眼泪哗地就下来了，生理反应。

从来没有一份说明书上写着，第一乐章转折到哪儿，它代表了什么，而我在那些八十多岁老人的故事中，在整整一个世纪的脉络里沉浸了很久，那一瞬间的音乐忽然让我感觉，所有的老人都回到了他们的青年时代，也曾春光灿烂、朝气蓬勃，那种极其美好的回忆在微弱的乐声中慢慢慢慢呈现出来。

后来我去找到相关的介绍，大致还真是这意思，虽然也不一定很准确，但的确是一种提示。那一瞬间，我找到感觉了，从此觉得进入古典音乐并不难，有时候就是一层窗户纸。只要放下想要"听懂"的目的，全然放松地去感受，用我心里有的东西跟音乐所给予的东西去碰撞。碰撞出来的不一定都是欢愉，也有痛苦，可能到了某一个年岁，突然会喜欢上一种秋风萧瑟或含泪微笑的旋律。有人说，痛苦的时候要听欢乐的音乐，我不这么认为，我痛苦的时候要是让我听《节节高》，恨不得把机器砸了。痛苦的时候要听同样痛苦的声音，它反而会抚慰你。

尽管大多数时候音乐只被我们当作生活的背景，但是你要知道，好音乐全是抢戏的，它绝不仅仅甘当背景。无论你正在读书还是写字还是干别的什么，突然这一瞬间你停下来了，这就是音乐抢戏了，它触碰了此时此刻的心境。

时隔这么多年，现在当我听到这段音乐，仍然要克制自己的感情，否则眼泪都要掉下来，想到十几年前那段岁月，总有一种画面感：

似乎是一个老人躺在病床上，岁数很大，无法动弹，但是思维仍在继续。从他的躯体里又倔强地生长出来一个他，向生命的过往走，走着走着会被拽回来，但是挣扎于继续走，又被拽回来，最后终于挣脱了躺在病床上的躯壳，回到自己的青春岁月，最美好的时刻。有护士在给他打针，那个乐章的转折就出现在打针的时刻，然后那个声音慢慢消失了……

当然这仅仅是我的一种诗意的理解。我采访的那些老先生，绝大多数都已经不在了。

## 歌词容不下的人生况味

听音乐是不能着急的。每一个成长阶段，都有相对应的音乐，在生命的转折处等着你，像镜子一样映照出你的内心变化，很神奇。

我年轻的时候狂热地喜欢流行音乐。1993 年，我在中央人民广播电台工作，要办一份《流行音乐世界》的报纸，版面也做了，名片也印了，目标是扛起流行音乐的大旗，搞演出，签音乐人，这些想法在那时是极其前卫的。可惜就因为太前卫，领导看文件的时候说："竟然还要给流行音乐办报纸？不行！"就这么给毙了，我后来也调到了中央电视台。

那时，浑身充满了要改变世界的冲动，所以会喜欢罗大佑的"朋友之间越来越有礼貌，只因为大家见面越来越少""彩色电视变得更加花俏，能辨别黑白的人越来越少""是我们改变了世界,还是世界改变了你和我"，会喜欢崔健的"不是我不明白，这世界变化快，我强打起精神从睡梦中醒来"……

人在年轻的时候，对自我的激励和集体的呐喊都格外敏感，因此很容易被那些歌词触动。但是随着年岁的增长，你不再会被标语口号牵引着走，不再容易被文字激起波澜。你的人生阅历更加深厚，内心感受也更加复杂，反而是无词的音乐，更能击中你百转千回的冲动和欲望、思索与感慨。

而且，即使都是无词的古典音乐，不同的年龄也能体会到不同的滋味。比如三十多岁的时候，我慢慢走进马勒的世界，那时要喜欢上布鲁克纳很难。但是近两年我就非常喜欢他了。这都是岁月给予的东西。

我至今依然是摇滚音乐、流行音乐的聆听者，但是古典音乐却占据了我越来越多的时间。记得多年以前，跟傅聪先生聊天，谈到莫扎特。我们都知道莫扎特的钢琴曲，要么小孩弹得好，要么老人弹得好；小孩天真纯粹，老人洗尽铅华。对于傅聪先生，莫扎特就是他晚年的陪伴，在他生命中扮演了非常重要的角色。

有人曾经说，莫扎特一生中创作的乐曲，哪怕是让你抄谱子，一天八小时，到他去世的那个年纪，你也抄不完。所以莫扎特和他的音乐，都是上帝送给我们的礼物。

2012 年伦敦奥运会，我们在节目中邀请到英国一位音乐教授，围绕开幕式音乐作讲解。他说了一句让我非常难忘的话："音乐，比你的新闻更真实地记录我们的时代。"

确实，由于种种原因，今天的新闻未必能够为明天提供准确的历史，或者扭曲，或者留白。而音乐却是回忆中不可磨灭的纪念碑。年岁大些的人，也许听到《祝酒歌》就会想到"打倒四人帮"；听到《乡恋》就会想到青涩的青年时光；我们听到"二十年后再相会"，就会想起自己的大学时代……音乐从来不骗人，它是最真实的。

而古典音乐的真实，就是把那些一百年前、二百年前、三百年前的伟大而孤独的心灵，情感的冲突和情绪的起伏，原原本本呈现在你的面前，丝毫不加掩饰。这一点，文字是做不到的，即使是写私人日记，你也不会将最真实的想法完全表达出来。所以，最优秀的音乐家也是最杰出的"心灵密码破译者"。这份"真"，在当下这个物欲横流的世界里，简直太珍贵了！

## 最重要的命题是"拯救"和"希望"

文化作品的意义是什么？当然可以揭露假、恶、丑，这没问题，但最重要的命题是给人希望，归根到底是要拯救心灵。从这个角度来说，在所有的文化作品类型当中，音乐又是给人希望最多的。因为音乐里有绝望，有痛苦，有沉沦，有挣扎，但是到最后，尤其是贝多芬等，经历了诸多波折后，一定给你一个希望。

很多年前，我在节目中采访指挥家陈佐煌，他谈到一段"文革"时期的经历。那时他在一个很闭塞的山沟里插队，有一天，翻山越岭，要去另外一个知青点。走在半路上，突然听到远方依稀传来了广播体操的音乐，他一屁股坐到山顶上号啕大哭起来，因为他已经太久太久没听到过音乐了。即使是广播体操的旋律，也让他感受到一种久违的美。

我自己最初和古典音乐结缘是柴可夫斯基。我上大学的时候，学校广播站总放柴可夫斯基的《第一钢琴协奏曲》，名字是我后来才知道的，但旋律从那时起已经融入血液当中，那就是给人以希望的旋律。虽然柴可夫斯基不是我现在最喜欢的，但我最感谢他，是他把我带进古典音乐的世界，他的音乐太美了。

就在我喜欢上他的音乐之后，第二年过生日，我夫人在东单外文书店给我买了一套穆拉文斯基指挥的《柴可夫斯基：第四、五、六交响曲》，两张 CD，如果我没有记错，当时花了二百六十块钱，对于我们是天价。那时我们俩的工资只比这个数字略多一点，1995 年。

再到后来，喜欢的就很多了，比如《博伊伦之歌》，也有人翻译成《布兰诗歌》。

它是德国作曲家卡尔·奥尔夫创作的一部大型合唱，灵感来自阿尔卑斯山谷里的一座博伊伦修道院里发掘出来的二百多首修道士们写的诗歌，那些诗歌大约创作于中世纪，有的是拉丁文，有的是古德文，充满爱情的幻想和对自由生活的向往。在那样一个禁欲的时代，这些诗歌是惊世骇俗的，是一种对人性解放的渴望。而根据其中二十四首诗歌创作的《博伊伦之歌》诞生于 1937 年，德国正处在纳粹控制之下，是最黑暗的时期，人们通过音乐表达挣脱束缚的愿望，和数百年前一样，想要寻找一个更加光明的未来。

《博伊伦之歌》被用作怀念迈克尔·杰克逊的 MV 开场音乐，他去世后曾经无数次播放，成为被全世界乐迷都记住的一段旋律。最古典的乐章，和最摇滚的画面配合在一起，却再恰当不过。摇滚性、现代性、戏剧性、悬念、人性、冲突……是古典音乐天然具备的一切。

大约十七八年前，有一天，我和一帮朋友浩浩荡荡去天津八里台淘碟。现在有了互联网，淘碟已经成为一种奢侈行为了。那天我们淘到一张马斯卡奈《乡村骑士》间奏曲，在回北京的车上放，就是姜文电影《阳光灿烂的日子》里的配乐。我的一位同事，现在是《新闻周刊》的制片人，突然让大家别说话，特别专注地听，听得泪流满面。从第二天开始，他的手机铃声就换成了这首曲子，直到今天。他说，他在这首曲子里听到了至美，仿佛让自己的灵魂洗了个澡。

所以，如果不去发现和享受音乐，将会错失多少美好啊！总有一些时候，当我们听到一段旋律，会感慨世界也不是那么糟糕。

我一直认为人生只有 5% 的快乐和 5% 的痛苦，剩下 90% 都是平淡。在最幸福和最痛苦的时候，音乐的作用并不明显。比如结婚，有几个人结完婚还记得婚礼上放的是什么曲目，他只记得交换戒指；又比如人生遭遇巨大痛苦的时候，音乐恐怕也消失了，只有当你慢慢要走出痛苦的时候，音乐才重新出现在你的生活中。

那么在其余 90% 的平淡的日子里，怎样才能多一些幸福和平静，音乐在其中扮演了很重要的角色。它不一定每天都让你激动得起一身鸡皮疙瘩，感动得泪水滂沱，但它能让你平淡的日子变得有滋有味，而且能够以一种很开阔的心境去面对很多事情，能够看开、放下。这就是音乐的功德无量之处。

莎士比亚在他的剧作里有一句话："乞丐的身上也有几件没用的东西。"这句话写得很棒。按道理，乞丐除了为生存而奔波，已经别无选择，但是他们兜里却还有几件"没用的东西"，是他的趣味，是他的爱好。如果没有这些趣味和爱好的支撑，人生多无聊啊！

## 没有信仰的时候，音乐也是信仰

2008 年汶川地震，我一直在直播灾区实况。或许大家还有印象，我在 5 月 14 日，也就是震后第三天直播的时候，念了一首诗，叫《生死不离》。念完以后我说，应该把它谱上曲唱出来。当人们沉浸在一种集体的巨大的悲伤之中，旋律是很重要的。

这跟个体的悲伤不大一样。当我自己在家的时候，听什么都觉得不合适，就去寻找安魂曲。安魂曲是一种音乐类型，威尔第的，弗雷的……我听了很多很多。最后一直伴随我到大地震报道结束的，是克伦贝勒的《德意志安魂曲》，莫名其妙就觉得它对。

你说我能"听懂"吗？很难。因为《德意志安魂曲》本身是略带错误的翻译，其实不能被理解成是德国的安魂曲，只是用德文写的安魂曲。这首曲子具备跟所有的安魂曲非常一致的元素，也有它独特的不一致的地方。所以我再次强调音乐无所谓"懂"与"不懂"，触动你的，抚慰你的，就对了。

《德意志安魂曲》可不止一个版本，我都在听，听到最后，就是克伦贝勒。到现在为止我最喜欢的指挥家有两个，一个是卡洛斯·克莱伯，对他不是一般地喜欢，而是狂热地喜欢。我们家墙上挂的就是一幅克莱伯的素描肖像。克莱伯对我的意义不仅仅是一个指挥家，简直是血脉相连。另一个就是这几年才开始喜欢，并且在逐年增加热度的克伦贝勒。

其实他们俩差别很大，但是在我个人心里，觉得他们俩很相似，只不过表达方式不同。卡洛斯·克莱伯用一种舞蹈化的、激情化的、酒神的、迷幻的方式——我觉得用迷幻更准确——把古典音乐演绎得让你欲罢不能。而克伦贝勒是用外表严肃、内在却绝对富有张力的方式，甚至可以称之为一种"刻板的浪漫"打动你——外表刻板，但是骨子里浪漫；外表严肃，骨子里热情。所以我觉得他跟克莱伯是非常相似的，只不过一个走左道，一个走右道，但是大方向是一样的，给你的感受是一样的。

所以克伦贝勒把《德意志安魂曲》中蕴藏最深的悲悯，用最恰如其分的方式表达出来了。在整个大地震期间，没有它我会很难过。我把这张唱片送给了很多人，不解释，只是递到他们手里。后来他们会跟我说，真好听。这个时候你要知道，"好听"不仅是我们原本理解的那层含义，还是一种对心灵的抚慰。

如果我们没有信仰，有的时候音乐也会扮演某种信仰。

人一辈子要进很多的行当，唯有一个行当改不了，那就是做人。"人"这一撇一捺最难写，怎么把它给写大了，是终生的学问。

有人问我，你这辈子追求的目标是什么？我说我追求在我年老的时候，成为我想象中的特别可爱的老头，比如像启功、丁聪、黄永玉老爷子，或者像克莱伯。这样的人你简直是无法想象的，潇洒到了极限，要么就不出手，出手就是至高无上的精品。绝不为五斗米折腰，但是只要他想出山，就得给他五十斗米，这是另外一个话题。

关于做人，音乐也给我一个很重要的启示。曾经有一个年轻人去问大提琴家卡萨尔斯："怎样才能成为一个优秀的大提琴家呢？"卡萨尔斯的回答是这样的："先成为一个优秀的人，然后努力去做一个优秀的音乐家，再坚持练习，你就会成为一个伟大的大提琴家。"

你看，基础还是在于做人。我觉得每个人都会有很多的缺陷，但是音乐会形成一种约束，当你时常在音乐中感受到美好，想去做恶事挺难的——可能希特勒除外。

音乐给我的另一个启示是：最简单的也是最深刻的。

比如从指挥家的角度来说，最吸引我是克莱伯、克伦贝勒，包括其他一些指挥家的局部；但是音乐家里真正让我最欲罢不能的，是两个看似最简单的人：一个巴赫，一个莫扎特。我最喜欢的一张专辑，原来是《勃拉姆斯第四交响曲》，现在是巴赫的钢琴《平均律》。莫名其妙，简单到了极点，但是越往里走越觉得是个迷宫，莫扎特的那种干净就像个孩子一样。2006年"世界杯"的时候我去奥地利萨尔茨堡采访，专门制作了一个莫扎特的专题，那天的感受就像朝圣。

归根到底，什么叫"伟大的人"？回归最简单最质朴最人本的境界，当你是个"人"的时候，你就大写了。

## 最幸福的时候就离悲伤不远了

在古典音乐面前，我几乎是一个孩子。

关于音乐的任何解读，都只是一家之言，你只能代表你自己，因为音乐太丰富了，我们无权评判一个版本优于另一个版本。作曲家把音符写在纸上是创作，指挥家和演奏家把它演绎出来，是二度创作。

比如同样是《悲怆》，卡拉扬的版本和穆拉文斯基的版本就不一样，在我看来表达的是不同层次的老人。卡拉扬表达的是那些富人和优雅的知识分子生命终了时的感受，他不是所有作品都好，但他把所有作品都提升到一个相当高的层面；穆拉文斯基表达的是穷人和战士们生命终了时的感受，粗犷中蕴藏着巨大的张力。

再回到我最喜欢的克莱伯。在我对他产生兴趣的很多年之后，才知道他从小在阿根廷长大，那一瞬间对我的打动是巨大的，我突然发现"没有无缘无故的爱"这句话是对的。你为什么会喜欢他？这是一种血脉，一种命中注定。

如果没有二次世界大战，克莱伯会在德国这一带长大，那么他也许就不会成为后来的克莱伯，他的作品里不会有那种热情的悲伤。很奇怪，我喜欢的好多人都跟阿根廷有关：马拉多纳、克莱伯……可能是因为我来自内蒙古草原，阿根廷文化也是草原文化。

最早我被卡洛斯·克莱伯打动，是他指挥的"贝七"。当时还不是冲着"贝七"去的，冲的是"贝五"，它在"一百张必听唱片"里排头一个，而且多个版本推荐中，No.1 都是卡洛斯·克莱伯。我就买了这个版本的"贝五"，结果人家还搭了个"贝七"。

"贝五"没把我拿下，因为它被大家概念化太久了，以至于我已经听不出好坏，被命运的拳头砸蒙了。但是"贝七"一下子把我抓住了，我从中听到一种属于酒神的狂欢，一种近似于我最喜欢的摇滚乐队平克·弗洛伊德的迷幻。什么叫迷幻？只要按下开始，就停不下来，被裹挟被卷入，音乐停止以后，半天才能还阳。

　　我每次看克莱伯的指挥，就像我儿子看周杰伦和迈克尔·杰克逊一样，觉得他太帅了。所以我建议大家，如果买古典音乐的DVD，不主张买卡拉扬，一百张都是一个样子，但克莱伯的一定要买，本来就不多，不可以错过。他经常像夹烟一样拿棒，优雅、激情、浪漫，完全融为一体。我看过很多届维也纳新年音乐会，几乎可以做出一个"武断"的判断，以后的新年音乐会要想超越克莱伯那两届，1989年和1992年，几乎是不可能的。

　　非常可惜的是，2004年7月13日，克莱伯去世了。听到这个消息时，我如五雷轰顶，尽管周围人声喧哗，我突然觉得这个世界安静了。但是也有一个不好不坏的消息，欧洲古典音乐界传言，克莱伯应该还活着，因为从来没有人见过他的遗体。这个传说一时无法考证，但对我多少都是一种慰藉。后来，乐评人刘雪枫告诉我，克莱伯去世的消息是真的。

　　为克莱伯"贝七"着迷时，我还没有条件看他的音乐会DVD，只有VCD，效果不是很好。真正让我彻底服气的是他的《勃拉姆斯第四交响曲》。到现在为止，我听过的版本应该不少于二十个，但我总有一种奇妙的错觉，认为克莱伯指挥的"勃拉姆斯四"跟其他所有指挥家的"勃拉姆斯四"都不是一个曲目，这就是他完全不同于他人的二度创作。

　　他的"勃拉姆斯四"乐章一起，我就仿佛回到我成长的东北的森林。东北的森林和德国的森林、俄罗斯的森林有相似之处。季节似乎是深秋。北方的深秋意味着一种寒冷的收成、含泪的微笑，看上去金黄璀璨，但是萧瑟的秋风就要来了。这也有点儿像我们的人生，当你最幸福的时候，其实离悲伤不远了。

　　其他版本的"勃拉姆斯四"，有的展现的是初秋，有的只展现了麦田，但克莱伯展现的是萧瑟，用微笑去面对萧瑟，面对曲终人散。

这很难用语言去表达，我每隔一段时间都要听它，每听一遍都有新的感受。

## 比世界更大的世界在人的内心

我看过一个采访，那个人说，莫扎特晚期的作品中，有这个世界上最本质的真理。而后，我给我的学生上古典音乐课的时候，让他们听莫扎特的《第二十一号钢琴协奏曲》，简直是极品！还有莫扎特晚期的一些交响乐，以及长笛协奏曲、小夜曲……我喜欢过很多钢琴协奏曲，但在绕了很多很远的路之后，还是回到了莫扎特这里。我对学生们说，莫扎特的音乐让你相信：谁说想象中的世界不存在？那个世界就存在于音乐里。

对古典音乐刚刚入门的爱好者，我也不妨推荐一些经典的曲目。在我心目中，莫扎特的长笛协奏曲是不可错过的，也一定要听两三首莫扎特钢琴协奏曲，21、23、24、25，随便挑两三首都可以。

巴赫的《平均律》、肖邦的《夜曲》，把它们当轻音乐听，你会发现它们比其他很多轻音乐都好听。我认为鲁宾斯坦演奏的版本最好。

德沃夏克的《新世界交响曲》，以及他的大提琴协奏曲，都是最美的旋律。另外还有贝多芬的钢琴奏鸣曲，舒伯特的《音乐瞬间》《即兴曲》，柴可夫斯基的芭蕾舞曲、重奏，尤其是《如歌的行板》。

所有这些都不必把它们当成"古典音乐"去费解或膜拜，就是音乐，很美的音乐，你一定会喜欢，没准儿就从这里开始深入下去。

无论干什么，再没有比"喜欢"这件事更重要的了。中国现在据说有几千万琴童，受郎朗、李云迪影响，都想朝这条道上走。但是中国音乐教育面临的最大问题，是怎么把"技术派"变成"内容派"。现在的老师教学生，都着重教技法，而不是强化内容。

　　其实，古典音乐不是动辄关乎世界和谐、人类命运，大量古典音乐表达的经常都是些内心的小思绪。就像贝多芬玩过了很大的主题之后，到了创作的晚期，还是回到对内心的探究上。

　　比世界更大的世界在人的内心，探究是无尽的，很难找到答案。不过，在音乐里，好像都有。

2010 年　国家大剧院

2014 年　广州大剧院

也该说说流行音乐。

在大学里，常被学生问到一个问题：

"如果有时光穿梭机，让你回到二十来岁我们这时候，你来不来？"

很有诱惑力，能让自己年轻快三十岁啊！可我的回答又总是斩钉截铁：

"不来！"

"为什么？不喜欢年轻，不喜欢现在吗？"

"是你们现在的歌太难听了！"

我说完这句话，底下的反应往往是哄堂大笑。可我这么回答还真不是为了开玩笑。

我成长时经历的七八十年代及九十年代初，是华语流行音乐的黄金时代，有那么多好歌陪伴的青春，穷得很富有。

可现在……也有人前些年问过李宗盛：为什么现在的流行音乐好像很烂？

李宗盛答：音乐是一个时代的反映，什么样的时代对应着什么样的音乐。

这是一个快餐、免费又过剩的时代，钱走得多，心也就走得少了。

现在得到音乐太容易了，这是进步；不过我们那个时候，买盘磁带要左右思量，省吃俭用；买回来，不听个十几遍不算完，听的次数多了，好多走心的歌也就听出好来。就像"第二眼美女"

那时很走红一样，人们有耐心去聆听，感受到更深处的美。于是，创作者不急，不怕没知音。

可现在，一切都来得那么容易，听一遍不入耳，就此打入冷宫，反正还有那么多歌没听过。于是，创作者必须上来就得打动你，口水歌更容易走红；再于是，唱歌的人越来越多，可唱的好歌却越来越少，只有"中国好声音"，少见"中国好歌曲"。

看样好多事儿一个道理：得来的容易，品质就不好保证。

# 被念歪的《道德经》

> 孔子像一个世事练达的中年人，一切得体；
>
> 老子却像一个童心未泯的理想主义者，总是被误解。

　　为什么要谈《道德经》？在中国古代哲学文化中，"道"是一个源起。

　　先写一个"首"，再写一个"走之"。"首"就是脑袋，代表思想；"走之"就是行动和步伐。有想法，然后付诸行动；有行动，也要伴之以思考。

　　因此，"道"字的结构已经说明了它的含义。道路、道德、道理、道法自然、君子爱财取之有道……说明了它在中国文化中的地位，也揭示了"知行合一"的规律。

　　大家可能想不到，《道德经》是全世界除了《圣经》之外，被翻译版本最多的一部典籍。在中国，《论语》被昭告天下，而《道德经》总被边缘化，其实前者的问世晚于后者。

相传孔子曾求教老子，对老子的思想很佩服，回来对他的学生说："吾今日见老子，其犹龙邪！"认为老子像一条龙，深不可测。

有学者这样阐释："同样的一个道理，《论语》是从正面解读的，《老子》是从背面评判的，因此它会给人非主流的感受。"

有人将《道德经》中的"无为而治"解释成消极的不作为。但如果你仔细研究就会发现，它是一门非常积极的哲学，只不过将"无为"和"道法自然"当作方法论。

《道德经》的起源并不像其他典籍一样，得到后世的实证。到现在，还有人质疑它是不是老子写的，到底诞生在什么时候？流传的过程中，还经过了无数的纠错。比如"绝学无忧"，历朝历代都有学者说，"绝"一定是个错字，跟文意不符。马王堆出土的帛书版《老子》，和既往流传的版本也有很大出入，令海外学者都感到震惊。

总之，《道德经》和老子都被我们严重误读了，也许到了该正本清源的时候。

## 道可，道非，常道

任继愈老先生认为，《道德经》是写给弱者的哲学慰藉，但也有很多人——包括我——认为，这是老子写给掌权者、君王和政治家的一部经典。有人说"半部论语治天下"，在我看来，四分之一部《道德经》就可以治天下。

大家最熟悉的是第一章第一句："道可道，非常道；名可名，非常名。"按正宗的解释，就是"能说得很明白的'道'就不是'大道'"。但换个角度，那时没有句读，所以可以有另外一种句读方式："道可，道非，常道；名可，名非，常名。"

也许或当然是错的，可让人觉得有趣。这就可以有一个全新的解读：

"对于同一件事，有人说对（道可），有人说不对（道非），这是常理（常道）……"

尽管不一定正确，像是充满辩证法的文字游戏，但我个人认为这样的句读方式也很符合原著的本意。

很多事情不都如此吗？比如中国的舆论环境，在没有互联网的时候，各个部门都希望"一边倒"地叫好，连5%的反对都不行。进入新媒体时代，国家领导也好，部领导也好，恐怕也都越来越明白，任何政策出台，无论多么正确，有人说好有人说不好太正常了。除了人民币和大熊猫，没有什么能让全中国人民一致点赞。

我记得1998年朱镕基总理来中央电视台，有一句话让我印象非常深刻。他说："总有人谈论正面报道和负面报道的比例，多少合适啊？99%正面报道，负面报道1%？依我看，51%正面报道，'控股'就行了，要有信心。"

"道可道，非常道"太神秘了，"道可，道非，常道"就接地气得多。

每年各省市搞部门老百姓满意度排行的时候，排名靠前的都是跟老百姓没什么关系的部门，但凡跟老百姓关系紧密的，排名一般都靠后，因为他们天天跟你打交道，摆得平摆不平，眼睛都盯着你。住建部恐怕就是如此。想想"道可，道非，常道"，心态就平衡了。

## 皆美即不美，无私为大私

《道德经》第二章开篇两句，也挺有趣。

"天下皆知美之为美，斯恶矣；皆知善之为善，斯不善矣。"什么意思？按传统的翻译，就是当天下都知道什么是美的时候，也就都知道了什么是丑；都知道什么是善的时候，也就都知道了什么是不善。

不过，换个角度解释呢？是不是也可以理解为，当天下都知道什么是美，并以之为潮流的时候，它有可能变成一种丑。对于女同胞来说更是如此了，满大街都穿红裙子的时候，你再穿红裙子，会觉得很难堪。别说满大街了，就是单位里有另一个人跟你穿了同样的衣服，撞衫，都让你很难受。同理，当天下都以某种行为作为善的标本，模仿和雷同之下，不善就出现了。

第七章里的一句，"非以其无私邪，故能成其私。"我给翻译成"无私为大私"。这句话对我个人的影响是巨大的。

我曾用很长的时间去琢磨，人性中的"私"和社会要求的"公"该如何结合？对执政党，对一个社会的运行，对一种哲学文化的意愿，这都是大课题。如果不能面对并准确地回答，政策的制定一定是扭曲的，对吗？

四十岁以上的人可能会有记忆，改革开放之前，"私"是要坚决打倒的。我家缝纫机上的罩布，有我妈自己绣的"大公无私"四个字和一幅风景画。那时讲的是"狠斗私字一闪念""斗私批修"，只要是私，死路一条。

但问题是，人性中天然有自私的一面，中国有句古话，"人不为己，天诛地灭。"大到一个国家的元首，中到一个部门的部长，小到一个单位的负责人，都希望人们呈现出"公"的那一面，但你如果不能面对人性中"私"的这一面，"公"就要全泡汤了。

在荒唐岁月里，以为人性中的"私"是可以被斗掉的，结果经济几乎走向崩溃的边缘。天天强调"国家都是你的"，最后发现根本不是，我什么都没得到，要吃大锅饭，要去公社食堂。这就是对人性的了解不够。

因此这几年我一直在倡导，所有决策的出台，必须要建立在对人性更透彻的了解上，顺应它，引领它，才能更好。

思考这一切的同时，我在《道德经》里发现了这句话，"非以其无私邪，故能成其私"，让三十岁的我豁然开朗。原来古人也懂得做思想工作，而且做得这么有说服力。任何圣人，都不鼓励人一心只为自己，而是鼓励你为他人、胸怀天下，但他引导你的方式是"无私为大私"——真正无私的时候，得到反而是最多的。

前文做了铺垫，"天地之所以能够长且久者，是因为不自生，故能长生。"天地所做的一切都不是为了自己，而是滋润万物，让万物一年四季生长轮回，最后成就的是自己的长久，天长地久。从这里自然地推导出结论，无私为大私。

这句话带给我的豁然开朗，不仅仅是个人心理层面的，更是哲学与文化层面的。平时参与一些公益活动，经常有人对我说："感谢你的无私奉献。"我说："不，你理解错了，我做公益活动，其实拥有巨大的回报，尽管不是物质的。"

人到了一定的年龄，从事公益事业，往往能感受到自己的价值，获得内心的平静。这种平静对于中年人是奢侈品，所谓"赠人玫瑰，手有余香"。

对我影响很大的一个政治人物是周恩来，很多次，我看关于他的书和电影，都会掉眼泪。周恩来是"无私为大私"的践行者。夫妇俩都离世后，只留下五六千元存款。直到今天，一提"总理"二字，人们首先想到的还是周恩来。

理性地想想看，世上没有完美的人。但是人们似乎都可以原谅，甚至都不愿意追究，就是因为他在为人处世、道德修养各方面，是一个符合中国文化传统的典范。无私为大私，成就了自己。

## 上善若水

第八章,有我们最熟悉的四个字"上善若水"。"水善利万物而不争,夫唯不争,故无尤。"一个人不去争权夺利,争名争财,他不会有任何事。

看来老子也知道将来是要出台"八项规定"和"反四风"的。

当然后面还跟着一句话,只要你不争,就没人能和你争,也没人争得过你。因为你不畏惧,不畏惧就没有弱点,没有缺陷,没有武侠中所说的命门。这是一个大道。

所谓上善若水,水的特质,是利万物而不害他,愿意往人们都不愿意去的地方去,不强攻,顺势而为。

## 有之誉之,畏之侮之

第十七章把我看乐了。"太上,下知有之。其次,亲而誉之。其次,畏之。其次,侮之。"

这是对领导的评价和划分。最好的领导什么样?你不过知道有这么一个领导存在,说明他懂得道法自然,工作条理顺畅,不用天天开会也能做到一切井然有序。还有一个版本更极致,叫"太上,不知有之",最好的领导是感觉不到存在的领导——想想也是,感觉不到存在,一切都井然有序,这是多高明的领导艺术啊!排第二位的领导是被人赞扬的领导。排第三位的领导是被人畏惧的领导。最差的领导是被人天天拿嘴上骂的领导。

这种划分非常耐人寻味。我记得"文革"后期,即使呼伦贝尔这样的边远地区,教学秩序也基本恢复了。我妈在学校工作,说了这么一句话:"其实咱们学校现在挺好的,哪怕校长不在,只要打铃的人在,就可以正常运行。"可是这句话让她挨了一通批,说她不讲党的原则,缺乏组织纪律性。

很多年后，他们老同学聚会，还总是提起我妈这句话，因为那其实是一种挺理想的境界。一个学校，如果只靠铃声，就可以各司其职，说明校长领导有方。用不着天天训话、表决心、摁手印，但方方面面都很好。

我也发明过一个"白氏理论"：任何一个单位，只要到了开始强调考勤、打卡、纪律的时候，一定是它开始走下坡路的时候。因为一个走上坡路的单位，人人无须扬鞭自奋蹄。或许员工 10 点才来上班，并没有赶在 8 点打卡，但却自觉干到第二天凌晨 3 点，不需要监督和催促。

《东方时空》刚创办的时候，从来不打卡，没有纪律方面的要求，我们却几乎住在单位。到了后来，非要强调打卡的时候，影响力就很弱了。

当然，这四句话不仅仅是评价领导或官员，也揭示了生活中的某种秩序和境界。

## 飘风不终朝，骤雨不终日

我现在自办"私塾"，叫"东西联大"，收了十一个研究生，每月给他们上一天课，外加课后作业。所谓东西联大，就是北京东边的传媒大学和西边的清华、北大、人大四所学校，学生们都是这几所学校出来的。从学新闻的研究生一年级带起，两年毕业。

有一项课后作业，是手抄《道德经》，并且选出印象最深的十句话。我发现学生们选得最多的一句话，出自第二十三章，"飘风不终朝，骤雨不终日。"不管多大的风都不可能一直刮下去，不管多猛的雨也终有停止的时候。

随后接着一句反问："孰为此者，天地。天地尚不能久，而况于人乎？"刮风下雨是谁做的呢？天地。天地都不能长久，何况人呢？

现在很多人喜欢长跑，长跑的过程也印证着这个道理。长跑最重要的是节奏和呼吸，当你跑出节奏和呼吸，就会感到非常舒服。要有一个时间和距离的限定，控制好速度，慢条斯理、顺其自然才是最好的。否则你像短跑一样玩猛的，玩得动吗？

其他事情也是如此。发誓要锻炼身体，先把专业服装和装备一口气买齐，可是没过两天，就扔床底下落灰了。希望自己在短时间内发生很大的变化，猛读十本书就会进步？不会。

此外，这句话还给了我们另一个角度的启示：当你遭遇人生中的不顺利、不如意，甚至惨重的打击时，你要相信时间能够稀释这一切，对吗？飘风不终朝，骤雨不终日，挫败和低谷也终将过去。

尤其对于成长中的年轻人，有两个最大的敌人：一是突如其来的赞赏和表扬，一是时常会有的打击和不顺。这两道关都要过，过不去就很难前行。表扬来得太早　毁人也毁得够狠，我周围有一些人就是如此倒下的，根基不稳，空中楼阁，他 Hold 不住。

国外有一个关于幸福指数的调查，结论是达到衣食无忧的境地越早，之后幸福指数下降速度也越快。比如说刚刚二十来岁你就什么都不愁了，剩下的五六十年怎么混呢？我觉得最幸福的生活状态，应该是总有一个踮起脚能够着的目标，吸引你踏踏实实始终向前走。

## 将欲取之，必固与之

第三十六章，"将欲取之，必固与之。"抄到这儿的时候我也乐得够呛，又回到"八项规定"了。要从你这儿拿走什么，一定先给你什么。

《道德经》对物质和人性有很深的探索。往小处说，君子爱财，取之有道；得到越多，失去越多。往大处说，一个国家在世界上的位置，历朝历代的兴衰，总有特定的规律，日不落帝国也会日落。

个体命运也会经历周而复始的起伏。对于我来说往往是这样：真正失意的时候，是我睡得最踏实的时候，因为我知道不可能再失去什么；但是赶上特别得意的阶段，反而会很恐慌，因为可能要下山了。

记得 2000 年，我似乎挺火，又是"全国十佳青年"，又是悉尼奥运会直播，回来以后中央领导接见，还没跟教练握手，先来握我的手，这还了得？

之后我把手机关了，闭门研发新节目，整整一年。回头看，要是没有那一年的沉寂，就不会有后续的动力。

那时，作家刘恒大哥提醒我："小白，如日中天，可要小心太阳落山啊。"我说："大哥您放心，我换个地平线再升一回。"

2003 年，在我生日的头一天，我把自己担任的三个制片人职务全辞了。我一走，身边十多个人受益：三个副制片人升正制片人，N 个主编升副制片人，又有 N 个人升主编。

《道德经》里有这么一层含义，杯满则溢，怎么办？把里面的水泼掉。要是不泼掉这杯水，我恐怕也不会继续走这么长的路。因此"将欲取之，必固与之"。

有人说，那干脆彻底无为，给的时候就什么都不要。这不对。应该是种什么心态呢？要归要，但知足，懂得分寸。"知足者富，死而不亡者寿。"

我相信如果把《道德经》翻译成白话文，给"反腐"中进去的官员一人送一本，全得号啕大哭，后悔死了。但是得意的时候看这些文字，又怎能悟出其中的意义呢？很难。

## 不笑不足以为道

接下来就更逗了，第四十一章，"上士闻道，勤而行之。中士闻道，若存若亡。下士闻道，大笑之。"这就又把人分成好几类。

最优秀的人，知道一个大道理后，二话不说就去执行。中等人听到一个大道理后，一边执行一边怀疑，这事行吗？下等人则是哈哈大笑，估计还得爆两句粗口，什么玩意儿这是？根本不理会。结果老子总结了一句："不笑不足以为道。"不被嘲笑的一定不是好道理。

就拿中国足球说事儿。改革开放至今几十年，你会发现一个怪现象：领导人一直挺重视，但并没改变什么。

邓小平提出"足球从娃娃抓起"，后来没从娃娃抓起，倒是从足协主席抓起。不按规律办事，有了规律也不坚决执行，每个人都在怀疑，这事行吗？出台过若干个"未来十年发展纲要"，没执行两天就被扔进垃圾筒，又出台一个新的。

国外也有一句谚语："不要尝试去发明轮子。"潜台词是老祖宗已经试验过无数回，圆形的轮子最省劲，但总有一些人隔三岔五就琢磨，如果是方的呢？菱形呢？八角呢？最后全折里头，一事无成。

一个国家所选择的路线，能不能彻底执行？如果没有小平在1992年时彻底打破"姓社"还是"姓资"的困局，我们可能仍然纠缠其中，原地踏步。资本主义也可以有计划，社会主义也应该有市场。好道理干吗不拿过来坚决执行呢？

## 大成若缺

第四十五章，有四个字值得一提，"大成若缺"。这跟我多年前发明的一句话——缺陷是完美的重要组成部分——是异曲同工的。

我为什么发明这句话呢？1996年亚特兰大奥运会上，中国运动员蒋丞稷实现了短道游泳的两个重大突破，全是第四名，算是"铁牌"吧。但那已经是亚洲男子离游泳领奖台最近的一次。记者采访他，问他有没有遗憾，蒋丞稷的回答太棒了，他说"缺陷也是一种美"，让我印象深刻。

从那之后，我突然悟出来，缺陷是完美的重要组成部分。应该怎么看待完美？凡事都要追求到极致，这个极致存在吗？

《士兵突击》里有一句话说得蛮好，"生活就是一个问题接着一个问题。"

会有一天所有的问题都解决了，达到完美的境界吗？没有。人生就是遵循着一条曲折、循环、不断向前的路径。现今的社会，人们格外需要学会在不完美的过程中，让内心得到舒缓和解压，回归到正常的日子当中。

## 善建者不拔

第五十四章有十个字，"善建者不拔，善抱者不脱"，意思是善于建设的人是不会被拔除的，善于抱住一个东西就不会脱落。

十几年前我采访贝聿铭老先生，问他："贝老，您觉得北京现在的建筑怎么样？"没想到老爷子是这么回答的："北京的规划非常非常好，将来拆起来会很方便。"

我们在生活中常说"长江后浪推前浪"，后人总在超越前人。但也有可能，后人很久都超越不了前人，不进反退。

先不说建筑，说家具。今天的家具超越过明代家具吗？明代家具无论从艺术、实用、设计哪方面看，都是达到极致的。虽然我一件也没有，但不妨碍我喜欢它，既简洁又完美。

我喜欢运动，所以总受伤，一受伤就得去看正骨医生。很多正骨医生都告诉我，当下中国人的很多病，都是因为家具太舒适了。沙发和床太软，催生了颈椎腰椎问题早早发作。您坐到明代椅子上试试，想瘫成一堆都瘫不下去，一定让你有个挺拔的身姿。

再回到贝老爷子的话，十几年前我笑了，现在却觉得是个道理，这个进程已经开始了。然而，善建者不拔，您把故宫拔掉试试？它不仅仅是一个文化古迹，建设布局也都极棒。

去年，我去延安给党校讲课，从曾经认为很高大的宝塔山上往下看，特别沮丧。因为山下的各种建筑，把原来的延安遮得一塌糊涂，显得又小又局促。延安人自己也很沮丧。

所以现在，延安拥有一项堪称中国之最的壮举工程——削平整个山头，重建一个延安，然后把那些建得不咋地的建筑全拆掉，让古朴的延安再次绽放。

回头想想老子的话，“善建者不拔”，给我们的启示有多大？我觉得，中国经过了急风暴雨般的建设年代、急风暴雨般的争取温饱的时代，接下来要做的事情，都该留得长一点儿，传承得久一点儿。

## 做人要正，做事要奇

第五十七章有八个字，“以正治国，以奇用兵”，对我和我的同事影响都极大。这八个字的意思是，治理国家要正，打仗用兵要奇。如果您治理国家很奇，天天琢磨着怎么算计老百姓；打仗用兵很正，提前把攻略部署都告诉敌人，恐怕早就被灭了。

至于在当下，我给它翻译成另外八个字，“做人要正，做事要奇”。“奇”不是走极端，而是出奇制胜。二者也别弄反，如一位作家所说：学者最好是思想深邃、做人简单，可事实刚好相反，很多学者是做人深邃、思想简单。

现今中国，有一个相当大的目标，是要从“中国制造”转向“中国创造”。请问“创造”背后需要多少解放？另外我们常说“自主创新”，大家都把关注点落在"创新"上，我关注的却是"自主"，不自主怎么创新呢？如果每个科学家都听处长、听局长的，还能创新吗？

有人开玩笑说，为什么有些建筑从空中俯瞰特好，建在地面就不好看？因为领导审查的时候是做成模型搁在地上的，领导背着手走过，说不错，其实是空中视角。我就不说具体是哪座建筑了，但事实如此。

《道德经》里接着还有一句，"以此，天下多忌讳，而民弥贫"，可以让我们联想到世界上的某些国家。如果治理国家总有各种各样的忌讳，这也不行，那也不行，一切都只能按照一个标准，老百姓一定是贫瘠的。顺嘴带过。

## 治大国如烹小鲜

第六十章，终于到了咱们特熟的一句，"治大国如烹小鲜。"这句话到底什么意思？可能存在很大比例的误读。

大多数人的解读是，治理大国和做一道小菜一样有共通之处，甚至有人解读为，治理大国像做小鱼小虾一样简单。然而，大家想象一下，大鱼怎么做？少不了开膛破肚去鳞，怕它不容易熟，还得在锅里来回翻腾。那么做小鱼小虾呢？是不是不要开膛破肚，少折腾为妙？

几年前，在改革开放三十周年的讲话当中，胡锦涛总书记第一次用到了"不折腾"三个字。当时我觉得，这三个字对于中国挺有价值，尤其是回望过去几十年历史的时候。那既然"不折腾"，今后我们怎么走，才是更好地道法自然？

急风暴雨般的改革，急风暴雨般的新政，急风暴雨般的三把火，在治理国家、管理社会当中，能起多大作用？一个国家向前走，一定会在遇到问题的时候，经历一个阶段急风暴雨的调整，但随后，就要走上规范制度化的新阶段。

不久前，我接受中纪委官方报纸采访的时候也说到，现在必须经历一个刮骨疗伤的"非常态"阶段，但是请记住，我们的目标不是"非常态"，而是要回归按法律和党内规章制度办事的"新常态"。一周之内落马十几个官员，如果周周如此，谁受得了？反之，如果一直不这么弄，又谁受得了？

所以，一年、两年、三年反腐，在整个历史的进程上，都只是很短的一段时间。长久地看，治大国归根结底要像烹小鲜，尽可能地减少动荡，减少翻手为云覆手为雨、黑白颠倒、随后又不断反省纠错。不折腾，不要开膛破肚。

人生也是如此，我总对我的孩子和学生说，三十岁之前要玩命地尝试和折腾，哪怕不考虑物质回报，经历很重要，因为你不知道你的优势是什么。但是三十岁之后，就要开始选定目标做减法，打深井。三十岁是一个重要的转折，你要做一次抉择。

我采访过数百名甚至近千名人物，说句实话，绝大多数的成功者都是靠做减法成功的。治理人生也如烹小鲜，不能来回折腾，到四五十岁还不知道自己要干什么，还在开膛破肚，还在拉链式修路，肯定不行。

## 天下难事，必作于易

第六十三章，"天下难事，必作于易；天下大事，必作于细。是以圣人终不为大，故能成其大。"天下所有难事一定从简单开始，大事都是从细节开始，所以圣人从来不认为自己在做什么大事，但是他最后成为圣人。

有一篇很棒的文章叫《我们不要假装有远见，微小前进胜过完美规划》，它写到，白蚁巢是世界上的建筑奇迹，地面上有十几米，地下还深达二十米，有产卵室、育婴室、通风道等各种功能处所，井然有序。

　　科学家一直在研究蚁巢，白蚁是没有建筑图纸的。一开始它们也会杂乱无章，忙得千头万绪，从最基层开始不断试错。试着试着，就越来越规范了。它们不依靠远见来完成规划，而是如邓小平老先生所言，"摸着石头过河""不争论""去试"。

　　坦白说，如果现在有谁评价邓小平有超级远见，看清了几十年后的中国，我认为他是撒谎。邓小平真正的远见，是知道不能做什么，应该解放什么，同时顺应人性，这是他最伟大的地方。

　　改革初始时，强调"摸着石头过河"。谁都喜欢有远见，谁都喜欢有长期的规划，实际上可能吗？社会主义最初实行计划经济，著名经济学者哈耶克认为，这是人类最糟糕的自负。真正的稳定是动态中的稳定，不规划长期目标，不断在动态中调整。原来老子早就总结过，天下大事，必作于细。

　　后面还有，"夫轻诺必寡信，多易必多难。是以圣人犹难之，故终无难矣。"喜欢轻易许诺的，一定常常失信于人；凡事都以为简单的，最后一定会遇到很多挑战过不去。所以圣人以敬畏之心面对每件小事，结果对他而言，没有真正的难事，都能过去。

　　老话说"天下无难事，只怕有心人"，我认为这个"心"指的是敬畏心。即便最熟练的事，也当作第一次去面对。

　　足球场上，教练的远见是什么？他并不知道换了谁就一定能进球，但他知道此时要换人去打破僵局了。同时足球教练的远见是动态的，要根据对方谁受伤了，突然出现什么意外了，及时改变规划，让对方来不及调整。

　　我到了现在这个岁数，也越来越明白，十年规划、五年规划都太远，但眼前有什么事，我会极认真地把它做好，而且不管多大的事都先从小处做起。

## 生也柔弱，死也坚强

第六十六章很有意思，涉及我们做人。"江海所以能为百谷王者，以其善下之。"江海是最辽阔的水域，海纳百川，它为什么能成为百谷之王呢？因为它比别人低。

"海拔高度"是以海平面来计算的，海平面的海拔高度是 0，它的低，成就了它的辽阔。这跟"上善若水"的含义是接续的。

那我们做人呢？一定要以逞强来证明自己高人一等吗？恰恰相反，真正的高人是柔弱的，谦卑的。

到了第七十六章，老子的观念越发明确了，"人之生也柔弱，其死也坚强。万物草木之生也柔脆，其死也枯槁。故坚强者死之徒，柔弱者生之徒。"

人刚一出生的时候，软软的，我们当过父母的都知道，孩子交到你手里的时候，抱得格外小心。而人死了是什么标志呢？全身都僵硬了。草木只要活着，你轻轻一捏，都能渗出水来，而死亡时花也枯了，枝叶也干了。所以老子得出结论，强硬是死亡的信号，柔软是生的气息。

国家、单位、个体莫不如此。

那天一个朋友对我讲，他当初总是接待唐山的一位企业家，到北京只住王府饭店，而且必须总统套间。那时他生产一种新的中药，火透了，大把挣钱，然后四处投资……现在呢，他再到北京，得指着过去的老朋友请他吃饭，给他安排住处。他本人早已破产，而且欠债无数。那时总逞强啊，觉得自己什么都能成，"故坚强者死之徒"。

生活中为人处世，要甘愿低人一头。

## 利而不害，为而不争

《道德经》将要结束之处，我的汇报也该结束了。第八十一章，"信言不美，美言不信。善者不辩，辩者不善。知者不博，博者不知。"前十六个字送给朋友们，后八个字给我自己。

有真知的人是不会假装博学、四处炫耀的，只有像白岩松这样的人，还敢给人开讲，好像懂得很多，其实知之甚少。所以坦白说，这是我第二次颤颤巍巍地讲《道德经》，不敢说真懂了。如果大家觉得有些地方还挺有趣，我满足了；觉得无趣，那是我讲得不好，不是《道德经》不好。

最后，老子以十四个字作为结束："天之道，利而不害。人之道，为而不争。"自然的规律，唯有利而无害。人生的大道理，认认真真去做就好了，没必要争。

这就回到最初，我所谓的人们对《道德经》的误读。不争意味着消极吗？当然不，它只是一种方法论。让每个人都积极面对该做的事，放下不必要的争端，并且接受一切结果。

2015 年　住建部

在《道德经》各种注释及评介中，陈鼓应教授的版本最得我心。

2015 年，陈先生八十，见到他是在春天。眼前的陈先生已无青壮年时在中国台湾、美国为民主自由呐喊的锋芒与锐气，笑容满面，是一位和善的老人。

只有思考从未停止。他对我说：今人虽有百度、谷歌，获取资讯与知识极容易，但有识无智，只有知识却少有智慧。古人获取知识不易，但多智少识！

一句话点醒梦中人。在这个知识泛滥并易得的时代，智慧常常要向回找。可能是现代人都盯着屏幕，古人只能仰望星空吧！

说起来有趣，陈鼓应教授年轻时，在台湾是研究尼采哲学的，在六十年代，由于屡屡为民主自由发声，终被大学解职，丢了饭碗。困顿时，好友让他参与古籍整理，并能预支稿费，这等于雪中送炭，解了他生活方面的燃眉之急。本是帮忙，却也让他走进老庄世界，并与深藏其中的自由之气一见钟情，终成《老子今注今译》与《庄子今注今译》，引领众人走进老庄世界。

七十年代，他去了美国，自然少不了参与"保钓"运动；八十年代，他又出乎意料地回到大陆，在北大任教多年，并被邓小平接见。一路上，身后的掌声与嘘声不断，他似乎都不管不顾。

"独与天地精神往来。"先生不止一次提到老庄的精神核心。

的确，千百年过去，在老子庄子的哲学中，常常让你读出更现代的气息来。老庄之学，是中国少有的充满着自由与民主精神的哲学。可惜，历史长河中，它被习惯性地误读并长久边缘化。

# 沟通

世界不是非黑即白

# 学会讲一个好故事

> 柏拉图说："谁会讲故事谁就拥有世界。"
> 传播，归根到底，就是给别人讲一个好故事。

## 被颠覆的金科玉律

我到各种媒体讲课，做过无数次调查，"学新闻专业的请举手"，举手的往往不超过三成。我到《新京报》讲课，新闻专业的记者都不到四成。

当然，条条大路通罗马，学什么专业都可以做新闻。但是当你到了罗马的时候，要补一补新闻的专业课，你要熟悉学新闻这条路两边的风景和规矩。

补什么课呢？

我上大学的时候，学校用了一个学期进行"新闻导语写作训练"。导语是什么？导语就是对新闻内核最精炼的浓缩。八十年代的新闻专业教育，写导语讲究的是五个 W：什么人（Who）、什么事（What）、什么时间（When）、什么地方（Where）、为什么（Why）。

举一个例子，1987 年，我读大三时，用"五个 W"的写作模式描述此时此刻发生的事，一个非常精炼和无懈可击的导语就是："白岩松今天下午 1 点半，在中国传媒大学新闻传播学院曹璐老师的办公室，给大家上了 5 个小时题为 ××× 的课。"

我一直以为"五个 W"是金科玉律。但是最近二三十年，当你看到国外的很多新闻导语，发现坏了，半数以上不再是完整的"五个 W"，可能只是这样一句话："白岩松在那一瞬间显得很尴尬。"在国内，这样的导语也越来越多。

2000 年 9 月 1 日，我永远忘不了那一天，因为那天我儿子第一次上幼儿园。我把他送到幼儿园，看他哭完，撒腿跑机场，飞到悉尼去做奥运会报道。

一下飞机就听说："中国奥委会施行了最严格的兴奋剂检测程序，一大堆著名运动员都被'干掉'了。"作为报道奥运会的记者，这么重大的变化，当然让我们忐忑不安——这下子奖牌得跑不少吧？

我们到记者村去看电视，首先看到的是中央 4 套的节目，这条消息是传统的报道："今天下午 × 点，中国奥委会主席、国家体育总局局长袁伟民，在召开的 ×× 会议上强调，宁可牺牲成绩，也要一次干干净净的奥运会。"大致是这样的内容。

很标准，五个 W 都有。我们也没觉得有什么异样。

隔了一个多小时，又看到澳大利亚电视台的一条新闻，也是反映这件事，但突然看出不一样了。画面里，一个运动员在宿舍里收拾东西，报道一上来大概就是："中国的运动员 ××× 正在收拾行李，但他不是去参加悉尼奥运会，而是要回到他的老家。"

"五个 W"是不全的，但我们一下子就被这条新闻抓住了。画外音接着说："××× 昨天得到通知，他的血检结果不合格，不能参加悉尼奥运会了。我相信他的对手都会松口气，因为他是金牌的有力竞争者。"

再往下："和他相同命运的，还有很多中国运动员……"接着是"中国奥委会主席的表态"等等。

这条新闻结尾，是 ××× 走出体育总局大院的画面，解说词："××× 只需要几个小时的行程，就可以回到他的老家，但是没有人知道，他要用多长的时间再回到这里。"

当时我就觉得，这个新闻表达跟以前很不一样。我们都不太敢于去写这样"五个 W 残缺不全"的导语。但是后来持续研究下去，我才发现，国外的新闻报道在过去二三十年间，导语写作已经发生了翻天覆地的变化，早已不再强调完整的"五个 W"，而是越来越强调这四件事：主人公、故事、戏剧化、悬念。

这对传统新闻人的冲击是很大的。我们一直信奉的"金科玉律"为什么被颠覆了？于是又进一步去研究案例背后的理念。

几年以后，我在美国访问哥伦比亚大学的校友："哥大的新闻专业教师是博士毕业的多，还是本科毕业的多？"对方明白我的意图，告诉我"本科开始更多"。

这是什么意思呢？我们过去的新闻教育是"学院派"传承，本科毕业考研究生，研究生毕业考博士，博士留校当老师。所以高校教师很多都是博士。但是，国外的新闻院系已经发生了很大的变化，出现了一种"本科教师"现象——本科毕业之后去当记者、编辑，工作二三十年，年龄到了四五十岁,重新被请回新闻学院当老师。他们具有极其丰富的经验,反过来改造新闻理论和新闻实践。

二十世纪八十年代末,我们大学毕业时,还没有"新闻学士"这个学位,要么文学学士,要么法学学士。"新闻无学士",因为它是一个动态的学科,始终在淘汰和更新。比如"五个W",在报纸主导新闻的时代,曾经是根深蒂固的准则。随着广播、电视、互联网、电影、话剧等各种表现形式的兴起,新的'讲故事"模式逐渐取代了传统的新闻写作。

## "人"和"人性"的故事

那么归根溯源,这些渐次兴起的传媒形式,有什么共同点呢?

新闻的核心是"人"。先有对"人"的关注,才有对新闻的关注。讲一千、道一万,人类所有文化产品的实质,都是在描写人和人性,从来没有偏离过。

过几天我要参加《狼图腾》出版十周年的研讨会。这本书十年前的首发式我也在,因为我是为蒙古人,书里写的也是在内蒙古发生的故事。

我就问自己,十年之后,怎么去看这本书?表面上写的是狼,其实是写狼吗?如果仅仅写狼,它能畅销十年吗?其实写狼,是在从另一个角度写人,归根到底还是讲述人性的故事。只不过,作者用狼性当镜子来照人,照中国人,照此时此刻的中国人。

对于新闻,也是如此。我们要用个体的"人",去化解宏大命题。

比如交给你一个选题——727万大学毕业生的就业情况。过去的表现形式可能就是"大里来、大里去",现在,一定会有更多的新闻人选择由一个个体、一个具象的概念切入报道。

或许这个片子或者这篇报道，上来就是讲述一个人物，用电视画面或文字语言去描绘："星期五这天，清晨 4 点多，胡宁（假定人名）就起床了。他拿出一套平常很少穿的衣服，准备去参加在工体举办的招聘会。这已经是他进入大四之后参加的第十二场招聘会了……"

接下去可能会有一个转折："其实，这天要早起的不只是胡宁，与他命运相同的还有 727 万名大学毕业生，比去年'史上最难就业季'的人数还多出 30 万。"一下子就将报道面横向拉开了。然后继续加入宏观的观察，但最后还是要回到胡宁身上，回到个体的故事里。

国外的新闻报道几乎已成共识：通过具体人物，表达宏大事件。没有主人公就没有事件，就会让新闻可信度，尤其是吸引力降低。所以，你首先要明白，新闻写作传播，就是一个写故事和讲故事的过程。不要在"故事"和"虚构"之间画等号——真实的事情，也需要通过"讲故事"的方式进行传播。我们在对外、对内的宣传当中，有相当多的失败就是因为不会讲故事。花了很多钱出了很多力，却没有好的效果。

很多人问我，你去耶鲁演讲，怎么想到《我的故事以及背后的中国梦》这个主题？因为我很明白，跟老美打交道，以及跟所有人打交道，最容易达成共识、引起共鸣的是什么？是人。

空讲事儿是很难的。讲四十年中美关系，太累，人家也不爱听，听一会儿就困了。而且讲某件事，人们都是可进可退，有距离感。但是把"人"的元素放进故事里，就不一样了。只要选对了"人"，听者就会感同身受，就会以相同的情态沉浸在你的故事中。

千百年来，全世界的文学实践、音乐实践，包括近代的新闻实践，都在证明同一个道理：所有的故事，最后都要回归到"人"的主题。

## 悬念：与"当下"距离最近的问题

在生活中我们发现，同样的笑话，有的人讲就特好笑，有的人讲就不好笑；同样的故事，有的人讲就特好听，有的人讲就不好听。为什么？

你们有没有问过自己：讲好一个故事的核心是什么？

对于新闻人，讲好一个故事的重要手段，就是寻找跟"今天"最有关联的话题。

比如，《新闻1+1》定了这样一个选题：浙江义乌招聘五名高薪公务员，年薪最低的三十万，最高的六十万。我对编导强调"新闻性"和"讲故事"。故事一定要贯穿每一环节：从节目标题、片子开场，到主持人、评论员的每一个问题，以及节目的结构，都要跟这个故事配套。

第一稿，他们提交上来的标题很像政府工作报告，"义乌试水高薪聘请公务员"。太常规！我把它改成了"三十万年薪的公务员，怎么用？"

文案的第一个问题也很常规，节奏慢条斯理，询问义乌组织部部长"为什么要开展这样的活动"。

我问编导：这条新闻是5月1日之前发生的，而我们做节目是5月5日，这两个日期之间的关系是什么？

编导显然没想过，只说"这几天持续关注"。

我继续提醒他：5月1日公示结束，按道理讲，他们应该过了节就上班，不是5月4日，就是5月5日，那么他们今天上班没有？——这是第一个问题。

编导回答：没上班。

我说：所以啊，这就是今天的新闻！他们为什么没上班？

其实这个问题在原文案中也提出来了，但是位置安排在第一个短片结束之后。我将它提到开场："我们得到消息，五名高薪公务员在应该上班的日子却没上班，出什么意外了吗？压力太大？"然后马上连线采访组织部部长，把这个问题抛给他。那么对方会给予解释："公示虽然结束了，但是还要呈报上级，另外我们双方的合同没签，还有一些细节待协商。"接着我会问："有出问题的可能吗？会不会有人不签？"再进入第一个短片。

看似很简单的一个调整，但是马上，"新闻"突显出来了。这就是一个"讲故事"的模式，而不是按着老套路去平铺直叙。掌握这种模式，也是长期训练的结果。

新闻人和受众之间的关系，很大程度上是由你的故事精彩与否决定的。你慢条斯理地去讲，观众没兴趣，可听可不听。再说你以为观众不能从其他渠道获知这条资讯吗？但当你找出"当下"最新的新闻性，马上就有了悬念——对啊，这几个哥们儿怎么没上班？这才是新闻人提供的价值。

## 逻辑：站在受众的角度思考

要讲好新闻故事，第一个准则，就是站在受众的角度去思考，而不是反过来，站在自己的角度。但在我们的新闻队伍当中，恰好绝大多数的人都是后者。那怎么可能把故事讲得好听呢？

我的幸运在于，原来在《东方之子》工作的时候，还没有手机、网络、微信，也看不到什么流行的段子，都是别人给我讲一件事，我再转化成自己的语言讲给大家。从那时起就培育了一种潜意识，知道怎么讲故事别人才爱听。

　　过去我们设计广播或电视的节目结构，都是假定受众从第一分钟开始听或看，一直到最后一分钟节目结束，由此完完整整地来考虑它的起承转合：怎么开头，怎么推进，怎么高潮，怎么收尾。

　　但国外的传媒调查显示：听众和观众会在任何时间进入、任何时间离开。这就对我们过去那套"线性逻辑"产生了挑战——中途进入看不出眉目，立刻就换台了。所以现在，"平行逻辑"正在快速成长，要让任何时候进来的受众都可被抓住。

　　我小时候，一放学就跑到电线杆子底下，听袁阔成、单田芳的评书，一听就是半小时，聚精会神。现在，你给我讲半小时故事试试？你能让多少人从头听到尾？更何况，还是连续一百天，每天半小时。很难。

　　现在的人们生活节奏加快，对故事的心态和审美不一样了。同样是半小时，过去你可以慢条斯理地讲一个长故事，现在却可能要把长故事分解成好几个完整的短故事，再组合在一起。比如《舌尖上的中国》，你任何时候打开电视，都能跟着它的故事走。

　　受众的需求发生了变化，讲故事的人必须适应这种变化。

## 细节：直指人心的力量

　　一个好故事，从内容层面上看，有了人和人性、悬念和逻辑，还有很重要的一项——细节。新闻人应该养成这样一种习惯：无论做什么样的选题，首先考虑人物，其次寻找细节。

　　我们常说，一篇文章写得"有血有肉"，细节就是文章的"血肉"。好的细节，会在聆听者产生倦怠的时候，将他再次带入故事。被细节牵引着的人，聆听的状态都是不一样的。

比如，大家平时一听到"主旋律"这三个字就头疼，话题太大！如果把大话题转化成故事、再引入一些细节呢？

无锡有两大家族：荣氏和钱氏。荣氏家族出了荣毅仁这样的国家副主席，钱氏家族出了钱穆这样的大学者。钱穆有个侄子，1931年考上了清华大学，语文、历史都是第一名——双百。他的名字叫钱伟长。

钱伟长进了清华以后，陈寅恪希望他学历史，闻一多和朱自清希望他学文学。可是入学第二天，就爆发了"九一八"事变，钱伟长夜不能寐，觉得学历史、学文学都无法拯救民族命运。他左思右想，跟同学探讨交流，只有学造坦克、强大自己的实力，国家的前途才能慢慢变好。

造坦克就得学物理。第二天钱伟长跟学校说，我要学物理！老师打开成绩单一看，乐了：中文和历史都是100分，物理5分，数学加化学一共20分。考成这样，您敢学物理？要说那时清华也牛，这样的学生也敢招，现在算总分，连"三本"都进不了。

因为钱伟长态度很坚决，学校跟他达成了一个协议：在物理系试读一年。如果一年后，物理成绩能达到70分，就继续学，达不到就回中文系。

钱伟长答应了。他毕业的时候，成绩是物理系第一名。

几乎所有人听完这个故事都热泪盈眶。这是不是主旋律？当然是！但这里没有标语、没有口号，只有人、只有故事、只有细节。

再回过头来看我们的新闻报道，为什么一听"主旋律"就头疼，就偷懒？习惯了喊口号嘛！没有人，没有细节，你以为空喊两句口号就会有感召力吗？

再举一个关于"细节"的例子。

二十世纪五十年代很有名的女指挥家郑小瑛，刚当母亲不久，就被送到莫斯科的柴可夫斯基音乐学院深造，一去几年回不来。

终于熬到毕业，她成为全苏联第一个走上柴可夫斯基音乐厅指挥歌剧的女指挥家。演出那天，她把孩子的一张笑着的照片，夹在乐谱的最后一页。演奏开始，一章一章、一节一节地往下行进，当最后一个音符结束，在全场长达几分钟的雷鸣般的掌声里，郑小瑛一直热泪盈眶地看着乐谱最后一页，照片上的孩子也正笑着看她。

请告诉我，这样的故事可以抓住人吗？当然能！然而有多少人会去挖掘这样的细节？没有这样的东西，你的故事怎么会有说服力和感染力？

我们平常都在忙什么？轻易去站队，去互相攻击，你把自己的事情做好了吗？生活中有无数这样的故事。我们想象一下，不管你弘扬什么还是批评什么，那些都是外在的要求。如果掌握了讲一个好故事的方式，还怕没有"制空权"吗？

## 节奏：讲故事的技术核心

假如规定一个命题，只给你一分钟时间，怎样才能把它说明白？两分钟，怎么去说？三分钟，又该怎么去说？或者给你一个故事，怎么才能在最短的时间里，用最恰当的语言把人抓住？

这就涉及讲故事的技术核心——节奏。

下一个不太准确的定义：节奏就是"合理布局"，如何将你所拥有的素材合理分配，让故事讲得更精彩。

但是恕我直言，"节奏"这个东西，我没办法告诉你们究竟怎样是对的，怎样是好的。不同的时长、不同的故事，需要不同的节奏。

写文章不分段，一定没有节奏；但是今天有很多文章，从头到尾都是一句一句独立成段，节奏也不好。过去我们称宋词为"长短句"，长短句的节奏是好的。该舒缓的时候舒缓，该紧凑的时候紧凑。写文章如此，做电视也是如此。

所谓"合理布局"，就好比一位厨师出门采购食材，因为今晚要请六个人吃饭，他的脑子里必须时时装着这六个人，才会买到与这六个人相对应的好东西，把菜谱安排得恰到好处。这个过程中需要做加法也需要做减法。

做一个十分钟的节目，就要按照十分钟的体量做采访，如果过度开采，做成一百分钟节目的采访量了，后期就很难再做减法。可是一个二十分钟的节目，采回来的素材只能支撑五分钟，剩下的十五分钟怎么办？注水吗？

所以干我们这行的，永远要思考一个"奶粉和水"的问题：全是奶粉，太浓；全是水，就是假冒伪劣。什么情况下最好喝？得调配合适的比例。

打个比方，我们《新闻1+1》的栏目时长是三十分钟，除去广告，还剩二十五分钟。有时候，编导提交一个策划案，我一翻，面面俱到：大哥，您这是两个小时的内容啊，怎么往二十五分钟里装？什么都想要，不可能。

这个经验是从哪儿来的呢？以前刚当报纸编辑的时候，领导布置了一个题目。我当时胸怀天下，放眼世界，上来就写了六千字，然后被领导删得只剩下一千多字。后来才知道，六千字是一个多整版的容量，而领导要求的只是一个比简讯稍长的东西。

所以，作为报纸编辑，首先要记住的就是：一个整版有多少字？有了这个概念，约稿的时候、排版的时候，才知道大致能排几篇文章，怎么去做删节。

做内容的人，只有对版面和节目时长的充分了解，才会有"节奏"上的把握。除了常规因素，还有很多非常规因素。比如，三分钟的节目，理论上能容纳九百字的内容。可是当你真的老老实实写出九百字，最后会发现时长超了，九百字要三分半钟才能播完。为什么？文字转换成语言的时候，还会无形中添加很多非文字因素。所以仔细算下来，三分钟的节目只能容纳大约八百字。现在随着推特、微博的普及，全世界新闻的平均字数是七百字，还有继续减少的趋势。

有人说，你怎么知道得这么清楚？这是长期训练的结果。很多事情都是需要训练的。

有时候，节奏还拥有一种语言之外的力量。

每所学校都强调学生要遵守课堂纪律，但我一直觉得课堂纪律好或者不好，从来不是取决于学生，而是取决于老师。第一，老师讲的内容抓不抓人？内容要抓人，课堂纪律相对就好，反之就不那么好；第二，老师会不会讲？或许你仔细地、硬着头皮听他讲，他讲的东西挺有用的，都是"干货"，但是他不会讲，语言没魅力、没节奏，还是不抓人。

有一种很常见的情形：两个学生在课堂上聊天，老师一生气，把手里的粉笔扔过去打人家，或者警告不许说话。其实完全不用。他们俩正聊着，你只要突然不说话了，停顿十秒钟，端起杯子喝口水，再看他们一眼，就 OK 了，他们保证不会再说话。因为刚才，你讲课的声音掩护了他们聊天的声音，你一停，他们的声音被凸显出来了，这时候不用老师批评，他们自己就不好意思了。

这就是语言节奏变化的作用。

你看，说评书也好，说相声也好，凡是高手，节奏都把握得好。马三立的单口，用他的节奏把你绕进去：一个小纸包打开一层又一层，打开一层又一层，最后告诉你，"挠挠"，所有人都乐了。

我有一个写了十几年的体育专栏，每周一期，每期八百字。为什么要写？第一，体育是我自己的爱好。第二，我在不断训练自己，把这八百字的文章做好。

我不用电脑，文章都是在稿纸上写，先琢磨好布局再动笔。我的稿纸几乎是没有修改的，而且字数一向刚好，偏差不过一二十字。经过这样的长期训练，我对八百字的容量、逻辑、节奏就非常清楚。

长篇大论是相对容易的，"收不住"反倒是能力不足的表现，这是我要求我的学生每篇文章只许写三百五十字的原因。

今天讲了很多。有些话题非常值得讨论；也有些话题，是一个老新闻人用了 N 多年总结出来的经验，你听懂了、照着执行就好。比如"新闻就是讲故事""人是最重要的""把握好逻辑、细节和节奏"，这些都是毋庸置疑的规律，应该成为你们一生的习惯。

2014 年　中国传媒大学

今天，我们才意识到让传媒人学会讲故事，有点儿晚了；但如果到今天还不好好学会讲故事，传媒就死了！

这是一个移动互联的时代，人人一个屏幕，这屏幕只属于自己，即便在身边，也不会凑上去看别人的屏幕。近在咫尺，好内容想分享也只是转发。显然，个人在屏幕上看什么，是隐私，神圣不可侵犯。

这意味着什么？

意味着你再也无法命令、要求，或组织别人收听收看你想传播的内容，传播的主动权已全面向受众倾斜，传播者更多地处于被选择的处境。这就要求你只能增加自己的魅力、吸引力与公信力，让别人自愿选择看你的东西。主动权已不在你手上，人家想看八卦还是八项规定，可是自己定。不明白这一点，你就会真正出局。

可现实中，意识到这一点并真正改变的还远远不够，尤其是一些主流媒体。新闻还有点儿像散文，大话空话依然有，不尊重新闻规律的操作与管理依然随处可见。再过一段时间，主流媒体如果没了主流影响力并被边缘化，这主流媒体还谈得上主流吗？

这时有人说，新媒体当中，假新闻太多。的确，新媒体当中是存在一些事实上的失真，可传统媒体时常存在的态度失真，又该怎么看？

学会讲故事，不是什么新思维，不过是常识而已。但愿一切还来得及！

# 智商很高，情商却低

方向太多，方法太少。期待太多，保障太少。
口号太多，故事太少。宏观太多，细节太少。

前几天记者节，在录节目的过程中，一个记者问我："现在很多同行都有一种担心，为什么很多问题都是先被记者发现，其他部门干吗去了？"

这是一种情绪性的判断。我明白他的潜台词，大意是什么问题都由记者先发现，政府部门干吗去了？

我说，我一直信奉普利策的一句话："记者是社会这艘大船上的瞭望员。"我不认同记者是"无冕之王"这个说法，有点儿自我夸大，容易让人产生幻觉。新闻的力量，并不体现在别人是否把你当"王"，而体现在你是不是真正怀有一种责任感。

## 记者是啄木鸟，不是喜鹊

　　记者既然是社会这艘大船上的瞭望员，就要承担很多使命。大家应该都看过《泰坦尼克》这部电影，其中有一个真实的细节：当这艘全世界最豪华的大船离岸之后，两名瞭望员突然发现，忘了带望远镜，于是一直在那儿搓手、聊天。聊着聊着一抬头，冰山就在眼前，船已经来不及转向了。

　　"泰坦尼克"的沉没一直是个谜，有很多原因导致了这个结果。它遇见了冰山，并且以最不可思议、也是最糟糕的角度撞了上去。但是我想，其中最重要的一个原因，是瞭望员没有带望远镜。否则提早看到，悲剧就躲过去了。

　　这个历史的细节提醒我们：作为社会这艘大船的瞭望员，你的职责是什么？当你看到前方海面上的所有信息，好或者不好，都要及时反馈，这样船才可以安全行驶。读书、思考以及责任感的支撑，就是瞭望员的"望远镜"。如果瞭望员自觉不自觉地，或是受命于某种指示地，报喜不报忧，那么他提供的信息就是失真的，这艘船的安全就是没有保障的。

　　再回到记者节上那名记者提出的问题。当时，我也举了"泰坦尼克号"的例子，然后反问他："如果什么问题都是记者后发现，还要这支队伍干吗？"

　　在这个世界上，良忙运转的制度极其重要，它可以使人从"想做不好的事情"，变成"不敢做不好的事情"，再到"不能做不好的事情"。时间长了，也就成了"不想做不好的事情"。是这样一个逻辑线条。

　　但是不管制度多么完善，总有人要去钻空子。所以在推进制度法律建设的过程当中，记者还有一个相当重要的职责，就是维护制度和法律的正常运行。

好记者应该像啄木鸟，通过叼出一只又一只树上的虫子，既给自己找到食吃，又维护了森林的健康。试想，在我们的生态圈中，如果没有啄木鸟，少了那些烦人的啄木声，暂时是安静了，长此以往呢？

还有一些时候，记者偶尔可以当一下喜鹊。摸着石头过河的过程中，会有各种新鲜的尝试。这些尝试代表着更开明的方向，符合更多老百姓的期待，媒体应该善于捕捉它。很多人说起媒体的职责就是舆论监督，说起舆论监督就是"揭批负面事件"。我的想法不一样。遇到可喜的进步，媒体能够迅速地意识到，立刻予以支持，让它定型成为发展的大方向。因为一句话说得好：你把对方当朋友，他最终真是朋友；你把对方当敌人，他最终真是敌人。其实，换个角度，时代也如此。

既是啄木鸟又偶尔当一把喜鹊，两项职责加在一起，才是舆论监督的全部含义。在中国，相对而言，前者很容易达成共识，后者反而是更大的挑战。


大家知道，十八届四中全会开四天，头三天没有新闻，第四天发布大会公报。开幕第一天，我做的《新闻1+1》标题就是"让法治成为一种信仰"。大家可以回过头去查，当时，在中国的主流媒体中，这是第一个把"法治"和"信仰"联系在一起的大标题。

我身边很多人都有些担心：这样行吗？我说：放心。

四天后，我很庆幸，十八届四中全会公报中，的确出现了"信仰法治"这四个字。在党的报告里这是第一次。次日《人民日报》《新京报》的社论标题皆是"让法治成为一种信仰"。

前不久我参加高法一个倡导政府信息公开透明的会议，周强院长多次谈到"信仰法治"。我还通过一些专家了解到，总书记也曾在某一个场合讲过"信仰法治"。

作为一个媒体人，要具备相当的敏感度，哪怕很细微的信息都能够捕捉到。很多人将敢言归纳为"勇气"——不，表面上是勇气，背后却是学习、思考和对方向的准确判断。

我经常听到一句其实很不愿意听到的话："白岩松，你胆够大！别人都不敢说，就你敢。"乍一听是表扬，其实是一种误导。说别人"不敢说"，不等于说别人"不能说"，或"不该说"。如果仅仅是敢说，那是练胆大。胆大的人不少，因此出事的也很多。所以开玩笑说：胆，是练出来的。这"练"，是让不断学习成为训练。

二十多年来，新闻已经成为我的信仰的一部分。我依然相信，新闻能让这个世界变得更好一点儿。如果有一天我不再信仰它了，肯定就不做了。

## 如何区分"骗子"和"理想主义者"

具体到当下，新闻的力量如何体现？在不断演变的形式之下，哪些本质规律是不变的？媒体从业者如何与这个时代沟通、与受众沟通？不妨用一系列对比来完成。

第一，在面向整体社会的沟通上，方向谈得很多，方法显得很少。

第二，智商提高很多，情商欠缺不少。

第三，口号太多，故事太少。

第四，宏观太多，细节太少。

第五，媒体人接受的指令太多，也就是人治色彩太多，调动媒体积极性、用尊重规律的方法去传播太少。

第六，在对外沟通过程中强调"不同"太多，对人类"相同"的基础关注太少。

第七，社会期待传媒公开透明的意识增长很多，相应的保障还太少。

当然，还可以加上，党性谈得够多，可人性谈得有点少，等等。其实，这些"太多"与"太少",不仅是媒体的问题,更是整个社会在沟通时都面对的问题。

先说第一点。这年头骗子跟理想主义者很难区分,我通常会这样判断:只谈方向不提供方法的,就是骗子;既谈方向又能提供方法的,才是理想主义者和建设者。

"方向"是很多人热衷的话题,但不需要总谈,或者空谈。

经过多年改革,中国整个大方向基本明确,一次又一次写进党的报告里。从十八大到十八届三中、四中全会,都在确立方向。十八届三中全会的报告中,写进了极具历史意义的两行字,确立了一个新的目标——国家治理体系和治理能力的现代化——这句话是十八届三中全会的灵魂,对未来中国具有重要的指导意义。

过去我们只有一个目标:建设有中国特色的社会主义。没有新目标的提出,也不会有十八届四中全会"依法治国"这四个字的明确。现在已经明确强调,十八届三中全会和四中全会是姊妹篇、上下集。没错,"依法治国"相对于国家治理体系和治理能力的现代化,既是手段又是目标,既是方法又是方向。

还有一个反例,中国足球,隔几年就谈一次方向,从来不提供方法,后果呢?

想想看,每届足协主席一上台,就要制定一个"未来十年发展纲要"。这届"世界杯"德国夺冠了,中国足球号召学德国。可是你仔细看那场比赛,德国跟阿根廷踢,阿根廷赢的可能性更大。德国后卫严重失误,阿根廷前锋一看好机会来得太突然,反而晕了。如果那两三个球进了,阿根廷夺冠,中国是不是就要学阿根廷?

一场比赛中的偶然性,将决定中国足球未来的必然方向,这太搞笑了。或者能彻底学德国、一直学德国，也没问题，可是这届"世界杯"之前咱们学的是西班牙。

所以，传媒也好，执政者也好，执行者也好，如果依然热衷于天天在那儿谈方向，从不提供方法，好的方向怎么实现呢？

如果没有特区的建立，中国怎么开放？如果没有土地承包的开始，改革怎么破局？在"聪明"的中国改革中——很多时候"聪明"体现在字词的更迭上，失业改成了下岗——如果没有"下岗"，怎么完成那次历史性的缓冲？

"摸着石头过河"既是一种态度也是一种方法，包括"不争论""要允许去试"，不都是方法吗？

邓小平是一个既有方向又有方法的人。他明确了方向，同时用一种宽容的态度，鼓励大家提供方法。尤其在浙江，这种感受应该非常明显。浙江的经济模式就是在"不争论""允许试""放手"的环境当中成长起来的。有很多领导对"浙江模式"表示过赞赏，对吧？

有人开玩笑说，改革最初十几年，浙江的特色是一楼在写检讨，二楼在搞接待，三楼在写成绩汇报。这是很多年前，试验走得太超前了，偶尔写写检讨；同时，全国各地来参观学习的源源不断；本地领导又在写取得了什么样的成绩，经济又增长了多少。

其实，在中国古代文化中，方向和方法的结合也早有定数。传统文化中最重要的一个字是"道"，在"儒释道"中最该居首。"道"这个字怎么写？先要写一个"首"，接下来写一个"走之"。"首"是什么？脑袋，代表的是思考、方向。"走之"呢？行动。知行合一，缺一不可，顺序也不能错。

那么，对于传媒人来说，什么是方法呢？比如有些选题，乍一听好像不能做，问题是你找到能做的方法了吗？记者是干什么的？是陈述过程和记录事件的。可是现在很多媒体人把它简化了，上来就想直奔结论而去——这是好人还是坏人，好事还是坏事——岂有此理。

要知道，结论是危险的，过程是安全的；结论是方向，让审查你的领导都提心吊胆，但过程是方法，是行走，反而是安全的。媒体人真正应该追求的是细节和过程的阐释，而不是简单地只下结论。

很多年前，丁关根当宣传部部长的时候，召集过一次中央台六七个人的小型座谈，我也在场。他问主管新闻的副台长："《焦点访谈》一周七天是怎么安排的？"副台长说，一般情况下三篇正面的，三篇批评的，还有一篇"游击队"，就是不一定。

丁关根头也没抬说了一句："在我看来，七天都是正面的。"

我的思维当时就发生了巨大的转变。为什么要纠缠于表象？哪怕连续一周都是看似负面的报道，但它有力地推进了现代化的进程和社会文明的提升，促进了问题的进一步解决，难道那七期节目不是正面的吗？

这句话也让我明白，为什么在丁部长的任期，涌现出《东方时空》《焦点访谈》《新闻调查》《实话实说》等一系列新栏目，以及那一场电视新闻改革。这一切都是奔向好方向的方法，也真的蹚出一条通往正确方向的道路。

联系当下，我觉得又到了可以重新理解这句话的时候。有好方向更需好方法。

## 智商决定对手，情商决定结果

接下来说第二点，情商与智商。

前天的节目中，我评论习近平主席所说的"APEC 蓝"：这是一句既坦诚又高情商的话。我特别加了"情商"二字。因为习主席谈到，那些天他每天早起先看天气，担心有朋自远方来，被坏天气扫了兴。好在人努力，天帮忙，始终不错；想夸上两句，可又怕话说早了。有人给它起名叫"APEC 蓝"，很美好也很短暂，那么希望今后通过大家的努力，"APEC 蓝"能变成永久的蓝。

我为什么说他情商很高呢？一个互联网上诞生的词，被传统媒体放大，再被总书记说出来，前后不到一周，这样的经验在过去几乎没有。

我可以坦诚地告诉你们，APEC 开幕前我去怀柔，怀柔宣传部部长非常忧虑地跟我讲，最新的天气预报出来了，11 月 8 日到 12 日，整个会议期间都有严重雾霾。从那天开始，石家庄车辆限行、济南停课停产，都跟这次天气预报紧密相关。

我也在心里打鼓，这能管用吗？结果证明很管用，因此才有了互联网上"APEC 蓝"这个说法——最初不是表扬，而是吐槽，也包含着某些腹诽的成分。但是连发明这个词的人都没想到，总书记不仅直面，而且坦然引用，使得"APEC 蓝"突然成为一种社会共识，成为中国梦的一小部分，吐槽的含义没了。

我为什么说，很多时候执政领域在传播沟通方面智商很高，情商很低？大家想想看，当社会不断前行、越来越多的老百姓变成公民、社会越来越需要沟通理解的时候，官员和媒体人的高素质、高智商是必然的结果。但仅仅动用智商是很危险的行为。中国人常说一句话："你以为谁傻呀？"如果你在那儿斗心眼，一个老百姓也许没觉出来，十个老百姓肯定有好几个觉出来的，就会产生抵触，甚至对立。

国家治理体系和治理能力的现代化，不仅包括依法治国，其中必然也包括提升整个社会的情商，尤其是执政者的情商。一个国家的良性运转，一个社会要达成和谐，情商必不可少，甚至高于智商。

我经常跟我儿子说，智商决定你跟谁比赛，情商决定你比赛的结果。

再举一个反例，温州"7·23"动车事故发生时，正值高铁蓬勃向上的发展期。几十个生命的离去，加上陌生的新兴科技，一下子触动了中国老百姓的敏感神经。此刻该如何面对人们的情绪？

回顾汶川地震，当人们刚从新闻中知道这件事，总理已在飞往汶川的飞机上。民心所向，全社会立刻拧成一股绳去应对这场灾难。这体现了中国执政者的高情商。

但是温州动车事故的处理，却是一个极低情商的决定。一个死亡数十人的恶性事故，第一场新闻发布会，居然让铁道部的新闻发言人王勇平出面，他摆得平吗？应该出面的是铁道部部长。出于种种原因，部长们没来，我认为部长们应该反思。由于你的不作为，后来把包袱甩给了总理。

大家可以去研究舆论曲线。那场新闻发布会，不仅没有舒缓民众情绪，反而火上浇油，进一步刺激了舆论对立。我当天晚上在直播中，就抨击了王勇平的很多说法，包括"不管你们信不信，反正我信了"。

其实我个人非常喜欢王勇平，也和他有过多次交往。他是难得的受过中国政府新闻发言人"黄埔一期"培训的一位，也始终在努力做事。事归事，人归人。他那天是在替面对危机时情商不高的铁道部背黑锅。

中国的新闻发布存在一个大问题：很多新闻发言人由于级别不够，无法出席决策会议，却要扮演把决策传递给社会的"二传手"。而在国外，有些总统的新闻发言人级别很低，但他可以越级参加总统的各种会议。这又回到了方法问题。方向有，意识也在进步，但具体的保障没跟上，这是题外话。

动车事故的负面舆论不断发酵，什么时候才出现转折呢？直到温家宝总理赶到温州，在事故现场召开新闻发布会之后，对动车事故的新闻搜索量开始急剧减少，说明民众的情绪开始得到缓和与释放。

我们要研究这个情绪的转化，很奇妙。它说明了什么？面对来势汹汹的舆情和转型期的各种矛盾，情商远远高于智商。情商是媒体人、执政者、决策者对社会情绪的敏锐体察和妥善应对，相当于普通个体对周边环境的感知，以及对人际关系的处理。

新闻行当里最糟糕的事情，不是虚假，而是冒犯。一般情况下，一个单位出现虚假新闻，新闻中心的头或副头要下台；但如果出现了严重的冒犯，这个单位的领导就该被干掉了。

中国社会到了越来越在意情商的时期。我们期待一个协商民主的机制，任何决策的出台，都有一个事先的协商和社会情绪的评估。

我是全国政协委员，新一届的政协，就是在为协商民主拓宽路径。社会转型到了今天，很多事情不是下个红头文件就能解决的，各种复杂情绪，需要掰开了揉碎了，通过沟通协调寻求理解和支持。这是情商的活儿，不是智商的活儿。

而且情商对于中国的执政者、媒体格外重要。中国老百姓最受用的一个词是"态度"，不管受多大委屈，如果你的情商很高，带着爱、带着温暖走到他的身边，人家立即眼泪一抹，"放心，我自力更生。"啥委屈都扔一边了。

就好像公共汽车上你踩了人家一脚，尽管很轻，但如果你没有任何道歉的意思，俩人可能打起来。但也有可能你踩得很重，但态度特别好，道歉很真诚，别人再疼也就忍了。情商高低会导致不同的社会情绪氛围。

作为政府新闻发言人，一定要把情商当成重中之重。相当多的政策在发布的时候，需要一种"无情政策的有情解读"。会解读的人，更容易得到社会的理解支持；不会解读的人，就容易引发负面情绪甚至对立、不接受。

比如，教育部曾出台一项新规——所有民办教师都要取得上岗证才能从业，无证执教将成为历史——这其实是进步。但是面对几十万名民办教师，新闻发言人措辞很严厉，"坚决清退民办教师、严格执行持证上岗"等。

当天晚上，我在节目中评论这件事，标题就叫"坚硬的政策"。我说，在过去数十年间，中国有过百万人次的民办教师，经年累月，以几十块钱的低收入，支撑着共和国教育所不能到达的深山老林，让一代又一代的孩子得到教育的惠泽。此时此刻，感谢他们都来不及呢，怎能一声"清退"，如此无情？当然，社会在不断进步，共和国越来越有能力，让更多更高水平的教师到偏远山区去，弥补教育上的欠账。但我们仍要感谢民办教师为中国教育做出的贡献和努力，与此同时，也拜托社会各界帮助今天的民办教师，去补课，去进修，争取让他们能够拥有上岗证。如果实在有困难，也希望他们的未来能得到合理安排。

我说得对还是教育部发言人说得对？同样一项政策，他刚解读完，西北就有民办教师上街了；听我说完，人家流着泪，再大的委屈也忍了。这样的事少吗？一点都不少。当然，教育部的新闻发言人听到我的话，也认真思考。我们俩是很好的朋友，我一直尊敬他。


再以北京的 APEC 假期为例。放假前后，市委市政府都给全体市民写了态度诚恳的公开信。限行让人不高兴，放假就让人很开心。因为天气预报有雾霾，河北、山东也不得不限行，但是河北又不放假，肯定抵触情绪比较大。当地也出台了一项"情商政策"——公交车全部免费。

请注意，这时的公交免费，不是政策行为，是情商行为，是应对负面情绪及时的疏导和抚慰。虽然不能解决全部问题，但能够缓解相当一部分。这和平时的人际交往是同样的道理。

## 谁会讲故事，谁就拥有世界

接下来，我们说"口号太多，故事太少"。

一个好消息是，"故事"这个词在去年，终于进入了意识形态主管者的视野——被写进了总书记的讲话中。因此今年的记者节晚会不叫晚会，没有歌舞升平，主题是"好记者讲好故事"。

过去在中国人的概念中，讲故事就是虚构，是添油加醋，因此做新闻怎么能讲故事呢？但是大家都忘了，讲故事其实是一种方法，让听众更容易接受的传播方式。陈世美、秦桧、岳飞……千百年来，那些传统的伦理道德、价值信仰，不都藏在一个又一个故事里，一代代地流传下来吗？

人类就是一种喜欢透过感性的方式来获取理性的动物。

柏拉图说："谁会讲故事，谁就拥有世界。"我们全家都是研究历史的，历朝历代的胜利者，都是会讲故事的人。陈胜吴广在地里埋一个东西，刨出来以后，说起义是上天的旨意——这就是讲故事的模式。

我曾经开玩笑说，毛泽东为什么打败了蒋介石？毛泽东和共产党讲故事的能力高于国民党。人类历史上有过很多奇迹，其中一定要浓墨重彩记录的，是原本有着巨大差距的国共两党，如何在四年之内逆转乾坤。共产党为何能够实现以弱胜强？

离开西柏坡向北平去的路上，毛主席跟中央其他领导说，这是进京赶考的日子，别忘了，是老百姓用独轮车把我们推到北平的。这跟讲故事有关系吗？当然。

从 1945 年开始，共产党就不断对老百姓强调，一旦我们胜利了，所有人都将享受胜利的果实。土改，就是一个讲得最漂亮的"故事"，让贫苦农民心甘情愿地有钱出钱，有人出人，家里有俩鸡蛋，恨不得给你仁。根据地逐渐扩充，力量逐渐强大，在最后的关键时刻翻盘。

相比之下，国民党就没有好故事。蒋介石的故事讲给了既得利益者，没有讲给老百姓，但既得利益者各自心怀鬼胎。后来他的民众支持越来越少，身边的队伍也开始钩心斗角、分崩离析。

一个有趣的对比：1949 年蒋介石到了台湾，闭关数月，1950 年 3 月重新出山，推出一个重大举措就是台湾土改。大家去研究一下这段历史。他开始明白，要回归土地——这个土地不是实际的土地，而是指根基。你的存在不能脱离根基。国民党到了中后期，难道不是飘浮之物吗？所以会讲故事的人拥有世界。

说到我们搞传播的，讲故事是本来就该拥有的能力。如果天天都是标语口号，谁会听呢？讲故事最重要的就是将心比心，用感性的方式去传达理性。平时开各种大会小会，经常有人强调"遵守会议纪律"，我不这样看。会议纪律问题都出在主席台上，你念两个小时的稿子，还不许人家犯困，没道理啊。应该是睡觉很正常，不睡觉有奖励。

另外，会议越短越好，文风应该活跃，街头的标语口号最好能减少一点。很多东西真正能够落地、深入人心，靠的不是这些表象。问问我们自己，有几个行为举动是出于大街上标语口号的感染？一定是被身边的细节或故事感动啊。

媒体还存在一种问题：做"负面报道"时精神百倍，一遇到所谓"正能量""主旋律"，就胡乱对付，于是产生了恶性循环。

"正能量"也需要好故事。在座各位，谁能把社会主义核心价值观一字不落地背下来？很难。但是《感动中国》这档节目做到了。它就是一档传播核心价值观的节目，但创办十几年来，没有空洞的"大词"，只有故事、情感、人。这一切形成了品牌的力量。无论你站在哪一立场，面对一个具体的人，都很难说不，都会被他打动。

我也经常接触"90后"，也给他们讲钱伟长、郑小瑛的故事，都是"正能量"。今天的年轻人都强调个性，每个人的爱好都应该得到施展的空间，但在过去那个国破家亡的时代，年轻人的个人爱好要为国民的责任让路，自己扳了自己的道岔，改变了一生的命运。这样的故事，"90后"照样听得热泪盈眶，入耳，入脑，入心。问题是我们用心去找这样的故事了吗？

## 意义没有意义，好细节才有意义

下一个问题，"宏观太多，细节太少"。

现在社会上最缺什么？公信力。尤其对于政府和传媒。传统媒体总是习惯批评互联网"谣言满天飞"，但传统媒体自身的很多态度，难道不是失实的吗？通篇宏观意义，跟老百姓的生活脱节，又让党的大政方针落不了地，所以会产生"不管你信不信，反正我信了"这样的言辞，所以总是被人拒绝。为什么？没细节。

传播有一个重要规律：没有细节就没有公信力。细节是一切文化产品的立命之本。

我们对意义和主题强调太多，毁掉无数趣味。其实最有意义的意义藏在故事的细节里。美国没有宣传部吗？没有。真没有吗？那好莱坞是干吗的？好莱坞比宣传部更狠，向你传播美国的主流价值观，不但不给钱，还收你钱，让你热泪盈眶地接受。市场手段比行政手段厉害。

为什么总说中国没有好编剧？我们传统的文化教育教的不是讲故事，而是中心思想和主题汇报。我是一个古典音乐爱好者，古典音乐当中，翻来覆去不就那些主题吗？悲伤、爱情、苦痛、挣扎、绝望……但是为什么要听不同的作曲家和不同的作品呢？甚至同一个作品，为什么要听不同的版本呢？因为细节是不重复的。同一个主题下，总能诞生新的节奏和音符。

中国的教育往往会忽略细节。当你问一个孩子，《约翰·克里斯朵夫》这本书为什么好？他会告诉你，因为这是名著，因为它表现了"人要战胜自己"这样一个伟大的主题。那《简·爱》为什么好呢？回答《简·爱》也是名著，被称为"女性的第二本《圣经》"，在文学史上占据重要的地位……如果读书只为读它的意义，就没必要读书了，直接百度一下就 OK 了。

好的媒体人不是无冕之王，而是细节之王。

报道香港回归时，我的任务是驻港部队的全程直播。我想了很多说法，"驻港部队一小步，中华民族一大步"等等，但这些都是空的。

6 月 29 日，我在现场溜达，突然看到桥中间有一个很宽的铁板。我问执勤武警这是什么，他说是"管理线"，相当于香港和内地的界标。

当时我豁然开朗，这就是我要找的细节。历史空说无凭，恢复行使主权需要一个标志，这就是标志。我立刻协调相关人员，把直播地点改到"管理线"这里。第二天直播时，我见证了第一辆车的前车轮越过管理线的瞬间。这才是驻港部队的一小步，中华民族的一大步。在整个香港回归的纪录中，以及历史的潮流里，永远都会留下这个镜头。

报道需要细节，语言也需要。APEC 会议上，总书记谈到 21 个经济体应该像雁阵一样，这种形象的比喻一下子就能抓住人，比空谈团结的效果好得多。

前些年给主持人大赛当评委，我经常忍无可忍地点评："又听到一段流畅的废话。"声音完美，一级甲等，字正腔圆，毫无瑕疵，但是说完了我一句没记住。

都是些什么样的语言呢？"在和煦秋色中，舟山的媒体人和政府新闻发言人，与来自央视的白岩松共聚一堂，在中国梦的大环境下，畅想新闻的美好未来。"

这种"流畅的废话"不少见吧？我称其为"散文联播"。

## 微信时代的心跳也是一样的

最后，我们讲"人治指令太多，自发调动太少"。

习主席今年对新闻宣传部门的讲话中，再次强调要按照新闻规律办事。规律是什么？规律就是在变化的时代中维持不变的东西。

中国人对新生事物的接受度全球领先，对变化也格外敏感。我们的电子设备更新率甩开欧美好几条街，还发明了微信，有最牛的电商。但是别忘了，在这种对变化的渴望和探求中，要设一个不变的底线，否则社会就失控了。

我一直在谈敬畏。改革开放的中国是一条奔流的大河，敬畏就是河两岸的堤坝。与之相似，规律也是一重堤坝。有规律在，就不惊慌。

进入互联网时代，人人都在聊转型，聊新媒体取代旧媒体。但是我说，内容为王就是一个不变的规律。无论你用微信写情书，还是用鹅毛笔写情书，你的心跳是一样的。唯一不同的是，微信时代的你，可能被回绝得更快。

有数据统计，移动互联网正在以前所未有的速度取代 PC 终端，这是毫无疑问的。于是很多传统媒体也慌了，蒙了，纷纷转型做新媒体，丧失了自己的核心竞争力。可是我反过来问你，你见过几个传统媒体把新媒体做好的？

两个不投入：不投入金钱，不投入时间。传统媒体的优势在于报道的宽度、深度、耐嚼度，现在都耐不住性子了，跟新媒体学，玩"短平快"，那你一定死，到死的时候都没人同情。

在内容上不愿意投入金钱，在新媒体上却玩命砸钱，没用。机制不改革，你投多少钱都是打水漂。比方说，我给腾讯写一篇稿子，夜里十二点发过去，对方三分钟后回短信："收到了，谢谢白老师。"我给传统媒体办的网站写一篇稿子，晚上七点多发过去，第二天早晨八点半收到了回信："白老师，上班收到您的稿子，谢谢。"你觉得这两者之间能竞争吗？

过去有人说，中国媒体什么时候实现了民营化，在美国上了市，有N多个"中央台"互相竞争，就牛了。这种状况在互联网领域早已成为事实，新浪、网易、搜狐、腾讯……在美国、中国香港上市，以同等体量在竞争。但是机制不同——新媒体真正的"新"不是技术，而在机制——传统媒体学得来吗？

开个玩笑，比如《宁波日报》办了一个网站，新媒体。假如老媒体员工一个月拿一万二，新媒体员工一个月拿四万八，可能吗？宣传部部长会同意吗？好，不可能，那就新媒体也一万二，老媒体也一万二。能做出差异吗？

很多年前，全国各电视台都去参观湖南台，因为湖南台娱乐节目很领先。我当时就说，参观有什么用？湖南台背后的很多东西你学不来。湖南卫视是上市公司里的，湖南广电是上市集团，这一来他们的思维马上改变，因为要向股东负责，要有年报，要做业绩。

近三十年前，我在湖南台实习的时候，我当时的一位领导后来去了湖南广电。我开他的玩笑，"当年很保守的"，可是接管湖南广电以后，一下子变得思维前卫，举措新锐，所谓屁股决定脑袋。

新媒体之"新"，可不是体现在互联网的形式本身，而是互联网背后的机制：进人、奖励、速度、自发工作、没有上下班的概念等。关键是激励机制，对人的活力与能力的调动，并自觉按规律办事。

领导干部也要遵守传媒的规律。有时候，主管领导熟悉报纸，不熟悉电视，他用报纸那一套标准去衡量电视，那怎么行？

规律就是规律。报纸跟电视最大的区别，在于报纸可以重复阅读。一篇文章可以掰开揉碎了读，一小时看八遍，直到看懂为止。报纸还可以错位阅读，先看第四版，再看第二版，你有你的编排，我有我的选择。

电视则如同人生，单行线，直奔终点而去，不可逆。因此，电视面临的第一个考验，就是必须用感性的方式传播理性。以一个细节为例，电视语言不适合一段话说很多数字，人们记不住，记不住就不跟了，一摁遥控器换台了。而报纸语言无论是文学的、理论的、抒情的，都可以。

第二个区别，报纸在相当大程度上是公众属性的媒体，供人在公共空间阅读；电视却是纯粹的家庭媒体。我经常告诉我的同行，不管你背负多大的责任，要传递多大的政策，得先整明白一件事：你在人家里怎么跟人家说话？

人们一回家，摘掉社会面具，即便在单位天天讲八股文，回家也一定不喜欢听八股文。你在电视里说的话只要不招他喜欢，咔，换台，很残酷。中国人没耐性，换台频率就是快，四到七秒，有上百个免费频道可选呢，世界第一。所以，领导面对报纸与电视，不能用一个方式来管，各有各的规律，你也得懂。

记得2002年的元宵节，在人民大会堂，我跟李长春同志和管纪检的常委在一桌聊天。李长春同志说，舆论导向正确是最重要的，但在宣传中一定要入耳、入脑、入心。如果做不到，导向再正确也在空中飘，落不了地。

别忘了，我们每天是在跟谁竞争？《非诚勿扰》《我是歌手》《中国好声音》。您整天念报告能竞争得来吗？不管多大的新闻单位，越是承担着大的路线方针政策的传播任务，越要遵循规律，用入耳、入脑、入心的方式去吸引观众。

2014 年　浙江舟山千岛传媒论坛

尊重规律是必须的，可在现实中，你很容易发现，身边有很多的规定是违反规律的。这个时候就不好办了，是按规定办？还是按规律办？

按规定办，时间一定会修理你，让你付出代价；可按规律办，你的领导可能立即修理你，让你马上付出代价。

我们很多的浪费与弯路，常常与此有关。

好多单位出台规定：报销差旅费，必须是来回机票、火车票与目的地住宿费一起报。可问题来了：出差目的地如果是父母家，想回家住还为组织省钱，但规定不允许，没有住宿票，来回路费也报不了。于是，要么开一间房不住，要么买个发票占组织便宜……这样做倒是符合规定，但这里存在的问题呢？而你知道，这只是我可以拿出来举的例子，现实中，违反规律的规定多着呢！

我们要理顺的东西还有很多，如何让规定与规律不矛盾？如何在透明公开的意识提高了很多之后，也能让制度保障跟得上？还有要思考党性与人性的配套而不是割裂等问题。

课题都不小，可不是我能说明白的。但时代前行，这些问题我们恐怕都躲不开。

# 资讯爆炸时，别被忽悠了

> 传媒应该具有五种功能：解闷、解惑、解气、解密、解决。解闷需要娱乐，解惑需要知识，解气需要分寸，解密需要勤奋和时代进步，解决需要影响力和耐心。

　　内蒙古在很多人的心目中很遥远，没错，它是边疆。但是当他们坐上飞机，发现只需要四十五分钟就可以从北京到达呼和浩特，他们又很惊讶："哦，原来内蒙古离我们这么近。"其实对于内蒙古的年轻人，如果别人对你们在心理上产生这种遥远的距离感，不可怕。可怕的是我们自己内心里的距离感，可怕的是"自我边缘化"。

　　二十多年前，当我处在你们这个年纪，在海拉尔只能读到三天前的报纸，因为偏远。那么很多个"三天"累加在一起，我可能就比大城市的孩子落后了很多。但是到了互联网时代，所有的资讯和界限都被快速消除了。只要你们足够勤奋，足够敏锐，就可以和全国、甚至全世界的同龄人共同成长。

## 八十年代是个什么年代

今天我要和大家沟通的主题，是这二十多年传媒行业发生的变化与我们每个人之间的关系。显然我们已经进入一个传媒的时代，每个人或多或少都在跟传媒打交道。如果将时间倒推三十年，再过两天就是毛主席去世的忌日。在座的各位同学，这对你们来说只不过是历史。而对我们来说，却是一个特别的日子。

刚才，我还和余秋雨老师、阎学通教授谈到当年的这一天，大家都记得很清楚。那天余秋雨老师正在蒋介石的老家——浙江奉化溪口半山腰的一个农家屋里学习。旁边走过来两个农民说："哎呀，毛主席死了。"那一瞬间，余秋雨感觉像五雷轰顶。阎学通教授当时是天津的知青，在黑龙江兵团插队，听到这个消息，也有一种末日临头的感觉。

我那时正在学校和一帮小伙伴玩儿，突然听见大喇叭里放起了哀乐，然后说毛主席去世了。虽然我们还只有七八岁，但却感受到一种巨大的恐慌，这个世界出问题了！

那时的中国媒体只承担着单方向的传播作用，也就是党中央向公众传递信息或"指示"的政治窗口。全国上下就那么几份报纸，几份杂志，一个广播电台。电视台虽然从1958年开始就有了，但基本上和老百姓的生活毫无关系。这就是改革开放前，中国传媒的状况。

到了二十世纪八十年代中期，传媒行业有了第一次快速的发展。这种快速发展的标志，是各地的报纸风起云涌地出现了一种叫"副刊"的东西，包括周末版，这是一个巨大的变化。媒体不再是单一的政治导向宣传，开始出现一些软化的审美的倾向，一种对生活、对八小时之外的尊重。当时就有一本杂志叫《八小时之外》，我印象非常深。

七十年代末八十年代初，是杂志的明星时代。《中国青年》《大众电影》《当代》《小说月报》等等红透半边天，很多家庭都在订阅，发行量动辄几百万。广播也依旧辉煌，但还是一个单向的传导作用。

到了八十年代中期，开始出现一些另类的声音了。这种另类声音以纪实性的报告文学为突破口，涌现出很多报告文学大家和优秀作品。虽然几年之后，其中有些作家出了各种各样的问题，比如涉及政治方面的因素，但这种文学体裁毕竟让中国媒体第一次切实地关注现实，关注老百姓的喜怒哀乐，即使只是冰山一角。

八十年代中后期，中国呈现出强烈的"文化热"倾向。那时的畅销书可不是什么《痛并快乐着》，而是叔本华和尼采。近两年中国知识阶层中有一种礼赞八十年代的回归倾向，认为那才是中国文化界、思想界最富激情的时代。

我那时正好在读大学，几乎经历了所有的文化热潮：摇滚乐在中国的诞生，朦胧诗的火爆，金庸、古龙、琼瑶、三毛的流行……一切都在急剧的变化中，人们对精神的看重远远大于物质。

## 仰视，俯视，平视

每一个时代都有值得怀念的理由，也必然存在它的问题。八十年代，物质的极度不丰富，经济领域的左右纷争，牵扯了相当多的社会注意力。百姓生活和传媒发展，都处在局部活跃但没有长足进步的状况下。

一个重要的转折点，是1992年的邓小平"南方视察"。这次"南方视察"撬动了很多事情。

首先，打破了当时沉闷的社会局面。邓小平的伟大，不仅仅在于发起改革开放，还在于"南方视察"中面对僵局和困局的再度发动。要知道，一辆有可能要熄火的车被重新发动，是需要勇气、胆量和技术的。

此外，中国传媒界也迎来了飞速发展，以1993年5月1日《东方时空》

的创办为主要标志。我很幸运地赶上了这列电视新闻改革的头班车。其实我们这一批人，水均益、方宏进、敬一丹、崔永元，都应该感谢《东方时空》的创办。

我是 1993 年《东方时空》第一个栏目的主持人，那个栏目叫《东方之子》。因为此前没有任何可以参照的对象，所以我们最初的生涩与不成熟，都被大家宽容以待。我们是在宽容中走过了一片陌生的开阔地。其实回过头看，当时并不见得做得很好。

《东方时空》改变了什么？《东方时空》改变了传媒的态度和视线。从《东方时空》开始，媒体不再是见到高官就仰视，见到百姓就俯视，而是建立了一种平视的理念。在中国的文化环境下，做到平视一切并不容易。《东方之子》把过去可能被仰视的、方方面面的杰出人物纳入栏目当中，然后用平视的视线去看待他，还原他作为一个普通人的酸甜苦辣。我们不是造神，我们要还原人。这是一种态度上的巨大转变。

与此同时，《东方时空》又用《百姓故事》——也就是最早的《生活空间》——完成了一种转变：身边的普通人也可以成为栏目的主角，"讲述老百姓自己的故事"。你刚看完一个过去有可能被仰视的"东方之子"，接着就看到一个过去有可能被俯视的老百姓。他们在同一个平台上，是平等的。而且对于观众来说，某一天可能觉得《生活空间》的主人公的人格魅力反倒超越了《东方之子》的主人公。这就很有趣了。

还有非常重要的另外一种平视，是对社会的平视。在相当长的时间里，中国的媒体只能让大家看到阳光灿烂的 180 度。歌舞升平、歌功颂德、成绩、发展……是的，它存在。但是社会只有这 180 度吗？另外的180 度呢？不公正、丑恶、罪恶、腐败等等，在媒体当中很少见到。

《东方时空》的最后一个栏目叫《焦点时刻》，正式开启了中国电视新闻舆论监督的先河。你突然看到，医生做手术的时候可能把手术刀落在患者肚子里；公务员办事可以推三阻四；农民可以被欠白条；高速公路可以乱收费……

这是一个巨大的进步，媒体终于把它的视线由 180 度向 360 度扩展。以至于现在舆论监督被写进了党的报告当中，成为原本就应该存在的一种媒体属性。

朱镕基总理 1998 年 10 月去台里跟我们座谈的时候，谈到为什么要支持《焦点访谈》，他说了这样一句话："要让老百姓看到信心啊！"我非常认同。接二连三的丑恶事件被媒体曝光，然后很快得到妥善处置，带给人们更多的其实是信心。

这之后，各个省台包括平面媒体，舆论监督蔚然成风。现在大家对于一些批评类的报道不会再像十几年前那样敏感了，似乎已司空见惯。虽然还是会有局部的"季节变化"，但大环境是进步的。中国的事情，往往是前进一步退半步，再前进一步再退半步。即使处在退步的过程当中，也不要沮丧，因为总体的趋势是向前的。

## "自由"未必全是美好的

进入二十一世纪以来，传媒的发展出现了几个方向性的转变。第一，新媒体的诞生打破了传统媒体的传统界限。以互联网为标志的新媒体，越来越多地占据了人们的时间和关注度，更是对传播方式的彻底改变。

新技术的出现，使过去的"单向传播"转向更多的交流互动。在互联网上看完新闻，你可以立刻发表自己的意见，成为这条新闻的附加信息。近几年一些大的新闻事件，比如：宝马撞人案、宝马彩票案、孙志刚事件，都是在传统媒体无所作为的情况下，被新媒体放大，使得传统媒体不得不跟进，最后甚至导致一些法律法规的改变。这是多大的一种力量！

而另一个方向多少有些令人担忧，就是以市场和商业为导向的媒体行为日益增长。首先，它不可避免，而且我认为它是一种进步。传媒在过去十多年里实现了两个很重要的进步。第一个进步是由"党的喉舌"向"党和人民的喉舌"方向转变，这已经写到了党的工作报告当中。第二个进步是由过去的"唯行政论"转变为更加关注市场。没有市场，没有人们的欢迎，对媒体而言，生存是很困难的。所以，市场导向是进步，但在进步的过程中也开始出现一些让人担忧的现象。

钱的力量太大了，市场的力量也太大了，越来越多的媒体和媒体人，远离了原本应该恪守的严肃、负责、认真、敬业精神。虚假新闻和有偿新闻层出不穷，一味地迎合、媚俗、八卦。互联网上，被偷拍和主动让人偷拍的画面从无间断。百姓是需要娱乐的，但是当媒体只剩娱乐的时候，很悲哀。

传媒原本应该具有五种功能：解闷、解惑、解气、解密、解决。解闷需要娱乐，解惑需要知识，解气需要分寸，解密需要勤奋和时代进步，解决需要影响力和耐心。如果传媒只剩下解闷，时间长了，观众就该去解手了。

我的观点是，娱乐节目非常重要，但是如何能把它做得更有智商一点儿？如何去强调某种责任感？有人说，老百姓喜欢嘛。是不是表面上老百姓喜欢的媒体都要给？不一定。想想看，可能另一拨老百姓喜欢的，或深层次喜欢的，你给了吗？

我在德国报道"世界杯"的时候，惊讶地发现德国互联网上的留言全是实名制。我相信德国之所以出台这样的政策，是因为他们很清楚，当一个人可以不为自己的言论负责任，当他处在一个极度安全的阴影里，他可能会展现出人性"恶"的一面。而现在我们的互联网上，好多人的留言也正是如此，越来越像一个公共厕所。

公众如果不能用理性看护好自己，任意纵容某些情感，媒体如果不能围绕着道德感和责任感运行，这将是一个非常可怕的社会。

曾经有过构想，我们这一代人的使命就是陆续推动中国的新闻自由。但是，当商业化的浪潮以不可阻挡的方式席卷世界的时候，你会发现：如果有一天真的实现了新闻自由，呈现出来的局面可能悖离了你最初的想象。可能走向低级恶俗，走向一味迎合，走向不负责任，走向道听途说，很有可能。但是即使这样，每一代人有每一代人所承担的使命。我们还是要继续去推动。

身处这样一个快速变革的传媒时代，如何处理自己与传媒之间的关系，面对纷繁复杂的资讯，如何拥有独立思考和独立见解，变得越来越重要。既不能彻底隔绝，也不能沉浸于此。不仅要选择接收什么样的资讯，还要选择用什么样的态度对待它。

在这样一个资讯爆炸的时代里，"看护好你自己"已经变成非常重要的命题。每一个时代里，优秀的人都是独立的人，而不是传媒的俘虏。不是别人说是、我跟着说是，而别人说不是、我也跟着说不是的人。任何事情都要经过自己大脑的过滤，才得出结论，说是或者不是。

2006 年　内蒙古工业大学

未来，还会不会有一流的人才愿意成为一个新闻人？

对这个问题的回答，我现在不敢乐观。

我印象很深，九十年代，很多有条件的人都想办法让自己的孩子进电视台或做传媒，但近几年，这样的情况几乎没有了。显然，现在的传媒，已不像九十年代那么有吸引力。

的确，做新闻人，常常是睡得比狗晚，起得比鸡早。而且不仅在中国，甚至在全世界，传媒这个行当的工资水平大多排在各行各业的中下水准。显然，如为养家糊口，这个行业算不上好。

这的确是一个需要点儿理想主义才干得下去的行当。可当下这个时代，谈理想好像已经过时，更何况人群复杂，骗子也时常谈理想，这种情况下，拿理想来吸引年轻人干这行有点儿玄。而漫长的岁月中，之所以有很多优秀的人才愿意走进新闻这个行当，都是有点儿理想与责任的。想让这个世界变得更好一些，打击丑恶弘扬善良，也因此时常收获一些卑微的成就感，并感受到人们对这个行当的一种尊重。

对了，尊重，是让很多人工资不高还乐哈哈地干这个行当的重要原因。

可问题是，这种尊重现在还有吗？如果没有了，责任在谁？又拿什么去吸引优秀的年轻人？

这可不仅仅是传媒业自身出现了问题。

# 今天的新闻是明天怎样的历史？

当我们以简单二元对立来评判事物时，内心里的秩序常常
会失衡。

建立在"一样"基础上的"不一样"，才有价值。

　　明天是"9.11"十周年纪念日。十年前的这一天，我度
过了一个非常非常焦虑的夜晚。焦虑的不只是我，还有中国
相当多的媒体同行。美国的新闻博物馆里也留下了一笔记
录。所以在十年前，起码在这件事情上，中国和世界还真不
是一个概念。

　　但是今天，当我们纪念"9.11"十周年的时候，你可以
看到国内媒体的报道铺天盖地，随处可见，比纪念自己的事
儿还热闹——比如中国足球进世界杯这件事已经不怎么有人
提了。

　　或许这也是一种缓慢的进步。站在历史的高度和跨度
上，你会看到这样一个国家的足迹：缓步前行，时有后退。

　　我近年来越发担忧一件事，就是人们对事物的判断，依循的是一种简单对立的标准，比如："世界对中国开放，还是中国对世界开放？"

　　我们不是每时每刻都在参加辩论比赛，很多 A 或 B 的答案也无法进行选择。但在中国传统文化中和我们的血液里，的确有一种"二元对立"的基因，使我们"和谐"起来很难。要么对要么错，凡事都得划分个阵营。

　　当我们以简单二元对立来评判事物时，内心里的秩序常常会失衡。比如新闻，就总被分成"正面报道"和"负面报道"。全世界搞新闻的好像都没有正面、负面一说，统称"报道"。而且在我看来，正负还可以转化。

　　如果都是正面报道，很多年后，一代又一代的人都认为一切 OK，危机是不存在的，最后国家衰落了，今天的正面报道就成了明天的负面报道。如果今天的负面报道是建设性的，能够推动国家前进，所谓的"负面"其实又是正面。因此没有对立的道理，一定要认清社会和个人的复杂性。

　　我的另一个观点是：建立在"一样"基础上的"不一样"才有价值。还是以新闻行业举例，过去我们常常跟美国比，都有哪些不同。这些年我越来越觉得不对，即便如新闻这样存在巨大差异的领域，我们跟美国乃至全世界的同行，仍有 70%-80% 是相同的，对吗？要客观，要有细节，要人性化，要有社会责任感等等。此外才是"不同"，与各国的意识形态、历史文化、宗教、经济发展水平不同有关。

　　首先具备"一样"的基础，才有了彼此沟通交流的可能，然后各自的"不一样"才能展现出独特的魅力。

　　最近看了一部非常老的电影《查令十字街 84 号》，从二十世纪四十年代的战后开始写起：一个很穷的美国作家喜欢看书，但是很多书找不到，就写信给英国的一家书店询问。书店老板收到信后非常开心，难得知音嘛，就把能找到的书寄给她。战后的英国物资极度匮乏，这位美国作家收到书后，又会寄一些食物和日用品给书店老板作为回馈。两个人通信通了一辈子，但一辈子都没有见过面。这是一个非常美好的故事。

后来我发现，正因为他们交换的是不同的东西，彼此的馈赠才格外珍贵，但前提是，他们拥有太多相同的东西。物质层面，有共通的英语、可兑换的货币；精神层面，都有与人为善的温暖品行、对事业的专注、对信仰的追求。没有这些"相同"作为底子，就无法显现那些"不同"的价值。

除了基于"不同"的价值，新闻人自身的价值是什么呢？

我小时候，家里是四口人，爸爸、妈妈、哥哥和我。我妈是教中国历史的，我爸是教世界历史的，我哥哥是搞考古的，我是搞新闻的。

世界历史先死，中国历史还在——我爸很早以前就去世了，妈妈带着我们哥儿俩长大。我哥选择学考古的时候，有人说是传承了父母的学养。很多年后我才明白，没有比我哥更狠的了：考古是个什么行当呢？就是通过自己挖出来的东西证明爸妈讲的全是错的。

而且这事儿还没完。等我自己做新闻做了很多年后，突然又明白一个道理：我比我哥还狠，因为今天的新闻就是明天的历史。所谓新闻人，就是往历史洞穴里不断放进资料和佐证，让后人在考古的时候去发现和研究。

可问题是，如果我们这个行当今天放进去的东西并不真实，很多年后被我哥那个行当挖出来却信以为真，历史将会怎样？考古将会怎样？而那个留下来的新闻背景又将是怎样呢？

所以对于新闻人，真正的考验就是你在往历史的洞穴里放些什么。

2011 年　"理想国"文化论坛

几年前，有媒体记者采访我，最后一个问题是：你会让你的孩子子承父业，也干新闻吗？

我的回答斩钉截铁：我有多恨他才这么干啊？不会的。

这个回答当然有些开玩笑的性质，可也是我真实的想法。而且我也的确承认，在中国有一个有趣的现象：好多父母，都不希望子女再干自己的行当。医生不让孩子学医，法律工作者不让孩子学法律……农民当然更千方百计不让孩子再当农民！

为什么会这样？我不太清楚。可能是太多父母干了大半辈子，真明白了自己这个行当的苦与涩加上扭曲。

我的孩子自己决定，想学历史，又回到爷爷奶奶的行当中。我不反对，历史是最好的镜子，多照照更会准确地了解这个世界。这个世界的现在与未来不会有太多新鲜的东西，大多在历史中都有。我们总是在重复，尤其是错误。

不过，我不后悔并庆幸自己的职业选择。当然，回头看，就像我在序中说过的：我和同行只是偶尔让这个世界变得更好；大多数时间，都是想办法不让这个世界变得更坏。

而这何尝不是一种使命？

# 态度

进 退 不 是 非 取 即 舍

# 中国人不缺德，可是缺啥？

> 教育不是让人性变"好"，而是约束人性中的"不好"。
>
> 当时代的发展让人们产生超越物质的需求，才是爱的开始。

今天来到这里，也是对王振耀（编者注：北京师范大学公益研究院院长）兄长表示敬意的一种方式。

在过去的很多年，因为中国的慈善事业要向前发展，我们进行过多次合作、对谈。有时候，一项事业的前进需要大时代的机缘巧合；有时候，需要的只是一个人。同样是美国总统，有的就不好，有的就不错——中国的很多位置也是如此，遇到一个合适的人可能会往前推进十几年，没遇到合适的人就可能原地踏步。这些话表达的是我对王振耀兄长的尊敬。

接下来转入正题，说说我对公益、慈善以及爱的思考。

今天沟通三个层面的问题：

第一个层面仿佛很遥远，当人们谈论中国的慈善、爱和公益的时候，很少提及，但它却是最重要的基础——人性。

第二个层面是道德。举国关注的"小悦悦事件"，仅仅是道德问题吗？把这个问号留给大家。

第三个层面，是慈善和公益在中国的发展，实质究竟是什么？

## 中国人 DNA 里的"二元对立逻辑"

首先，我们说一个仿佛无关其实最有关的问题：好人才会做慈善吗？

中国人从小就习惯给人贴上"好人"和"坏人"的标签，我们这一代可能感触更深。小时候看电影不多，一看电影便要问爸爸妈妈，这是好人还是坏人？后来发现我们这代人最幸福，因为好人坏人一看就知道。

"文化大革命"时期的电影，主人公一定是"高大全"的英雄人物，反面角色则是胡汉三、南霸天、黄世仁那样，从长相上就能看得出来。

这样一种"非黑即白"的传统延续下来，并不仅仅因为这方面的文化基础是如此浅薄，更主要是在于我们长期的生活背景。"革命不是请客吃饭"，不是朋友就是敌人，几乎没有中间地带。这种"基因"慢慢渗透到我们看待人性和世界的 DNA 里，形成了一种简单的二元对立法则。

非常遗憾的是，我也不能把在座的年轻人全部看成新人类，因为在这一点上讲，你们依然是老人类，都不可避免地带有"非黑即白""非对即错"的逻辑观。

当我们关注公益、成为志愿者的时候，首先要明白人性是极其复杂的，没有纯粹的"好"也没有纯粹的"坏"。每个人心中都并存着好的一面和坏的一面，取决于周围的环境、制度和人，激活了你的哪一面。

比如今天，我站在这里讲公益、讲慈善，会被大家认为是"好人"。但或许在其他情况下，人性中的"坏"也会释放出来。当每个人都可以清晰且自律地看待自己，会明白谁也不比谁好到哪儿去或坏到哪儿去。

教育很重要。教育不是让人性"变好"，而是约束人性中的负面欲望、扬善弃恶。

法律也很重要。法律不是最高的行为准则，而是最低的道德底线。法律不能让你变成好人，但是它要求你杜绝坏的行为——抢劫、偷东西、杀人是不行的。

此外还有环境。如果一个社会环境充满善意和安宁，人们和谐相处，人性中的善就会更多地被激活。

因此，我们倡导道德、公益和爱，期待更多的响应，这并不意味着我们要满世界去寻找"好人"，而是要思考：如何用好的教育、好的法律、好的制度、好的环境等，把人们心中原本就存在的善意激发出来。

遗留在中国人 DNA 中的二元对立逻辑，让我们对很多事物的判断都是危险的。打破这种简单对立的思维，是一个真正的基础。全社会都应该在这个基础上前行。也只有明白了这个道理，才会懂得：人人皆可做慈善，公益的基础是巨大的。

## 是道德的问题吗？

"小悦悦"事件、宝马车碾童事件，还有一起又一起摔倒老人讹诈搀扶者的案例，让大家都很难过，觉得中国人的道德底线一塌糊涂，对吗？

可是问题仅仅在于"道德"吗？请大家思考这样一个问题，道德是从哪儿来的？

如果"小悦悦事件"发生在国外，第一会受谴责的是孩子的父母，第二才是司机与围观者。我们可以说，小悦悦的父母非常值得同情，他们在城市里打工不容易。但是，情感是一回事，法律是另一回事。站在严肃的法制角度看问题，是不关注这些点的。作为两岁多孩子的监护人，小悦悦父母的监管缺失，是这起悲剧的真正关键点。

《人民日报》有一位知名记者，讲过一个经典案例。她妹妹在美国生活，有一次孩子回中国，住在她家。一天晚上，她临时有事出门，时间不长，就把妹妹的孩子单独留在家里。正好这时候妹妹从美国打电话过来，跟孩子聊天，问他"你大姨呢"，孩子说"不在家"。妹妹一听急了，"就你一个人在家吗？"孩子说："对，就我一个人。"姐姐回来以后，妹妹对她勃然大怒，说："姐姐你这是违法行为！"因为在美国，把未成年儿童单独留在家里就是严重的违法。

说到这儿，如果大家不解，还可以换一个思路。

老人摔倒被扶，为什么一瞬间反而要抓住对方说："你撞了我！"因为这个老人是"坏人"吗？

倒退二十年，如果大街上两辆汽车追尾，司机肯定下车就打。为什么呢？不打不行！谁打输了谁赔钱。可是现在，谁还会为了追尾大打出手？经常是把车靠边一停，互相递根烟，把保险号一抄就完了。

对比二十年前和二十年后，会让人产生一种错觉：中国人很讲礼节，道德水准提升了。可是为什么中国人撞车后的道德水准发生这么大的变化呢？因为"交通强制险"的介入。所有汽车必须买保险，一旦发生事故，不必再用暴力的手段争取权益，于是在这个问题上，人性里"善"的一面流露出来。

摔倒的老人为什么讹诈救他的人？因为大部分老人没有医疗保险，他摔倒在地不能动弹的时候，最大的痛苦还不是来自肉体——中国的父母心疼孩子啊，脑子里蹦出来的第一个想法是，孩子要给自己掏钱治伤，少则几千多则上万，他扛不住——在这之前他可能行了一辈子的善，但是这一瞬间都不存在了，他像抓救命稻草一样抓住了扶他起来的人。如果中国的老人都有医疗、养老保险，还会发生这么多起讹诈事件吗？

因此，涉及道德的问题，不应追问人们"有没有道德"，更应该思考的是，我们的社会环境、相关的法律制度，是否进步到了让人们"可以展现道德"的时候。中国人不缺德，缺的就是让"德"展现出来的制度保障与大环境。我认为，此时此刻的中国，还没有到达这个阶段。所有糟糕事件的发生，都是在强迫我们去设法提高基础保障和社会综合配套设施。

我从来不愿听到人们站在道德的立场上谈论道德。那没有意义。

中国有句古话"贫贱夫妻百事哀"。在座各位都是年轻人，正处在一个相信"爱情的力量不可战胜"的阶段。那么古人为什么总结出这句话呢？因为这才是生活的真相。不管你爱得多么惊心动魄，如果生活得不到最基本的保障，没地方住、没食物吃，矛盾就会逐渐地从小到中，从中到大，最终毁掉爱情。所谓"基础不牢，地动山摇"，道德也是同理。

基于刚才谈到的"人性"和"道德"因素，此刻要想快速推动社会进步，谁又有权去抱怨别人呢？当下最常见的情形，就是所有人都在抱怨。领导在抱怨，群众也在抱怨，富人在抱怨，穷人也在抱怨……唯独没有人抱怨并改变自己，这是中国此时此刻最大的问题。

今年我常说的一句话是："我们批评政府、批评党、批评社会不够进步，是不是也该批评一下自己？每一个公民都没问题，都是党和政府的问题，谁说的？党和政府什么时候让你闯红灯？什么时候让你用散步的速度在街上开车并乱加塞？"

　　而且我发现，很多知识分子也在利益的驱动下，不能理性看待问题，甚至夸大事实来印证自己的某种观点。这很糟糕。

## 慈善，来自内心对爱的需求

　　接下来进入第三个层面，谈谈慈善、爱与公益的实质。

　　慈善、爱与公益意味着什么？意味着你对别人的帮助，是吗？我想告诉各位，人性是自私的。到今天，改革开放三十多年，究竟改革了什么？核心价值或者出发点是什么？回头一看是邓小平终于明白了"人性是自私的"这个道理，然后开始顺势而为。

　　改革开放有两个标志性事件：一是《光明日报》发表文章"实践是检验真理的唯一标准"；二是安徽小岗村承包土地按手印，土地承包的核心动因，就是尊重"人性是自私的"这个前提。

　　接下来这个理念延伸到了城市企业进行股份制改造。股份制的基础也是人性，持股人的主人翁意识增强，为自己工作更有动力，而为自己做就是为企业做。所以，不再讨论"姓社"还是"姓资"的问题，背后曾有过痛苦的思考，慢慢才找到一条顺应人性、顺应时代的路径。

　　那么，既然人性是自私的，公益、慈善和爱又何以立足呢？这与"自私"不是相悖的吗？恰恰不是。

　　2005年我在台湾采访慈济，工作人员告诉我，他们要求义工或志愿者帮助了别人之后，不仅不用别人道谢，反倒要向别人致谢。因为"不是我帮了你，而是你帮了我"。这是什么逻辑呢？有一句话叫"助人为乐"，帮助别人也是一种快乐，一种需求。

　　人生在不同阶段会有不同的需求。到了某一个年龄，或者当你爱到极致，你会发现自己不再渴望从别人那里获得什么，更关注的是"我能为你做什么"。这不是虚伪，不是迎合，而是内心深处对爱的需求。

从整个社会来看，当时代发展到一定阶段，人们自然也会产生一种超越物质的需求。这个时候，才是爱的开始。慈善公益的发展应该朝这个方向走。

一个连自己都不爱的人，怎么会去爱别人、爱社会呢？反过来，只有当帮助别人成为自己的需求，而且是实实在在的需求时，公益、慈善、爱才真正具备了推动的基础，而不是作秀。

## 公益行动不是"搞运动"

我们从来不缺"公益行动"，但更需要的是爱的感受和需求。骨子里没有爱，行动也只不过是空壳化、荒漠化的行动。

我们应当让更多参与者心中升起帮助他人的需求。刚开始或许略显形式主义，甚至有些空壳化，但是没关系。只要目标清晰，可以逐渐向壳里注入实实在在的内容。

另外，就算公益事业目前在中国进展缓慢，请不要急着骂。批评是应该的，改正也是应该的。但是稍有纰漏就要遭遇谩骂，中国的慈善之路就长不了。当你陷于一个不敢出任何差错的境地，还能发挥多少优势呢？这是一个社会的容错能力。

作为媒体人，当然也应该具备容错能力。我不能明明看到问题而不指出来，但是请记住，尽管我提出批评，却依然以建设者和陪伴者的身份和他站在一起。

慈善事业在中国刚刚起步，就会立即达到我们所期待的高水准吗？不会。

第一，很多事业的发展可参照中国经济改革的路径，慈善也不例外。中国的经济改革是从 1978 年拉开大幕的，发展到第十四个年头，市场经济的大政方针才逐渐形成，"摸着石头过河"。所以第一个要借鉴的就是"敢于试错"，同时要包容。

第二是要自主。我们说"自主创新"，重点不在"创新"，而在"自主"。有自主才能有创新，不自主就不创新。科学家都听处长的，中国不会有自己的乔布斯。中国这样的民族，这样的文化，当然有条件出乔布斯，但是制度要改。那么多聪明脑袋，被一个智商没那么高的人管着，能创新吗？

第三，尝试一段时间后，一旦取得成绩就迅速确立模式。1988 年党代会确立了有计划的商品经济，1992 年党代会确立了市场经济，1997 年最终确立了公有制多种实现形式。中国经济改革走过十八年，经历了尝试、宽容、自主、法律确立，最后慢慢成型。

如果，我们将 2008 年定义为"中国公益慈善元年"，到现在刚刚走过几年，已经暴露出一系列问题：慈善总会有问题，红十字会有问题，宋庆龄基金会有问题……

这些公益机构爆发的问题，起源于 2008 年每一个中国公民的慈善意识都得到启蒙，启蒙之后开始向外捐资，更多人成为公益的股民。汶川地震、玉树地震、舟曲地震……随着捐款人群的扩张，大家开始关注这些钱用到哪儿去了。媒体报道和网络信息的快速更新，也起到了跟踪和监督的作用。

发现病症是治病的前提，不满意就要改造它。在种种争议中，中国公益慈善以一种比想象更快的速度在改革，这是进步。人类历史上没有实现过不打折扣的理想，打折扣的过程中，也打掉了很多不切实际的幻想。

## 世界需要你的存在

是不是每一个搞慈善的人，都明白自己未来十到二十年间的使命呢？

我个人认为，从历史角度看，从2008年开始的二十年，是中国公益建章立制的发展阶段。建立多少公益机构、帮助多少人，都不是最重要的结果。下一个二十年才是壮大的二十年。

那么，需要政府思考的是，在这建章立制的二十年，什么可以"不急"，什么应该"着急"。

建章立制要着急，一是涉及慈善立法问题，二是涉及立法之后的执行问题，理念和立法应该成为这个阶段的重要工作。

我个人认为，公益机构必须进行大范围的改革，其中很重要的一点是，大量公益机构严重缺乏人才，我不好深说了，得罪人。公益机构领导者平均年龄太大，已经过了能把一件事情干好的最佳年龄了。当然，太年轻也难以胜任。我们需要三四十岁的中坚力量，最有冲动干劲，也最有经验。

针对公益机构的人才培训也很薄弱。前不久，我刚给中国公立公益机构做了第一次新闻发言人的培训。2003年，国新办启动"新闻发言人培训"，我从第二期开始做老师，从省级到市级，几乎涵盖了各个部门，唯独没做过慈善机构的新闻发言人培训。今天这些机构暴露出的问题，很大程度上也是缘于缺少媒体沟通经验，缺少与公众对话的经验。北师大有一个"公益研究院"，中国需要更多这样的科班，对慈善结构的组织管理者进行培训或轮训。

最后要补充的是，我们的很多慈善和公益理念需要改变，在这里讲三点，也是与大家共勉：

第一，公益、爱和慈善永远是自愿的事情。没有理由劝捐或者骂人家不捐。劝捐表面看很有效，但一定会摧毁这个基础。2008年汶川地震，我公开表达过这个意见，然后被别人骂，被骂也要表达。就算一个人有亿万身家，就算他一分钱没捐，你就有权骂他吗？有权对捐多捐少施压吗？你无权指摘别人的选择。

第二，始终令我痛苦的一件事是：很多人认为只要出发点很合理，结果很满意，过程就可以很残暴。今年永光（编者注：徐永光，南都公益基金会理事长）发明了一个词，"暴力慈善"。要知道很多悲剧的出发点都曾经是好的。谁可以全面推翻毛泽东发动"文化大革命"的动机？谁也推翻不了，因为他的动机中也许有一部分是合理的，但你无法否认过程是糟糕的。

我们必须告别这样一种逻辑：只要结果好，过程差一点儿无所谓。任何源自糟糕过程的"好结果"，也不该被认为是好结果。比如在座各位，你们不能说，因为你胜任了一份用虚假简历换来的工作，这个谎言便是合理的。总有一天你会因此而吃亏。有人说，我会适时收手——不，通过扭曲的行为获取利益犹如毒瘾，很难收手。更重要的是，破坏了整个社会的公平体系。

第三，做好事一定要让别人知道吗？很多人做好事是为了换取感激和褒奖，这是当前这个阶段的特性。但终究有一天，当帮助别人出自你内心深处真正的需求，你就不再在意是否有人知道这件事。

1995年我去美国，在一所养老院从下午待到晚上。美国、日本和欧洲的老人大多是在福利院安度晚年。从这点上看，他们或许不如中国老人幸福，享受不到儿孙绕膝的天伦之乐。但是从另外一点看，他们又是幸福的。

养老院的一楼是各种活动场所，每天都有很多年轻的志愿者过来，陪老人下棋、跳舞、玩、吃饭、聊天。志愿者需要登记预约，每天的接纳人数和工作时间都是固定的，所以不会出现老人一天被洗八次脚的情况——其实献爱心没有错，是我们的制度不够完善，让那么多志愿者背负"作秀"之嫌。

当时我还不到三十岁，在养老院度过的半天，让我觉得变老不是件太可怕的事情。因为总有一些人为了自己的信仰，愿意帮助别人。

一切美好有序的东西，都曾在最混乱的时期生长。对爱的渴求，对信仰的渴求，对蓝色天空和新鲜空气的渴求，终究有一天会让我们觉醒：为自己花钱不那么幸福，为别人花钱才幸福；别人帮我不一定幸福，我帮别人才是幸福；感谢帮助你的人，更要感谢接受你帮助的人——正是他，让你知道，这个世界需要你的存在。

2011 年　京师公益讲堂

　　中国人有两张道德面孔，一张面对熟人，一张面对陌生人。这两张面孔反差巨大，我们自己，就仿佛是两个完全不同的族群。

　　面对熟人时，我们大多有礼貌，懂得谦让，不仅不自私，反而很无私，朋友为抢着买单能打起来。面对熟人时，我们善解人意，尊老爱幼，言语温和，愿意忍让，甚至牺牲小我。

　　如果从对待熟人的这张道德面孔来看，中国人绝对是世界上最有道德感的民族。可惜，在面对陌生人时，我们的道德面孔是另外一张。我们开始变得自私，爱占各种便宜，排队加塞，开车乱并线，随地吐痰乱扔垃圾，情绪急躁，永远显得不耐烦……

　　那个面对熟人朋友对可爱的中国人哪里去了？

　　这两张面孔清晰地告诉我们，虽然中国城市中的高层建筑数量世界第一，仿佛已很现代化的样子，但实质上，我们才刚刚从小村庄走出不久。

　　长期的农耕文明下，中国人的生活半径很小，一亩三分地儿，乡里乡亲，大家抬头不见低头见，一生大多生活在熟人社会中。于是，让熟人朋友认可自己，是必须的生存之道。但是，封闭的生活方式终于被慢慢改变，我们一步一步走出土地走出乡村走到陌生人中间，熟人的面孔变少了，约束也仿佛没了。记得有一天在飞机上，两个朋友聊天，其中一个谈到刚才自己登机时的不文明行为，面无愧色地说：怕啥，又没人认识咱！

　　看样，等我们学会把陌生人也当熟人看待时，才算真正走进现代社会中。而这，又需要多长时间？

# 都在短跑，你试试长跑

美国导演昆汀·塔伦蒂诺说：世界上 80% 的故事都已经拍过了。所以，我们要用新方法去拍老故事。

　　各位来自海内外的同仁，下午好！非常荣幸能有这样的一个机会跟大家交流。一个感觉是，这是一场为了明天的聚会。

　　如果我们二十年前聚在一起，会认为彼此很不相同，但是今天，只要从事新闻这个行当，大部分的经验和基础是达成共识的，只有一小部分，由于文化或意识形态的因素，有所不同。正是在这个趋同的过程中，我们才有一个平等分享的前提。明天，彼此的差距或许更小。

　　来的路上，我在看迈克·华莱士的回忆录，序言给我的印象非常深。他说，我不知道这个世界上还有没有像我这样幸运的人，从入行起一直非常幸运，遇到了对的人，做了对的事。

我想他的这番话是出自时间流逝之后的再回首，一种感恩的心情。我们自己在行走每一步的时候，也曾遇到过很多不快、艰难、挣扎，但是走着走着习惯了，就有很多经验可以分享。真的也希望多年以后，我们也有机会说，我们都是最幸运的人，赶上了一个幸运的时代，遇上了一群很好的合作伙伴。

## 拒绝媒体"暴力"

作为一个中国国内的华语主持人，在做节目的过程中，我有几个很深的感触。首先是中国传媒面对的受众发生了很大的变化，由一个"英雄的时代"，变成了"平民的时代"。

三十年前，我们似乎还停留在一种"英雄主义时代"当中，那时我们只需要关注少数几个人，只要把该弘扬的人弘扬得很好，把该批评的人批评得很糟，就算完成任务。

但是现在的时代不同了，反过来要求所有新闻人，用一种平民的心态去做传播。你不能再去仰视谁，也不能再去俯视谁，必须平视所有的人。一个职位很高的官员，和一个监狱里的犯人，一个知名度很高的人，和一个根本叫不上名字的普通人，在你面前都是一样的。他们有一个共同的身份，就是被采访者。

因此，外界的因素不应该打扰到我们的内心。不能因为遇到高官，声调就变得非常柔和，也不能遇到普通人甚至罪犯，声音就提高八度。

当然，电视在中国的地位也发生着很大的变化。首先家家户户都有，摆放在客厅里最明显的位置。同时，又正像我的一位老领导孙玉胜所说，电视是一个"家庭媒体"，是大家下班回家之后，穿着很随意的衣服，摆出很悠闲的姿势，只要不睡觉就一直开着的生活的一部分。

那么这时候，如果传媒人没有平民的心态，依然带着说教的想法，你的形象将是很怪异的。因为你在人家的家里说话。

今年是《东方时空》创办十二周年。十二年前，我在做《东方之子》的时候，受到一个非常简单的训练，但直到现在也不是所有媒体都已经做得很好。我对自己只有两个要求：第一，不许叫被采访者"老师"，第二，去掉解说词当中的"形容词"。

我们曾经有一个主持人，在采访中称呼对方"老师"而被扣了钱，甚至让制片人勃然大怒。我们当时不理解，后来理解了。他告诉我们，你是替观众去采访，如果你把每一个被采访者都称为老师，就等于把这种称谓强加给了千千万万的受众，这是不公平的。而不称老师也并不代表不礼貌，真正的尊重是平等。

至于在解说词中去掉形容词，对于在中国的教育环境下成长起来的人，也是一件很难的事。我们习惯于形容一个身高一米八三的"正面人物"拥有"伟岸的身躯"。如果新闻里说，"今天的上海祥云朵朵"，大家就会知道接下来一定要报道一个好消息。

但是对于新闻，形容词是非常忌讳的，因为它在修饰、强调，并且很主观。你不能将经过主观修饰的东西，利用媒体的"暴力"强加给受众。

## 独家表达，是最终赢家

美国有一位电影导演叫昆汀·塔伦蒂诺，他曾经来过北京，并且说过这样一句话："世界上80%的故事都已经拍过了。"

他说得非常对。到现在为止，《泰坦尼克》是全世界票房最高的电影，你说它的故事很新颖吗？非常老套。这个故事内核在中国古代就已经有了，不就是落难公子跟富家小姐在后花园相会吗？只不过在电影里"后花园"演变成了"头等舱"。而且这是《泰坦尼克》第五次被拍成电影。

　　针对这个问题，昆汀说："我们这代人要用新方法去拍老故事。"对于新闻行当，也是同样的道理。

　　三十年前，什么叫独家新闻？天安门广场放了一袋面，哪家媒体跑得快，把这袋面抢回家，就是独家新闻。但现在的局面是，天安门广场放了一百袋面，跑得快跑得慢都有份，那么大家还拼什么呢？拼你把这袋面扛回家后，用它做什么。

　　如果其中九十六家都选择蒸馒头，剩下两家擀面条，还有两家烙饼，可能最后获利的就是擀面条和烙饼的人，被记住，被赞扬。在蒸馒头的人当中，有绝对大户挣到钱，但更多的因为同质化程度太高，导致利润很低，甚至亏本卖不出去。

　　互联网时代的到来，使新闻传播不再受地域的限制。我的侄子生活在海拉尔，他了解的资讯、追求的时尚，都和北京、上海的孩子没什么不同。

　　那么新闻行当就面临一个非常严峻的挑战。每天上午 8 点到 10 点，当你开各种策划会和编委会的时候，必然要想到此时此刻，全中国所有媒体人面对的是同样的选题，你没有新东西。但是，你还是要做，怎么做？

　　独家新闻已经由过去的独家占有，变成了独家角度、快速完成的独家深度，和独家表达。

　　在资讯爆炸的时代，新闻源人人共享。2003 年，全国都做"非典"，但王志和钟南山的面对面，使他和新闻事件紧紧联系在一起。而钟南山接受的采访并非仅此一家，我非常清楚，光是《东方时空》就做了至少两次。奥运会、欧洲杯，也都一样，每家媒体都在做，但最后你发现，市场上的赢家并不多。

　　这也是一个在传媒领域最容易做无用功的时代。凡是找到了独家表达的,就被记住了。如果你的表达毫无新意,就被淹没了。从我自身来说,这是每天面临的最大压力。

我不认为电视机前的观众会对海量资讯感兴趣,因此也从不以提供海量资讯为荣。普通观众每天关注的新闻不会超过十条,更普遍些,甚至不会超过三条。你能否将这三条有可能被关注的新闻做到极致,是能否赢得战役的关键因素。

## 长跑,你准备好了吗?

这不是一个短跑的时代,而是一个长跑的时代。

并非是说所有的人都已经在用长跑的姿态投入这场比赛了,恰恰相反,相当多的人正以短跑者的姿态和心态参与其中。这就有了一个麻烦:在这样的局面当中,你刚按照长跑的目标调整好节奏和步态,却随时有人以短跑的速度冲进跑道,飞快跑完一段赛程,然后可能就离开跑道了。

你的节奏和心跳会不会被他干扰?这是很多媒体人面临的困境。

现在我们问中国的很多年轻孩子,将来要干什么呢?回答:歌星、影星、主持人。这透露了一个秘密,在年轻孩子心目中,歌星、影星、主持人,都是能赚钱的职业。

不可否认,在世界上任何国家,主持人似乎都是名利场中的一分子,但名利场也是一个绞肉机。当你身处这样一台绞肉机里,如果不能保持良好的长跑姿态,留下的痕迹也不会太多。

选择长跑还是短跑,这是一个问题。长跑可能要寂寞,可能要坚守,短跑反而经常在局部的时间里,显得很成功。这时,长跑者的心会不会乱?

于是局面就成了这样:总有一些长跑的人由于不断被短跑干扰,也加入了短跑的队伍;也有一些原本只打算短跑的人,一段时间以后决定改为长跑。

主持人要被观众接受，有这么几个过程，跟身体器官有关系。

首先人们用眼睛接受他，你的形象是否让他们喜欢，所谓"看得入眼"，这很关键。

接下来是耳朵，有了良好的第一印象，他要听听你在说什么。说得入耳，他继续听；说得不入耳，他的耳朵会否定眼睛的判断。请注意，有一种"流畅的废话"虽然动听，但也不会被人记住。

再往后就是用嘴接受你。如果观众真正信赖你，认可你所传递的内容的价值，他会帮你进行第二次传播。可能他会在某一次聊天时提到，白岩松昨天说了什么，或者跟别人争论时，引用一下白岩松的观点。

最后一步，是用心接受。如果你做到了这一点，可以说，长跑的道路上最根本的障碍就已经扫除了。


2005 年　上海国际电视节目主持人论坛

看过这篇不长的发言稿，最感慨的人是我。

这是整整十年前，在上海一次主持人的大聚会当中与同行交流的话。

那还是一个电视主持人星光灿烂的时代，CCTV 里也还群雄逐鹿，大家自信满满地谈论着十年后，谈论着未来。

现在正是当初的十年后，热闹已开始变得冷清，有人退了，有人辞了，有人创业了，有人遇到事故了。一转眼，人群散了，原来担心后继无人，现在更多的是后继者走人。长跑的路上人不多了。

我不伤感，一切正常，该感谢我们曾经同行。而且这也是进步吧。垄断打破了，没谁一股独大。人走动得多了，水活了。

不过，还是常有人对我说："你们台能干的都走了！"我听了立即自嘲："我算不能干的。"接下来人们往往补上一句："你咋还不走？"

我一般不知该怎么回答。

其实，走，正常；不走，也正常。每个人有自己的选择，不用为离去或留下说一些太大的词汇。于我，原因很简单：新闻还在这儿。

当然，变化还会持续，我也不知道明天。就像十年前我们还不太清楚今天一样。

我相信两点。第一：我所在的屏幕，既包括五十英寸，也包括五英寸，没区别——五英寸上看得不太清楚，我的颜值可能还高一些；第二，不管时代、技术如何变化进步，一定有些东西是不变的。我是一个内容提供者，过去是，现在是，将来也还是。

对了，我不过是一个新闻工人而已。我有我的脚步。

# 好医生一定会开"希望"这个药方

"偶尔去治愈，常常去帮助，总是在抚慰。"这些文字里，似乎有着对医生这个职业更为深远的定义。

不久前，我刚从美国回来，在那儿跟朋友聊天时，发现即便是在今天的互联网时代，生活在不同国家的人，对彼此仍有很多"错误的想象"。

比如，和我聊天的那位美国同行告诉我，他在美国的医疗保险费用，是每月一千美元，这是一个非常大的挑战，相当多的普通美国人交不起这笔钱。接下来他开了一句玩笑："其实在美国才是看病难、看病贵呢！"正因如此，美国医疗方面的改革，尤其是医疗保险，成为奥巴马头上悬着的一柄利剑。

还有，在我们想象当中，像纽约这样的城市，上小学总不会考试吧，不会择校吧？结果我的一位同行告诉我，他的孩子今年要上个好小学，为这件事参加了三四次考试，最后还是没考上，他甚至觉得孩子的尊严受到了严重损害。不过就是上个小学啊！万不得已还有一招，就是搬家。跟我聊完没几天，两口子带着孩子搬到了一个所谓的"学区房"，希望能就近进入好的小学。

为什么要拿这两件事当开场白呢？无论医疗还是教育，都是每个国家最为重大的事情，而且几乎在每个国家，真正让人满意的都少之又少。偶尔有些非常棒的决策，立即会成为这个国家巨大的骄傲。比如伦敦奥运会的开幕式，重点是呈现这座城市在工业革命和流行音乐方面的荣耀，其中却拿出很大一块时间反映英国的公共医疗体系，那是他们视之为与工业革命和流行音乐同等骄傲的成就。

今天这么多医疗界的朋友云集在这里，谈论"医疗的社会价值"这个主题，为中国医疗事业的前行和遇到的困惑去鼓与呼，是希望这个行业可以更加有尊严地向前发展，可以满足更多人的期待。

## 生命需要 4S 店

首先来定位一下医生、医院和我们每个人的关系吧。

每个人的生命都象一辆跑车。从初生时的跟跄磨合，到中青年时各项性能都达到最佳，寻到年老时的逐渐衰减，最终停下来，报废。这么一辆跑车，要想开的年头长，性能维持好，必须有它的 4S 店。

普通的汽车 4S 店包括四个 S 打头的英文单词：销售（Sale）、零配件（Sparepart）、售后服务（Service）、信息反馈（Survey）。而我说的生命的 4S 店是什么呢？就是医院。我也给它想了四个 S 打头的单词。

第一个单词是季节（Season），春夏秋冬，对应着中国人常说的"生老病死"。泰戈尔有一句诗，叫"生如夏花般灿烂，死如秋叶般静美"，也在用季节形容人的生命历程。人这一辈子，"生老病死"哪个环节跟医生没有关系呢？一个社会的文明和现代化程度越高，这种关联就越紧密。反之，在现实条件不允许的情况下，缺少医生帮助的生老病死，显得格外艰难。

我永远忘不了我的一位同行在中国大西北拍的照片，拍的是那里的母亲的分娩过程。你会发现，贫困地区相当大比例的母亲不是在医院，而是在自己的家里生下孩子。也有很多老人到了风烛残年、要告别人世的时候，离开医院回到家里，不是为了得到安宁，而是交不起住院的费用。小病扛着，中病吃点药，大病重新扛着——这是很多贫困地区医疗条件的基本现状。

我原来也想过，首选的第一个单词应该是强壮（Strong），但是不现实。在我们的一生中，最强壮的阶段非常美好，但也非常短暂。生命的4S店最终要面对的，还是人类的季节挑战，也就是生老病死。

第二个单词是服务（Service）。这项职能，值得全社会共同反思，更值得国家医改决策者们深入思考。医院，不应该是一个卖药挣钱的单位，而应该是一个为陷入困境的人提供服务的地方，而且是不局限于救治肉体的高层次的服务。

当我们的改革不够彻底的时候，医院的目标一度变成了以销售为主旨。不仅患者抱怨，医生也会困惑，医患关系矛盾重重。哪个医生愿意将自己多年学习的成果弃置一旁，转而靠卖药为生呢？如果医生的科研成果和高收入水平可以得到制度上的认可和保障，您认为他愿意做这件事吗？没人愿意，他是被逼的。

第三个单词应该是运动（Sports），以运动作为健康生活的标志。医生的职责，不是从病人前来就医的时候才开始，这时他的身体状况可能已经糟糕至极了。能不能把我们的"治疗"时间提前，成为健康生活方式的倡导者？能不能让人们精神抖擞、热爱运动，而不是病病恹恹情绪低落，最后看病不成反倒"暴动"？

针对这些年不断出现的暴力伤医事件，从法制建设和民众理性角度应该如何评价，我们稍后详谈，但有一点是要更加重视的，就是提升民众身体素质和生活质量，防患于未然。否则医生哪怕三头六臂，也难以在最后的关口大显神通。

第四个单词是什么呢？我想应该是阳光（Sunshine）。听起来跟医生没什么关系，但又最有关系。每一位患者都处于生命中的黑暗时刻，他在医生这里寻求的不仅是诊断和治疗，还有内心的阳光。所以每一位医生，都不要忘记在你的处方里，加上"Sunshine"这味药。

我做了近十五年的《感动中国》节目，报道过好几位很"牛"的医生。比如我们的老军医华益慰，总是会把听诊器在自己手中焐热了，才放到患者的身体上。这么一个很小的动作，让我看片子的时候感动得热泪盈眶，想起自己小时候就特别害怕冰冷的听诊器贴上来那一瞬间。请问，这是念到硕士博士才能掌握的高超技巧吗？不是。但这又恐怕是读多少书都难以到达的境界。

在医术精湛之外，能带给患者内心的润泽和安宁，给人希望，才是一名医生的伟大之处。而接下来我要谈到的医疗行业的种种社会价值，都与这四个 S 有关。

## 谁是真正的受害者？

要知道在中国，只有两个职业后面加"德"，一个"师德"，一个"医德"。所以医疗界第一个巨大的价值，就是文明传承的价值。千百年来，无论西医还是中医，如果没有医生付出的辛苦努力，人类的文明是如何传承下来的？如果没有现代医学不断地进步，我们的人均预期寿命又是如何从三十到四十、五十、六十，一直到七十，目标直奔八十……世界上有相当多的国家人均预期寿命已经超过了八十岁。因此，不管今天遇到什么样的挑战，我们都始终要在这个大前提之下去探讨问题。

七年前，因为踢球骨折，我在北医三院做骨折手术。在手术台上，大夫问了一句："你有什么要求？"我的回答是："我会做一个模范患者。这是您的专业，一切听您的。"手术效果非常好。在手术半年后，我回到北医三院的大院踢了一场足球，为我做手术的医生也在场。

其实，当你信任对方的时候，对方给予你的会更多。当你一开始就带着怀疑的眼神时，恐怕你才是最大的受害者。当下中国，医生和整个社会之间正是处于这样一种错位的关系中。

让我感到非常忧虑的是，这两年陆续发生了一些患者暴力伤医事件，网上的留言居然有超过80%的比例是在幸灾乐祸，在替犯罪嫌疑人鼓掌。2011年9月，又有医生被患者杀死，我做过一期节目，题目是我起的，"我们都是凶手"。这期节目播出之后，我认识的一位北医三院的耳鼻喉科主任给我发短信，那条短信让我看了心酸，谈到当前医生的处境，几乎要流泪。

作为社会一员，如果你不能选择站在一个正确的位置上，不也就成了帮凶吗？接下来让人更加忧虑的局面是，如果全社会都形成了对医院、医生的一种逆反，甚至站在对立面，以至于让医生——这个掌管着人们生老病死的群体——感到强烈的恐惧和不被理解，因此想要逃避甚至破罐破摔的时候，最终的受害者其实不是医生，而是我们自己。

有一些数字不得不引起我们的警惕。

在中国大陆，出现过伤医或打骂医生现象的医院，比例高达63%。有87%的大陆医生在某调查中表示，不希望自己的下一代再做医生。过去，一流医学院的招生分数线几乎和清华北大一样高，也就是说，大量一流人才会选择从医。但是这几年，随着医患关系的问题不断被媒体放大，医学院的录取分数线在下滑。简单的数字释放出一个危险的信号：可能相当多的一流人才，不愿再进入这个行业当中。将来，难道我们不得不接受二三流的人才，来为我们保障健康吗？

医学是科学，不是神学，因此从来不存在百分之百正确。我相信如果无须承受那些不必要的压力，无须面对"不正常"的医患关系，医生一定会对每一名患者都负起责任。

什么叫负责任？就是给人治病时，当他面对"成功"和"失败"各占50%的局面，愿意冒险去试一试，看能不能把那50%的成功率变成100%。但是以现在的大环境，医疗纠纷如此频繁，医患关系如此紧张，即使能冒险，医生也宁可选择不冒险，最后那50%的希望也成了泡影。

受害者是谁呢？

## 医生在替"医改"背黑锅

我并不认为所有这些不希望看到的"乱象"，应该归咎于道德滑坡或人性堕落。在历史的演进中，人性几乎没有发生变化，变化的是环境。如果环境激活了人性中向善的一面，每个人都形成自我约束，展现出更多的道德感，集合在一起就是正能量。反之，就会乱象丛生。我们不要去谴责"恶"，要云反思催生"恶"的土壤，堵住激活"恶"的制度漏洞。

如果每一间诊室都需要安装监视器以防患者行凶，如果医生要为行业惯例带来的后果买单——比如在过去相当长的一段时间里，用于移植的器官都来自死刑犯人——如果这种行为注定要承受某种伦理上的谴责，这种谴责又自然而然地转嫁到医生身上，医生背负得了吗？

如果一位医生一上午看五六十个病人，水都不敢喝，厕所都没法上，如何做到耐心倾听每一位患者的声音？如果做一台手术只有一百多块钱，但一个支架利润可能就是几千块钱，你会作何感想？如果在自己的医院做一台手术只有一百多块钱，走穴去另一家医院，能赚一万多块钱，我们有什么资格要求人性在这样扭曲的制度里必须高尚？坦白说，目前社会上出现的相当多的医患矛盾，是在替医疗改革行进速度太慢背着黑锅。

中国医疗困局的突破，需要整个系统的改变。不能把风险和压力全部推到医生和医院院长身上，这其实做不到，我们依然没有进入良性循环。

我认为，第一点，坚持改革。每次出现伤医事件的时候，我都要发声。我很清晰地知道，我是在替自己说话，是在替每一位潜在的患者说话，而不只是在替医生说话。

第二点，从整个社会的角度来说，我希望能够建立新的尊重。作为全国政协委员，我连续几年提议设立"医生节"。我在提案里有这么一句话：尊重是另一种约束。我们已经有了教师节，为什么不设立医生节？设立医生节，就是用尊重形成一种约束。

第三点则是，就事论事，不要迎合情绪。相当多的医生对现在的一些媒体报道不满意。媒体也有它的市场压力，我们无法排除某些媒体人从迎合社会情绪的角度去建立自己的报道准则，但这是短期策略。长期来看，他们自己也是受害者。因此，任何一个医患冲突案件都应该就事论事，不能扩充成社会对立情绪。

第四点，法律要跟进。我希望能从法律的角度去拉一根红绳。出了事情就把灵堂搬到医院大堂的行为，必须杜绝。

第五点，一个良善的社会应该提供良好的润滑机制。我去台湾采访，一进医院，就有志愿者服务站。几乎每家医院都有志愿者，不管你看什么病，他们都会领着你到各个部门，你的焦虑就会减轻。这些志愿者全都是经过培训后上岗的，一个礼拜只需要在医院待两个半天，花的精力也不太多。我们是否也能建立这样的机制？他们并不占用你们的资源，只要进行一定的培训，就可以实现长久的润滑和缓冲。

## 被磨的石头才亮

当然，暴力伤医事件并非中国大陆特有的现象，这些年跟台湾以及世界各地的医生打交道，才知道这是个全球性的问题。我在台湾花莲，与慈济志工医生交流时，也听到过类似的委屈。"我们每天都在尽力帮助别人，救治患者，难道不是行善积德吗？难道不应该诸事顺遂、多多地享有福报吗？为什么还不得不面对那么多障碍、误解、磨难？"

多年以前，我也向台湾的证严上人请教过同样的问题。她创办了台湾慈济功德会，用了近五十年的时间，将志业由慈善、医疗、教育，扩及国际赈灾、骨髓捐赠、社区志工、环保等领域。一路走来，她也经历过无数不被理解的委屈和艰难。她的回答是这样的："被磨的石头才亮。"

证严上人还说过一句话："慈悲如月。"对我颇有启悟。我们都觉得"爱"很温暖，愿意用阳光来比喻，但是真正像太阳一样炽烈的爱，恐怕又给人带来一种压迫感。倒是月亮，本身并不发光，却能照亮每一个夜行人的道路，消解他们的恐惧和忧愁。既然从事医生这个行当，何不让自己拥有月光一样的隐忍，月光一样的慈悲？

医生这个行当介于上帝、佛与普通职业之间。请不要误解。我当然不是说，一切委屈和伤害都应该由医生独自承担。媒体人必须呼吁法律严惩那些犯罪的人，用某种"高压"的方式呼吁人们对医者保有尊敬，相关的制度改革也要跟上，进一步确保医生的权益。可是从医生自己的角度来说，你不得不用那些委屈和痛苦，将自己心中的石头磨亮。

## 下医治已病，上医治未病

接下来，我重点想谈的是医生的三重价值：常识普及价值、社会抚慰价值、社会问题的应对价值。这三点过去讲得不多，尤其是后两点，几乎很少听到，这也是自己在跟医疗界不断打交道的过程中一种越发深刻的感受。

常识普及价值，对应着4S中的"运动（Sports）"，象征健康生活方式的倡导。就我个人体验来说吧，从2007年开始直到现在，我作为卫生部，应该说是"前卫生部"——但我相信过些年还会恢复"卫生部"这个名字，因为现在的部门名字跟世界没法接轨——聘任的唯一的"健康宣传员"，我最深的体会就是常识极其重要。

我清晰地记得那一年，接受"健康宣传员"聘书之前，我跟时任卫生部部长陈竺一起向会议室走，对他说了这样一番话："陈部长，中国古人一直说'上医治未病'，最高明的医生医治尚未出现的疾病。卫生部作为国家政府核心部门之一，也应该有一种社会形象的转轨，不能像现在这样，大家有病了才想到卫生部，到你这儿来治病，治不好就唯你是问。治病是分内职责，但比治病更重要的职能和使命，是如何动员全社会的力量让更多的人不得病、晚得病、得小病、急病能迅速被治愈而不转成慢病——它将为社会节约多么巨大的资源，也相当于提前卸去很多根本承受不起的负担。"

而在这个过程中，常识的推广与普及，其实是每个医生，以及整个医疗系统至关重要的任务。仍然以我自己为例，三年前有一段时间，我觉得血压有点儿高，不断头晕，去医院检查，果真血压到了一个临界点。医生说你得吃药了，我问是不是一开始吃药以后就要一直吃下去了，回答是的。我说这样，先给我两个月时间，让我自己做一些调整，两个月以后如果不行，我再吃药。

我首先去调整自己的生活方式，每天晚上快走一个小时，后来逐渐发展成跑步。结果不仅血压很快控制住了，降回正常区间内，其他指标也在向好的方向转变，血脂从临界高点向中点回落，脂肪肝由中度转为轻度，最近一次体检甚至没查出来。

当很多"亚健康"状态开始向器质性病变挺进的时候，通过及时有效的行为干预，情况是可以发生逆转的。而在这个可逆的过程中，如何去传播相关的常识就至关重要了。比如"管住嘴，迈开腿"，我走到任何地方都会大力传播这六个字，说易行难。

为什么管住嘴？三十年前的中国人，很多疾病是由于营养不良造成的，现在的疾病，尤其是慢性病，大多是由营养过剩造成的。不妨问问自己，有多久没饿过了？我经常跟身边人说，如果吃饭前半个小时你开始感到饿了，说明上一顿饭量合适，不饿，就是前一餐吃多了。我们的身体不需要这么多营养，我们的"胃觉"比"味觉"传感要慢，因此当你的嘴感到"饱"的时候，胃已经过载了。

另一方面，迈开腿，说的是运动。人们享受什么样的运动条件，体现的是社会的综合体系。举一个例子，从国家会议中心向北几百米，就是奥林匹克森林公园，我知道有无数人来这儿长跑，但是我去得少，因为太远，时间成本太高。我都是就近去找跑步的地方，但是条件肯定比这儿差远了。

这就是问题所在。北京奥运会闭幕好几年了，多年前，我们曾想象举办过奥运会的中国，体育事业将迎来更加辉煌的未来，但是多年后我们的比赛成绩依然原地踏步，同时身边的体育运动设施依然很少，鸟巢和水立方大多数时间是空着的。青少年的体育课作为很重要的一"育"，除了应试功能，越来越被边缘化。

我们该如何评估北京奥运会的成功，如何衡量它的价值？这一切难道不跟各位紧密相关吗？如果医疗界人士不能投身于对大众运动的积极干预，恐怕就只能坐在你的诊室里，眼睁睁看着每天的挂号数量直线上升，由过去的一上午三十个号，变成现在四十个、五十个，未来可能会涨到六十、七十，直到你不堪重负。而且会有越来越多的患者怨声载道："凭什么两句话就把我打发了？"请问你有时间跟他多说两句话吗？

我提出过一个概念，叫"储蓄健康"，它比储蓄金钱更重要。在我们身边，有太多的人好不容易积累了一些财富，却突如其来因病返贫；也有太多的人"宁买棺材不买药"，忽略平日的健康常识。

作为医疗工作者，如果不能参与到社会行为当中进行干预，不能向人们传递更多常识的话，就只能默认这种现状，并承受越来越大的压力。同样，作为主管部门，卫生部如何动员国家力量更多地把精力放在"治未病"、普及常识和社会行为方式的改变上？否则，任其发展下去，请问我们的糖尿病患者比例排世界第几？高血压患者人数多到什么样的地步？肥胖人群会不会直追美国？

现在，写一篇洋洋万言艰涩深奥的学术论文，可以让医疗从业人员评个更高的职称；写十篇通俗易懂、普及常识的千字文，却不会给他们带来任何利益。这样的评价体系本身就有问题。

面向大众的科普，有时比专业领域的科学研究更难。我永远感谢和尊敬那些在各行各业致力于科普的人。科普科普，首先你要明白科学，然后还要明白普及，能将这两者结合在一起的人才少之又少。

因此相应的人才评价体系应该做出改变，允许我们的医生离开诊室三个小时，做一些便于传播的科普工作，或许会减少未来每天三十分钟的门诊量。

## 吓死人的"你怎么才来啊！"

接下来重点要谈的是医疗体系的心理抚慰价值，也就是 4S 中的"阳光（Sunshine）"。

长期以来我们的医疗理念都是重视生理，轻视心理，而且是医患双方向的。什么叫双方向？比如有很多患者，他想要治疗的疾病只是一个病症的表象，导致这个表象的或许是更深层次的心理问题。医生也并不重视这一点，一次又一次地帮助他治标，却没有治本，相当于无用功。

其实，在几乎没有明确宗教信仰的国度里面，医疗体系原本就应该在人的生老病死过程中，起到相当强大的精神抚慰作用，但这一点很少被我们谈到，甚至完全忽略。也有不少医生会做一些这方面的工作，但仅仅是凭着下意识和内心的温度，并没有从理性的角度去系统地梳理它。

面对生老病死带来的未知和恐惧，人们总会有某种宗教情结油然而生。且不说已经确诊的患者，即使是健康的人，在做每年一度的例行体检时，医生哪怕一句不经意的提问，类似"平时感觉哪儿不舒服吗"，都会紧张得要命，直到结果出来没问题，这一身汗才算落下去。至于真有病的患者，医生说三句话就能直接把小病吓成中病，中病变成大病，大病直接弄死。第一句"你怎么才来啊"，第二句"想吃点啥就吃点啥吧"，第三句"还真没有什么办法"。尤其是第一句，多坚强的人，一听这话立马吓软了。

1915 年，美国一位名叫特鲁多的医生去世了，他的墓碑上刻着三行字："偶尔去治愈，常常去帮助，总是在抚慰。"这三行字里，似乎有着对医生这个职业更为深远的定义。

特鲁多医生年轻的时候，曾患过肺结核，那时的肺结核患者相当于被宣判了死刑。他来到一个宁静的湖畔，等待着独自告别世界，可是没想到，大自然仿佛赋予他一种神奇的力量，他的结核病慢慢痊愈了。

从那时起，他开始致力于对结核杆菌的研究，成为人类历史上第一个把结核杆菌提炼出来的医生。就在那个湖畔，他建立起一所村舍疗养院，为结核病患者提供综合性休养治疗。他从自己的亲身经历中获得了某种启示：有时候，依靠传统技术和药物无法治疗的疾病，反而可以在大自然的抚慰中完成自愈。

医学的困境永远存在。二十世纪五十年代，抗生素的发明成为无数患者的福音，是特鲁多医生们梦寐以求的黄金时代，几乎药到病除，所向披靡。可是，用不了太久，变异的细菌就会带着极强的耐药性卷土重来。

八十年代，美国药监局在五年间批准了十六种抗生素上市，但是到了新世纪的头五年，只批准了两种新的抗生素。细菌变得非常聪明，复合抗生素都难以将它击败。面对外来的威胁，人类始终有着"道高一尺、魔高一丈"的无力感。

此外，有一个蛮沉重的数字要跟大家报告：全世界每四十秒会有一个人自杀，每年因自杀死亡的人数高达八十万，超过因战争和灾祸所导致的死亡人数的总和。那么多人想要放弃自己的生命，这让我们又有了一种新的无力感。

那么，在种种"无力"面前，医学的"力量"又体现在哪里呢？抚慰。

除了医术本身，心灵的抚慰和支撑原本就是医生这个行当极其重要的一个方面。只有把生理上的治疗技能和心理上的抚慰加在一起，才构成"医者仁心、治病救人"这八个字的全部含义。

患者到医生这儿来，往往是带着苦痛，带着绝望。归根到底，与其说是到医生这儿来看病，不如说是到医生这儿来寻找希望。人只要有希望，就不会走上绝路。

## 后灾难时期，前老龄时代

最后我要说，除了生老病死这些亘古不变的话题，随着社会的发展，医疗系统也要面对很多新的挑战。

第一，复合式灾难。我们经历过唐山大地震、汶川大地震这样的单一灾难，却没有经历过日本福岛地震带来的"复合式灾难"。假如地震、海啸、核泄漏同时爆发，如何有条不紊地应对？

第二，老龄化进程。2013 年底，中国六十岁以上老人数量已突破 2 亿。虽然从人口比例来说，大约占总人口数的 1/7，依然够不上真正的"老龄化社会"（日本六十五岁以上人口比例为 1/4）。但我们不得不面对的是"2 亿"这个绝对数字，比大多数国家的总人口数还要多。而且，这个数字从"1 亿"增长到"2 亿"的过程非常漫长，但从"2 亿"增长到"3 亿"会明显提速。这无疑是个巨大的挑战。

此外，全国还有 3000 万残障人士，除了自然灾害、遗传、疾病导致残障，年龄增长也会使越来越多的健全人进入残障群体。而全国的敬老院、福利院不过 300 多万张床位，不足实际需求的 2%。面对迅速扩张的老龄和残障人群，我们的医疗资源够吗？康复资源够吗？

第三，环境问题的集中爆发，同样是医疗系统必须面对的挑战。哪里有新鲜空气、洁净的水？谁能保障食品安全？华北地区的大气污染、食品安全的隐患、地下水的重金属渗透、病毒的变异……

我非常希望推广"健康寿命"这个概念。如果社会平均寿命已达八十岁，而人们普遍从六十五岁开始就频繁去医院看病，这十五年的时间成本、经济成本、社会成本是非常高的，生活质量则是非常低的。如何尽可能广泛地帮助人们不得病、晚得病、得小病、急性病能够及时治愈而不转为慢性病……这是全世界进入老年化社会时，面临的共同挑战。各级政府的意识转变，医生投入的"软实力"，是应对挑战的重中之重。

其实我的心情也十分矛盾。一方面我不认为自己有足够的资格站在这里，与这么多医疗界人士进行"非专业"的沟通，另一方面，我又非常期待从"非专业"的角度，和大家交流我的很多看法。我们原本就应该站在更高的层面上去看待医疗，在全社会营造一种更好的氛围，让医疗事业更好地承担起重要的角色。支持和援助医疗发展，难道不就是给自己的未来更多的信心吗？

为什么我对医生有这样的情感？我的家庭曾经历过一件事，是我大学毕业后回家探亲，返京的前一天晚上，我妈给我讲的。

我的家乡在内蒙古的海拉尔，那个地方很偏远。七十年代，我爸才三十多岁，总咳嗽，有时还带血。有一天，他出差去天津。我妈嘱咐他，办完公事一定要去医院看看病。

我爸在离开天津当天才去医院，结果，被诊断出有癌症。医生不好当面告诉他，只是说：对不起，你不能走，必须住院。

我爸当然不干。他掏出车票对医生说，这是我今天回海拉尔的车票，非走不可。医生就说，稍等，我请领导来跟你谈。医生转身去找领导的时候，我爸溜走了。

晚上，我爸在天津火车站等车的时候，车站广播响起来，居然有人找他："海拉尔来的某某某，请到火车站门口。"我爸走到火车站门口，看见下午那位医生，焦急地站在那儿等他。原来那位医生记住了他车票上的车次。我爸就这样被救护车拉回了医院。

尽管我爸两年后还是过世了，但是我妈在讲述这个故事的时候，安安静静地说："如果遇上这样的医生，加上现在的技术，也许你爸的病就能治好了。"

故事并没有到此结束。我在想，母亲为什么在我即将步入社会的时候，把这样一个故事讲给我听？随着年岁的增长，我慢慢明白了，当初的那位医生，从具体救治来看，并没有得到最圆满的结果。但他又是最成功的，因为他的行为跨越了时间，不仅影响了我的父亲，还影响了我的家庭，影响了我。他让我对人世间的爱和温暖有信心，让我尊敬这个行业，让我不管遇到什么样的挫折和困难、挑战，总能记起天津那个仿佛有月光的夜晚。

这就是医者的慈悲与功德，大医医心。

2013～2015年　中国医学论坛、台湾花莲慈济年会等一条民国时的旧闻还应该当一条新闻再说。

很长的一段时间，梁启超先生一直尿血，1926年初，终于住进协和医院。在当时，长久以来中医当道，西医进中国不久，屡遭质疑与白眼。而梁启超敢住进协和，也体现着先生的开放与包容。

然而结果谈不上美好，依照当时的条件，认定梁启超先生的右肾有问题，于是院长亲自手术，为先生割掉了右肾。可病并没有好，似乎割错了肾……

这还了得！包括徐志摩在内的很多人，立即报上刊文，因协和的"误诊错割"而声讨西医，自然是应和者众。

让人没想到的是，最有权利愤怒并声讨协和的梁启超先生，却用英文写了篇文章《我的病与协和医院》，为协和辩护，为医生的态度与认真做说明。后来，这文章翻译成中文，刊登在报纸上。事主是这态度，质疑之声渐退。梁先生还声明，今后我还来协和看病。不仅这么说了，他还真的这么做，直到几年后去世。

为什么要这么做？熟悉他的人说，梁启超先生考虑到西医进中国，是新生事物，如果没有信任包容，西医在中国就不好发展，而这，不是好事。

这已是快九十年前的事儿，不敢想象，如果发生在今天会怎么样？而我们又该如何感谢梁启超先生帮助医学在中国更顺利地走到今天？我们每一个人，何尝不是先生宽容与对医学信任的受益者呢？

# "痛并快乐着"是我们的宿命

> 世界上最糟糕的人是：愚蠢却勤奋。
>
> 眼下这个时代的不够公平，是通往更高层次的公平的必经之途。

今天，主持人的开场白为我拉了很大的大旗，也扯了很多的虎皮，其实所有的头衔和奖项全是虚的，讲得不好，大家照样可以喝倒彩。

同时我希望，今天不是我单方面的讲话，而是我们共同来沟通。我需要开放、自由，甚至反叛，甚至怀疑。大家和我一起去制造这样的一种气氛。你们要相信，白岩松说的很多话不是句号，而是问号；不是答案，而是问题。白岩松不是要给你灌输什么，而是在碰撞中把问号留在你的心里，然后在以后的日子里自己给出答案。

当然我还要说，校方给我出的题目是"人生、理想、责任"，题目太大了，无论其中哪一项，都不是短短一个小时能谈完的。所以我今天要讲的，是我们生存在这样一个时代，心理上面临的三对矛盾：痛苦和快乐；理智和情感；梦想和现实。

## 治标更要治本

很多人曾经问我，《痛并快乐着》这本书是不是在写你的个人经历？我说不是，我没有这样的欲望，去写一本反映自己经历的书，但我们可以谈谈"痛苦"和"快乐"的概念。

我个人认为这是改革开放二十年来，每个中国人都会有的一种内心的触动：快乐不是单纯的，痛苦也不是绝对的，它们混杂在一起。比如，当你的亲属或你自己在改革的环境下，在竞争的机制中，向前迈了很大一步的同时，可能会有另外一个亲属下岗了，或者在竞争中成为一个失败者。

过去二十年中，我们的心情总在起起伏伏，中国改革进程的一个鲜明特征，就是每走一步都很不容易。但是只要始终在向前一步一步地迈进，我认为就是非常可喜的。

我不敢奢望所谓的"大踏步向前进"，不敢奢望"一马平川""一帆风顺"，那不是中国。前进一步退半步，再前进一步再退半步，这是正常的，而且足以让我们感到快乐了，因为总体方向是向前的。 如果前进半步退一步，再前进半步再退一步，即使处在前进的这半步当中，又有什么可快乐的？因为总体趋势是向后的。

我是 1989 年夏天大学毕业的，到现在已经十一年了。离开校园十一年，我最大的收获是学会了三个字：不要急。当初在校园里，我也是像大家一样的热血青年，希望很多事情能够在一夜之间发生改变，但是现在不会了，虽然血依然是热的。

我特别相信"不要急"这三个字里所蕴藏的一种力量。

当然，有些变革可以在一夜之间发生，但那对于中国是摧残性的，这个国家承受不起。几百年历史沿革中，中国已经积累了很多伤口，很多病患，仅用西医祛除"表征"是不行的，需要用中医的方法去"治本"。大家知道，中医疗效很慢，但是效果是非常稳固的。

我只是用西医和中医做一个比喻，请大家不要理解成我反对西医，我是一个所有先进文明的积极支持者，尤其怕师弟、师妹们在这一点上发生误解，所以要特别声明。

中国改革就是这样，需要用"治本"的方法建立起一种机制。

曾经有很多人跟我探讨：《焦点访谈》是不是解决具体问题的？我说不是。

在这里我可以先列一组数字：《焦点访谈》一年播出三百六十五期，满打满算批评性报道二百多期，也就是说一年能解决二百多个具体问题。但是我们每天通过来信、来电、电报接到的投诉事件都有上千件，也就是说一年播出的节目也解决不了一天的投诉。那么显然，《焦点访谈》这样的舆论监督节目，绝不是为了解决具体问题，也解决不了。它所做的，是通过一个又一个具体问题的解决，去督促一种机制的建立。

改革改的是什么？改的是机制。我们要建立一种奔着百年老店、千年老店去的机制。

今天上午还有人问我，你怎么看待反腐败？我说反腐败绝对不是处置几个高官就可以彻底解决的，必须在我们的社会中、生活中，建立起非常良性的机制，使腐败行为的实施者由"不想"转变成"不敢"和"不能"。

人性有很多弱点，包括贪欲在内，绝不是靠思想教育工作就可以全部解决的。一方面需要思想教育工作，让人们"不想"做坏事；但更重要的是建立起合理机制，让人们"不敢""不能"做坏事。

"不敢"是很大的觉悟，"不能"才会让人真的放心。

比如偷税漏税这件事，也许美国的税务局局长在年关的时候，可以对所有国民说这样一句话："欢迎偷税漏税，但是请别被我抓到。"因为他知道他能够抓到。在中国呢，很多公共场所的广告牌上都写着"依法纳税是每个公民的责任"，但是很多人都在偷税漏税，为什么？因为他知道他不会被抓到。

腐败也是这样，成本太低了，只要运气不是太差就不会被抓到，那么腐败的滋生面就会变得很宽，被大多数人习以为常。

我1996年采访过大庆市的市长。这是一位老劳模了，江苏常州人，六十年代大学毕业就分到大庆，吃苦受累，暴风雪中干打垒，最后一步一步成为市长，为大庆付出了自己的青春和大半生心血。我认为他是一个很优秀的人。那次采访，跟着他回老家，看到他对家乡仍然怀有满腔热血，尽己所能为家乡人民做事，也给我留下非常好的印象。

但是有那么一个阳光灿烂的午后，一个人去找他，希望他给批一个原油指标。这原本是他分内的工作，但那个人暗示他，如果您给我批这个条儿，我给您姐姐二十万块钱。当时他姐姐就在现场。

他可能也没太认真，隔了几天就把条儿批下来让人家领走了，没想到那人还很实在，后来真给他姐姐送去二十万块钱。他姐姐拿了钱很着急，来找弟弟，说这是别人送你的钱。他看都没看就说，你留着花吧。

所以说，中国的腐败绝不像我们想象的那样"惊心动魄"。如果都要像地下工作者一样谨小慎微、周密计划，才能进行腐败，说明腐败的难度很大、成本很高。但事实恰恰是，就在某一个很平常的下午，很平常的工作往来中，腐败就轻易发生了，然后很快就被遗忘了。它的真正可怕之处，就在于这种轻易性和随意性。

后来，这件事情暴露之后，他被判了十年有期徒刑，老泪纵横。我想他可能这时才意识到，这就是腐败，这就是贪污受贿。这么轻易的没过大脑的一个举动，要用十年牢狱生涯去弥补，太对不起自己一生的付出了。

还有他的老姐姐，钱，一分也没落到手，却因为这一念之差让弟弟坐了十年牢，据说他在牢里的头几年，不断地闹绝食，想自杀。想到这些，姐姐的后半生该怎么过？

这个故事，以及所与和它类似的故事，都让旁观者感到痛苦，这种痛苦和我们的制度有关。但是当你走过一段回头看，发现很多事都向好的方向迈进了一步，又是快乐和欣慰的。

不说国家，具体到个人经验，大学时代不也是这样苦乐交织吗？变革有变革的痛苦，快乐有快乐的代价。

我哥哥和他的同龄人是七十年代末上的大学，他们根本不担心毕业分配，会有无数个单位抢着要他们。但是到我们八十年代末毕业的那批学生，就已经没那么抢手了，得自己去联系单位，努力表现，多争取印象分。

现在的大学生就更痛苦了，恨不得刚上大一就要开始考虑未来，在数百人、数千人中间去寻找自己的位置。你们拥有更多选择的同时，也必须面对更多的竞争；自由更充分，决定也必须更慎重。

生逢改革这样一个特殊发展阶段，痛苦和快乐相互纠缠，是我们这代人和你们这代人，甚至好几代中国人共同的宿命。当然，即使没有改革带给人们的心理振荡，痛并快乐着也是人生的永恒主题。

季羡林老先生在《八十述怀》这篇散文中，写过这么一句话："如今竟然活到了八十岁……未来的路不会比过去的更笔直、更平坦。但是我并不恐惧。我眼前还闪动着野百合和野蔷薇的影子。"

老人的这句话其实就是说，他依然有梦想，梦想牵着他向前走。

## 谁能读懂"韬光养晦"的痛苦？

我要谈的第二对矛盾，是理智和情感。这个话题就跳出了个人的感觉，更多是中国面临的现状。

比如1999年南联盟中国使馆被炸，如果当时任由我们的"爱国情感"爆发，我相信会是这样的局面：两天之内美国驻中国所有的大使馆、领事馆都不见了，一个礼拜之内所有的美国人都鼻青脸肿，一个月之内连长得像美国人的少数民族同胞都很危险了……但是它能解决什么问题？放纵情感能解决什么问题？

我至今依然庆幸，当初中国处理这件事的策略十分得体，人们首先有一个情感的大爆发，接下来理智就占了上风。我印象非常深刻的是5月9日凌晨4点，我在为《东方时空》特别节目写结束语，当时很矛盾，想用一种非常"过瘾"的方式来表达愤怒，但最终没有选择用这种写法来简单粗暴地拱起人们心中的火，而是写下这样一段话：

"今天是5月9日，母亲节，一个原本充满了温馨的日子，但是我们都不能温馨地过了。一个母亲和一个未来很有可能成为母亲的妻子，在昨天的炮火声中消失了，今天我们要和他们的家人一起分担痛苦……但是仅有愤怒是不够的，这个世界从来都不像我们想象的那样善良，不公、不仁、不义，一直都在我们身边。这一刻我们最应该记住的是，只有让中国强大起来，才是真正的雪耻。"

以理智甚至某种压抑的态度来写结束语，是因为当时我想起邓小平很多年前说过的一段话，"绝不当头，韬光养晦"。一个大国的领导者，用到"韬光养晦"这四个字的时候，我相信他的内心也经历了理智与情感的巨大冲突。一个拥有十二亿人口的泱泱大国，一个曾在人类文明史上书写辉煌的民族，在当今世界，不得不"韬光养晦"，这是一种痛苦。

慰问南联盟使馆死难者家属的时候，我第一次看到朱镕基总理被人搀走，眼泪哗哗地往下掉。我想他在内心里和我们每一个人一样痛苦，一样隐忍。

也就在那一刻，我突然觉得，中国真正的强大在于，我们能写下"韬光养晦"这四个字。时常叫嚣愤怒的人不可怕，可敬的是暗暗积蓄力量的人。

2000 年台湾"大选"，很多人都在对台湾喊打，这个状态一度令我非常担忧。现在中国最需要是时间。按当前的发展速度、稳定局面，还有人民的精气神，再给中国五到十年，我们就能拥有足够的资本去愤怒，去"叫板"。如果真的早早地造成一场战争，结果就不是与台湾论输赢了，而是一场更大战争的开始。而且，一旦发生战争，就意味着中国的改革正式停止，谁能为这一后果负责？

这又是一场理智和情感的冲突。

关于台湾问题，我一直认为现在更需要用政治智慧去化解，去解决。曾经有一位专家谈到这样一个观点："台湾回归意味着什么？意味着中华民族的复兴。"当整个世界都默认台湾回到祖国怀抱的时候，相当于默认了中国在亚洲的"老大"地位，拥有台湾的中国是一支太过强大的力量。

但是紧接着，这位专家又说："现在还不是时候，我们的国力还没有强大到民族复兴的程度，我们还需要更多时间，也许五年，也许十年，也许更久。"

过去，我们谈及台湾的回归，说的是血浓于水、水乳交融。但仅有情感上的意向是不够的。在未来相当长的一段时间里，需要双方以政治智慧破除坚冰，走到谈判桌前实质接触，让彼此的利益裹挟在一起，以经济、文化互通有无的形式来诠释水乳交融。当它们往来密切、不可分割的那一天，自然实现了回归，也许是另一种回归，这同样需要时间。

对改革代价如何看待，也需要理智与情感的平衡。

1996 年 12 月 31 日，跨年之夜，我是在上海度过的。那天晚上我们要做直播，去拍黄浦江边的一个迪厅，记得一张门票一百六十八块钱。当时上海的时尚男女们买起票来眼都不眨，把迪厅挤得爆满。迪厅门口有一位四十多岁的男士在卖烟，我相信他一晚上卖烟挣的钱，都不够买一张迪厅门票，跟他一聊，果不其然。他跟我暴骂当前种种不公，怀念改革前的"大锅饭"。

我充分理解和同情这位老兄，他的生活处境，他所感受到的落差，足以让他心理上充满愤怒。他怀念过去时代的"公平"，但他不会想到站在更长远的历史阶段来看，那不过是一种低层次的"公平"。

总有人愿意说起二十世纪五十年代的中国，"民风淳朴，路不拾遗，夜不闭户"。对不起，也许路不拾遗和夜不闭户，是因为实在没什么可偷的。

低层次的公平注定会被打破。

比如我，出身在教师家庭，从小生活的大院里全是教师，工资差距不过几块钱，每家生活水平都差不多，区别顶多是你家孩子的裤子补丁打在膝盖上，我家的打在屁股上。所以那时人与人之间几乎没有利益冲突，相处特别融洽。物质上越匮乏，情感上越互助，人与人彼此支撑驰援的本能，发挥得淋漓尽致。

尽管回忆起那时的生活，依然会感觉温馨，而相似的场景在今天的物质社会已经消失殆尽，但我并不认为那就应该是美好社会的终极画面。

改革剧变的进程中，如果我们在讨论一些问题时，不能将自己的视角建立在前进的立场上，可能会得出很多错误的结论：过去好，现在不好；过去公平，今天不公平。

是，眼下这个时代是不够公平，但这是通往更高层次的公平的必经之途。只不过要让那些付出代价的人，能够得到社会夏多的扶助和援手，要让他们不得不经历残酷的同时，也感受到一些温馨，这个社会才稳定。

如果说到改革中的失误，一个重大失误就是"安全网"编织得太晚，也就是社会保障系统建立得太迟，比实际需要落后了十年。如果早一点着手于此，面临的困难会减少很多。但是无论如何，我们在观察一个时代，观察人们的欢喜、埋怨、愤怒，都应该让自己的情感和理智有一个很好的平衡。简单地站在某一方的立场上，难免会得出偏激的结论。

## 走，就有希望

在我今天谈到的三个主题中，最后一个主题可能是跟大家关系最密切的，就是梦想和现实之间的距离。

我走过很多高校，承蒙弟弟妹妹们给我很多鲜花和掌声，但我不会不知道自己是谁。我非常清楚，大家的鲜花与掌声不是给我个人的，我是在替很多新闻同行来面对这些赞赏和首肯；也包括一些授予我个人的奖项，比如"十大杰出青年"，我同样认为自己是在替众多同行领奖。

另一方面，这些鲜花和掌声，我更愿意理解为是你们自己送给自己的。你们每个人心中都有一个梦想，比如，希望天来能像白岩松一样，走上新闻传媒这条道路，希望和白岩松近似的人生经历在自己身上上演。于是你们为自己的梦想鼓掌。

我鼓励做梦，也相信梦想，但是梦想和现实之间是有距离的。它不是直通车，而是区间车，中间可能有很多停顿、曲折，甚至是过山车，会经历一些大的跌宕起伏。

当你们走出校园，面临社会这个巨大的沼泽地，大概会有三种选择：

第一种，一脚踩进去，走了几步，发现是沼泽地，不好！转身往回跑。往回跑意味着什么呢？可能是继续读书，缓一缓再离开校园；也可能是调整人生规划，选择一种与世无争的方式，消极回避。

第二种，在沼泽地里苦苦行进，勉为其难，觉得对岸实在太远了，梦想实在太远了，于是坚持不住，中途被沼泽吞噬。

第三种，我相信应该是大多数人的经历写照。一开始也很失望，很艰难，觉得梦想很遥远。既然遥远，就不去想它，只管低下头深一脚浅一脚走好眼前的每一步。走着走着，居然走出了一些挣扎的乐趣，走出些自我价值的承认和肯定。再走着走着，猛一抬头，发现自己已在岸边，梦想近在咫尺。

我在书里写过一句话，叫作"走，就有希望"，就是这个道理。总远远惦记着梦想，会被现实和梦想之间的差距打败；不如暂时忘记梦想，脚踏实地，做好眼前的每一件小事，生活迟早会回馈你一份厚礼。

除了直面琐碎的耐心和恒心，大家还必须拥有一种直面残酷竞争的勇气和智慧。从我们这一代人开始，一辈子只为一个单位服务的例子越来越少了，每个人一生中都要下好几次岗，你们这代人更是如此。但是下岗不是坏事，每一次下岗都是一次转折，一次重新出发。

今天上午一个同学来找我，对我说，他正在遭遇人生中最黑暗的时刻，没考上清华的研究生，简直不想活了。

我当时就反问他：你以为这就叫挫折吗？

真正的挫折是跟生命相关的大悲大落，学业、事业乃至情感历程中遭遇的一些不如意，不过是一段经历而已。但是，由于你很少遇到真正的挫折，就会把种种"局部经历"放大为"人生磨难"，好像天要塌下来一样。如果你连这些小小的困境都走不出去，化解不了，未来步入社会以后，心态只会更加不平衡，道路只会更加不平坦。有句话很逗，说的是"越把事儿当事儿，它就越是个事儿"，其实凡事可大可小，全然取决于你自己的判断。

那么怎么才能让自己的心变得更强大更开阔呢？

一方面要为自己的心找朋友。对我而言，其中一个朋友就是音乐，音乐是我的心理医生。我也这样告诉我儿子：即使全世界的人都对你背转身去，音乐依然在你身边。你会在生活中遭遇很多不顺，但别担心，早在几百年前，已经有人为你写下了足以慰藉心灵的旋律，等你去发现，去聆听。

另一个朋友是体育。我从来不认为运动最大的意义仅仅在于保持身体健康，它是一项能够激发你的潜能、活力，鼓励你自己和自己较劲，在较劲中不断成长、翻新的行为。而且很多体育项目，更像群体游戏，一帮人一起踢足球、打篮球、打网球。和同伴在一起，你可以什么都不想，单纯地沉浸在奔跑和竞技中，难道这不是一种特别好的心理治疗吗？

最后，我想引用一个很有意思的说法，算是和大家相互提醒。有人用四个词——聪明、愚蠢、勤奋、懒惰——来概括世界上所有的人：最优秀的人聪明而勤奋；二等人聪明但懒惰；三等人愚蠢又懒惰；最糟糕的是四等人，愚蠢却勤奋。大家想想是不是这个道理？一个愚蠢又懒惰的人，顶多是不给社会做贡献，也不会造成什么破坏，但是一个愚蠢的人，却偏要勤奋起来，那就太可怕了。

我希望在座的同学们将来都成为最优秀的人。也别忘了，如果有一天你们发现白岩松正扮演着愚蠢而勤奋的角色的时候，请千万告诉我。

2000 年　中山大学

　　这本书的大部分文字都是近几年的，但您刚看过的这篇是2000年的，距今最为遥远。在当下的中国，十五年的时间，足以让很多东西面目全非。我特别要留下这篇文章，看一下十五年前的自己，看一下十五年前。

　　那时候谈到的"反腐"，如今正大张旗鼓地进行着，也果真是按着"不敢、不能、不想"的思路发展。可还是得承认，"不敢"的力度大了，离"不能""不想"还有距离。

　　那时候谈中国"韬光养晦"，可现在你的体量太大，光低头当驼鸟也不太可能，怎样承担更多责任且依然低调着，也是个考题。

　　那时，我真乐观，字里行间都感受得到。现在，依然乐观，不过打点儿折扣，也谨慎多了。面对未来，不乐观又能怎样呢？然而我更明白，可不能瞎乐观，因为容易忘了去推动去改变。所以，不太乐观容易有紧迫感，也是一种推动力。我给"东西联大"写的一句座右铭是"与其抱怨，不如改变；想要改变，必须行动"。

　　那时候，我告诉自己"不要急"，因为中国太大了，要有点儿历史眼光。可我得承认，现在与那时相比，"有点儿急"。因为十五年过去，很多改变进步大家看得到，可有些东西改变得有点儿慢，甚至有停滞的趋势。你说，能不急吗？

　　十五年后，我们是急还是不急呢？

# 将志愿的行动，变成志愿的心

大的活动志愿者云集，一呼百应，小的活动志愿者却寥寥无几；远方的志愿服务我们立即出发，身边的志愿服务却往往被忽略不计。

志愿者行动在中国扎根，是在 1993 年，由共青团中央在全国发起。和中国很多事情一样，志愿服务也是与邓小平"南方视察"及进一步的改革开放紧密相关的。正是由于邓小平"南方视察"，思想进一步解放，我们要由一个过去单兵突进的经济改革、生活改善，向整体的社会改革、民生改善的方向进行转化。

我们在讨论志愿者话题的时候，要有一个大背景：为什么在这二十年——尤其是最近这十年——志愿者事业得以迅猛发展？因为中国正在发生深刻变革，由追求物质目标的改革向追求非物质目标的改革进行转变，由一个效率优先的改革向公平优先的改革进行转变，这是中国志愿服务发展不可忽略的重要背景。

　　追求物质目标的年代，人们吃饱了就是幸福。在我小的时候，家家都很穷，大家都不会去想象文明、民主、自由这些字眼，所谓理想也就是楼上楼下、电灯电话、吃饱喝足，那时的幸福就等同于物质。但是当大家真正吃饱穿暖了才发现，吃饱穿暖之后想要实现的目标更难。这个时候帮助别人、提升自己、完善自己，拥有一个和谐温馨的人际环境和社会环境成了人们内心的需求。可见，二十年志愿服务的发展暗合了中国改革的悄然转型。

　　经过三十多年的改革，我们的需求不一样了，我们开始需要公平。当今社会，除了物质捐赠，我们很少提倡思想捐赠、时间捐赠、爱的捐赠。我们只理解"硬慈善"，一提到慈善，都以金钱和物质来衡量，而缺乏对与人交流、心理支援、提供就业模式、帮人走出孤独等"软慈善"的理解。所以，二十年志愿服务的发展也暗合了这个社会正在由效率优先向公平优先的转化。

　　那么，当我们的社会更加强调公平的时候，就会越来越涉及一个社会准则，即拥有多余东西的人，要与其他人共同分享。这种多余不仅仅指物质的多余，还包括精力、精神、情感、信仰等。《道德经》里明确地说，"损有余而补不足"，这是天之道。

　　在座各位主要来自省、市团委志愿者工作机构，都在从事与志愿者相关的工作，有一个观点我想与大家共勉：任何只是由"屁股决定脑袋"的人，做一件事情一定做不到真好，能及格就不错了；而想要做到真好，一定是由"内心指引脑袋"。

　　今天，我把多年来参与志愿服务的一些思考做了些梳理，大致涉及九个方面，暂且叫"志愿服务九思"吧。

## 志愿与自愿

　　"志愿"这个词，其实在中国并不陌生，新中国刚成立没两年，就有了"志愿军"的概念，"志愿"二字深入人心。在大陆，我们习惯用"志愿者"这样的称呼，而在台湾、香港以及世界上其他华人地区更多是用"义工""志工"等词，我觉得后者更能体现"自愿"的意义。因为"志"和"义"比"志愿"这两个字更靠近中国文化的本源。

　　"志"是"义士"的"士"字底下加一颗心，"义"更是中国传统文化中人们努力追求的优秀品质。在国际上，这三个词翻译成英文是同一个词，Volunteer，都强调"发自内心"的意思。任何强加于人的都不是真正的志愿。

　　大家作为省、市级团委的志愿者工作部的部长，也涉及一个思维如何转化的问题。你要发自内心地为你有机会做这项工作的管理者、这项事业发展的推动者而感到格外骄傲和自豪。别人即便不在这个位置上，都争相做这件事，更何况你就坐在这个位置上呢？作为管理者、倡议者、种子、推动者、建设者，在发动引导别人的时候，也应该以"自愿"为原则，让有此心的人能近此道，而不强迫怀有他心的人非做这件事。这就是孔子讲过的"己所不欲勿施于人"，同时，己所欲也勿强施于人，其实也是强调自愿的本性。

　　人的觉悟有高低，认识有先后，都很正常。也许人家再过一段时间认识到位了，也愿意从事志愿服务了，可是你现在就非得把人家拉进来，这样不好，强扭的瓜不甜。因此"自愿"这个词，可以衡量很多事，不仅是对你自己，也包括对他人。

## 志愿与自我

　　提起志愿服务，我们总将它理解成一种单向给予的概念，"帮助别人"，其实不然。志愿行为首先是在帮助自己、提升自己，是你自己的需求。人不是简单的动物，吃饱喝足就行，而是有着不同层次的需求和提升。

有一次我做志愿服务活动，有人问，你为什么愿意辛辛苦苦做这件事，搭上大量的时间和精力？我坦诚地告诉他，人到中年，最大的奢侈是平静，当我用大量时间做这方面的工作，我内心更容易平静。做完志愿服务，我可以心安理得地在家里听听音乐、喝喝茶，我觉得工夫没白搭。志愿者首先是为自己，而这种"为自己"，其实是心灵更高层面需求的提升。

北京有一位老大姐，现在快七十岁了，叫孙洵。志愿者行动在中国开展了二十年，而她的志愿者生涯已经长达四五十年。她很年轻的时候就患上重症肌无力，医生宣判她二十几岁就要离开这个世界，但她一直活到现在。她走不出自己的房间，但是几十年来，她通过做电台节目帮助别人。遭遇心灵困扰的人经常在她的家里聚会。对别人的帮助，减弱了她自己的病痛，她的带病生存年限，创造了人类医学史上的奇迹。

我还采访过一名编剧，也是很有才华的电视人，由于一场车祸，只能坐在轮椅上生活。他的一句话令人难忘，他说我也曾经怨恨过肇事者，但是突然有一天豁然开朗：当我抱怨的时候，世界越变越小，只剩下我自己；而当我原谅了肇事者，我发现还可以包容更多的人，心胸逐渐打开，我便走出了自己的房间。

我 2005 年做《岩松看台湾》的时候，发现台湾的"人间佛教"搞得非常好，没有任何香火气，不是到那儿就跪下磕头，而是大量以志工的方式存在于这个社会当中。慈济的证严上人告诉我，她要求所有志工一定要对被帮助的人说"谢谢"。听上去很奇怪，我们习惯了被帮助的人说谢谢，为什么要求志工说谢谢呢？这就是志愿与自我之间的关系。

你也是得到者，甚至你是更大的得到者，你应该有一种感恩。你意识到我很幸运，我还可以去帮助别人，我得到一种愉悦。我去的时候可能心情很不舒畅，但在帮助完别人的时候我心胸打开了，这是一个自我拯救的过程。我怎么可能不对被帮助的人说声谢谢呢？我要感恩，他居然还允许我帮助他，他提供了让我帮助他的可能。这种反响恰恰也是一种境界。

我见过很多人，当他沉迷在自我的领域里走不出去的时候，抑郁悲观，但是当他把心打开，开始帮助别人的时候，还是他自己得到拯救，通过帮助天下而让自己走进天下。

## 志愿与组织

放眼望去，全世界做得好的志愿群体都有组织。慈济是一种组织，星云大师也有组织，"无国界医生"组织现在让国际红十字会都感受到巨大的压力，菲律宾海啸的时候，他们到得比红十字会还早，而且工作很有序。

但是，组织如何以完全"自愿"和"志愿"的精神去做服务整合的平台？不仅提供项目、提供服务，更能尊重志愿者的心、进出有度、来去自由……这些问题不容回避。

比如说佛山一家养老院就曾经抱怨，平常八天也见不着一拨志愿者，重阳节那天，一天来八拨，老人们得洗八回脚。其实这恰恰提醒我们，怎样通过有序有效的组织，把志愿服务做得更好。

首先，这家养老机构应该进行合理登记，根据实际需求，有力有序地接纳，不要不好意思拒绝，"不好意思"会将好事变成坏事。其次，如果是组织对组织，不是组织对志愿者个体，也不至于出现这种情况。

在组织的过程中，也涉及如何在规范的同时不抹杀个性的问题。比如北京奥运会志愿服务工作，我觉得95%是成功的，还有5%失败的地方。我们要做唯物主义者，要讲科学，不能一说成功，就百分之百都成功，那么以后永远不会再有进步了。

我所说的5%失败，举个例子，我们奥运会志愿者的培训为什么非要搞得千人一面呢？比如说，笑的时候露出八颗牙。其实志愿行为一定要研究人性，人性中一个很重要的准则，就是"完美产生距离"，过于完美和规范就是一种距离。假如每个志愿者都露出八颗牙，在来宾距离门口十米的时候主动开门，姿势和笑容都一模一样，请问你会感觉到"宾至如归"吗？也有可能，两个来宾聊得正开心呢，突然被一句极其规范的"您好"吓一跳。

悉尼奥运会的志愿者曾给我留下深刻的印象。他们各年龄段都有，上至七十多岁，下至十几岁，每个人的服务都让你如沐春风。比如进屋打扫卫生的时候，跟你随意聊上两句："恭喜啊，你们昨天又获得了三块金牌，×××表现得特别好……"而我们的志愿者一进屋先敲门，然后规范地站在那儿说"我是××号志愿者，我今天为您服务，非常感谢"等等。

我们培训的目的，是要让规范化于无形之中，这才是最高境界。

## 志愿与身边

很长时间以来，我在研究中国志愿服务的时候发现，大的活动志愿者云集，一呼百应，小的活动志愿者却寥寥无几；远方的志愿服务我们立即出发，身边的志愿服务却往往被忽略不计。我觉得这很不正常，有点儿本末倒置。

一开始，我们要以大的活动、大的项目为载体，比如北京奥运会、上海世博会，甚至也需要党政及有关部门的推动，吸引大批年轻人来报名，把志愿服务当作一项重要的人生履历。在中国，是由共青团作为党的青年群众组织，先把青年志愿者工作推动起来，让他们走进这个门槛，慢慢培养起志愿精神，继而再影响带动社会，这符合 NGO 组织的基本规律，更符合中国国情。

但是，这并非最终目的，而只是一个开始。这些年，我们在大型活动的志愿服务方面已经非常成熟，可是别忘了，真正的志愿精神，更应该体现在小型的、具体的活动之中。

在远方，我们也已做得很好，即使是去非洲，志愿者们也争先恐后地报名。但是身边呢？开个玩笑，老人跌倒了都没人扶。

"身边志愿精神"的欠缺，的确是当下中国志愿者活动的组织者必须思考和面对的，如果我们不能把大型的、成功的志愿服务成果演化为生活中普遍的、具体的志愿服务，如果我们不能把对远方的向往转变为对身边的关注，志愿行动的终极目标又是什么？

曾任团中央书记处第一书记的胡春华说过："归根到底，我们是要把志愿服务的行动，逐步演变为志愿服务的心。"这句话我不止一次在节目中引用。将奥运会、世博会、亚运会等大型项目中培养起来的志愿精神，转移、分解到身边的小事中去，比如帮助留守儿童、残疾人、老人，这才是未来中国的重要命题。

要知道，全世界没有哪个国家会有多达五六千万的"留守儿童"，在没有父母的环境下独自成长，这在人类历史上都很少有，一定需要大量的关注和帮助。还有，2013年底，中国六十岁以上的老人已经超过2亿。在敬老、助老方面的志愿需求也将越来越大。

## 志愿与需求

我们的《新闻周刊》节目专门拍摄过一个公益组织的志愿服务项目：向边远山区的孩子赠送有声书，让他们在上学路上边走边听。过去，我们很少考虑被帮助者的实际需求，给他们捐了很多书，其实孩子们根本没时间看，或者根本不爱看；也捐过电脑，但因为没老师，没教材，没网络，人家拿布盖上一次也没用过，而捐赠者还以为自己干了多伟大的事。

志愿服务一定要考虑需求，需求一定要建立在实地调查的基础上，而不仅仅依靠一些数据——这是接下来必须深挖猛掘和转型的重要方向。

志愿服务不能"想当然"。我们拍摄的这项公益活动，就是通过实地调查发现，山里的孩子上学路上就要花费两三个小时，回到家还得做作业、干活，根本没时间读课外书。可以利用的时间，倒是上学途中。于是他们给孩子们送去存了很多部有声书的 MP3，相当于一个有声图书馆。而且，书目都是针对孩子们精心挑选的，孩子们特别愿意听。

这件事反过来也启发我们，志愿行为该如何建立需求系统。没有调查不仅没有发言权，更没有决策权。

## 志愿与技能

北京残奥会上，我和濮哥（濮存昕）、杨阳等几个人一起做志愿者、宣传员，制作特别节目来当培训教材。那时我发现，为残障人士提供志愿服务是需要基本常识和专业技能的。

比如，为盲人朋友引路，应该搀他的胳膊，还是把自己的胳膊伸给他？推轮椅怎么使劲儿？推轮椅的时候遇到他的伙伴，你该转向什么角度？再比如，做救灾志愿者的时候，人工呼吸是必备技能，但绝大多数的人没有掌握。

如果没有经历过汶川地震，很多人也并不知道在黑暗环境里待久了，刚一出来需要给眼睛蒙块布。团中央、中国残联启动的"中国青年志愿者助残阳光行动"，就是希望把志愿者的专业技能培训作为一件大事来对待。

当然，专业技能不仅仅涉及技术，也涉及精神。广州亚运会时我就常跟志愿者讲：帮助残障人士一定要注意，过度的关爱是另一种歧视，平等才是志愿服务的心灵基础，一切都要体现平等。如果你的眼光中带着同情、怜悯、居高临下的抚慰，其实是另一种残酷。和他们平等交流，像朋友一样正常聊天，在他确实需要帮助的时候，及时提供帮助，这会让他们感觉很舒服。想象一下，假如你进了一家商店，迎面过来六个服务员嘘寒问暖。你肯定撒腿就跑，这就是"过度热情"的后果。

## 志愿与人性

人性都有自私的一面，一切"大公无私""狠斗私字一闪念"都会把人类引向绝境。但当我们真正了解人性，又会产生一种悲观和困惑：既然人性都是自私的，又该怎么引领呢？是《道德经》中的一句话让我豁然开朗，大意是"天之所以长，地之所以久，是因为天地所做的一切都不是为了自己，才能成就天长地久"。还有一句话，我将它总结成"无私为大私"。上升到志愿者精神，越无私的人得到的越多。

志愿者的行动，归根到底是人对人，甚至是一个人对一个人。只有读懂了人性，将心比心，你才知道该用什么样的节奏、什么样的语言，去传递你想衷达的内容。人是千差万别的，没有好的人际沟通能力，用同一种方式对待所有人，效果肯定不会好。

志愿活动是一种社会行为，是社会进步到一定阶段时，人们共有的属性和追求。我们要提前搭建这个平台，培养志愿服务的"种子"。

## 志愿与公民

总有人说，中国人是自私的、冷漠的，不肯互相帮助，不愿牺牲自己，其实不是这样。数千年的农耕文明，局限于熟人圈的社交活动，使得中国人的优点都体现在了熟人生活圈里。

那时人们的生活半径很小，邻里街坊，熟门熟脸，无形的眼光就能形成约束，大家都讲信用。做点儿出格的事，招来些风凉话，在村里简直就没法混了。这样的传统一直延续到今天。所以我发明了一句话："在中国，事找人很难，人找人很容易，因为只要是熟人就好办。"

时代在进步，随着社会开放和人口流动，我们带着"熟人"的胎记，带着小农经济的DNA，走进了期待中的"公民社会"。来到陌生人群中，一下子觉得没有约束了，反正你不认识我，我不认识你，结果坏事全出来了。从"小老百姓"到"老百姓"再到"公民"，是个重要的转变过程。

"老百姓"意味着老婆孩子热炕头，一亩三分地，伺候好熟人圈子就行。"公民"二字则意味着远方与我有关，不熟悉的人也与我有关。志愿行为不正是如此吗？志愿行为标志着中国人正在大规模地对素不相识的人展现慷慨和捐献慷慨。所以，不要小看它所播撒的善意的种子，志愿行为的蔚然成风，筑造和夯实着中国公民社会的基础。

## 志愿与信仰

志愿行为正在以它自己的角度和领域，悄然打造着我们未来的信仰。我一直在说捍卫常识、建设理性、寻找信仰，还有人"抨击"我说：共产党员的信仰就应该是实现共产主义。这没错，但他没有注意到党的报告中都有了明确的新提法：一是精神家园，二是在全社会大力提倡和践行社会主义核心价值观。

我觉得，中国的改革一定要三足鼎立，由过去单兵突进的经济体制改革，变成现在的加入政治体制改革，将来一定还要加上"心灵改革"。如果没有一场"心灵改革"，中国的改革犹如楼越盖越高，却不搭安全网，将会非常危险。那么心灵改革的核心是什么？就是一个重塑信仰的过程。

信仰是什么？信仰的核心是"敬畏"。"敬"，知道什么是最好的，要去追求它；"畏"，知道什么是最差的，是底线，不能突破它。随着改革开放，物质时代的快速到来，我们的欲望之河在奔腾。"敬"和"畏"，原本应是两岸的河堤，只要河堤在，而且足够高，河水就不会泛滥成灾。

　　志愿行为就是一个建设"敬"与"畏"的过程，尤其是前者。有人说，一个志愿行为就能把所有社会问题都解决了吗？不！我们不能包打天下，还要有人去解决"畏"的问题。但是"敬"这个河堤，志愿行为确实起到了相当重要的建设作用。如果我们逐渐抬高社会"敬"的标准，越来越多的人开始用这样的标准衡量和规范自己，不就是一个信仰重塑的过程吗？

　　有了信仰，再加上务实科学的方法，你才可能成为真正的理想主义者，把自己从事的工作不仅仅当成养家糊口的饭碗，而是去追求更多。各行各业最优秀的人，都是在理想的支撑下，超越了他所做的事情本身。

　　　　　　　　　　　　　　　　2014 年　团中央志工部培训班

　　这些文字，是一次志愿者管理人员的培训，地点在江苏宜兴。我一早坐高铁去，下午讲完，立即坐高铁回。效率之高，让我感叹高铁的速度与发展。

　　中国人喜欢速度，也因此，目前中国的高铁长度占整个世界高铁长度的 70%。

　　但不是什么事都可以讲速度，有时也需要慢下来甚至停一停，思考总结，接下来才走得更稳更准。否则，欲速则不达。中国志愿者服务也当如此。

　　归根到底，志愿行为不是一种行动，而是一种需求。多年前，我们一提志愿者，前面总带着"青年"二字，我多次提议将"青年"二字去掉，因为无论台湾还是国外，学生时代的志愿服务是一种教育，是一种习惯的养成。而在真正的志愿岗位与关键时刻，更多的志愿者是中老年人。一是因为他们有能力有时间，更重要的是：他们的内心有需求，更明白"人人为我，我为人人"的含义。

　　台湾慈济有一句话常被提起：我们的使命不是对抗恶，而是扩大善。但如果善扩得足够大，恶不就很难立足吗？

　　做新闻，常面对太多的失望新闻。我曾经说过：如果新闻真正自由，我其实更愿做希望新闻，去扩大善，内心的痛苦一定比现在少得多。

　　所以我最近常常开玩笑说：我正以做志愿者的心态，在 CCTV 继续干我该干的事儿！

# 时代

真 相 不 是 非 此 即 彼

# 我们从哪儿来，到哪儿去？

> 中国结束了挨打的时代、挨饿的时代，正在进入一个挨骂的时代。
>
> 革命党就是率领一拨人修理另一拨人，执政党则要为所有人服务，包括不喜欢你的人。

2010 年是深圳特区成立三十周年。

原本想讲的是"公民""幸福"这样的字眼，但在来的路上，忽然觉得深圳在中国人心目中是"离世界最近的地方"，似乎也是"离中国的未来最近的地方"。深圳"市民"到"公民"的距离，在我看来也非常近了。所以今天就讲"世界、中国和我们自己"。

## 改革开放，从会念"圳"字开始

刚才工作人员让我给市民大讲堂留一句话，我写了一行字：从市民到公民。

　　成立特区三十年的深圳一定有一些困惑：现在的特区"特"在哪儿呢？还能向哪儿走呢？

　　是，很多东西已经不"特"了。从飞机场出来，不用再拿着身份证和特区出入证，在关口被盘问半天了。到了深圳，你会发现也没有什么东西可买。据我所知，最近深圳人民倒很有热情地到香港去买东西，甚至连酱油都买。也就是说，深圳的食品也让深圳老百姓有一些不安全感。

　　从经济发展的道路来看，在各种优惠政策下，比深圳能折腾的地方也更多了。中国的三级改革始于以深圳为代表的广东、珠三角，到九十年代进入以浦东为代表的长三角，再到新千年，进入以天津滨海新区为代表的环渤海地区。深圳特区走到三十年的时候，会有一些方向上的迷茫，这非常正常。

　　但是，深圳作为特区之"特"，恐怕还有长存的必要。未必还在于经济上的突破或探索，未必还在于能买到一些别处买不到的东西。但是，在公民社会的建立、民主与政治体制改革、政府与社会及公众之间的关系、创新与创造等很多层面上，深圳依然领先。

　　也就是说，深圳特区的头三十年，基本上完成了"在经济层面为中国蹚一条血路"的使命。接下来，深圳应该主动承担起这样一项任务：为中国社会改革、为未来那些无法用数字衡量的目标的实现，去蹚出一条血路。

　　关于深圳"无法用数字衡量的目标"，这两年我一直非常关注，比如公民问题、志愿者问题、政府举措。关注深圳老百姓在用什么样的方式和渠道参政议政，并且推动社会进步。以一个外来人的角度看，我对深圳在这些方面的"特"仍有相当多的期待。

　　我曾在节目中公开说过，经济方面，如果还指望深圳一枝独秀，那将是我们的悲哀。如果深圳依然在经济领域——包括制度层面、改革层面、品牌层面——遥遥领先，令其他城市望尘莫及，那么中国的经济体制改革太失败了。还好，事实上没这么失败。所以从公民社会的建立来说，深圳大有可为。

中国的改革开放，是从全体人民不再把"深圳"念作"深川"开始的。那时我自己还是一个孩子。这个开场白，也算寄托了我个人对这三十年特区之路的纪念和感谢。作为媒体人，对这里更多是期待。

## 世界：中国进入"挨骂"的时代

三十年，有时候连一个逗号都算不上，更不要说句号，顶多在回忆当中留下一个感叹号！

很多年前我去袁庚（编者注：1979 年任深圳蛇口工业区管理委员会主任，负责蛇口工业区的开发）老爷子家里采访他。他家南面的窗外，是一片怪石嶙峋的海滩——对，不是风景优美、沙滩绵延的海滩。但是老爷子非常平静，给我讲了很多往事，让我感慨万千。他当时级别并不高，但在改革历史进程中，权力足够大。他的平静来自一种很大的成就感和满足感。虽然还有很多不如意，但毕竟迈出了很大的一步。

特区之"特"也在于足够宽容，不仅仅要感谢那些立过功的人，也要感谢那些曾经想立功却不幸犯了错误的人。立功者当然应该赢得掌声，而犯错者何尝不是有益的前车之鉴？如果仅仅为了私利犯错，那是不可饶恕的，要交由法律处置。但事实上，有很多"错误"是出于特区之"特"，出于改革，出于"多走两步"的用意。那些教训也成为后来我们的经验。所以，不妨邀请现场的各位，为过去三十年在这块土地上成功过或失败过的人们，鼓一次掌。

我曾在节目中说过这样一番话：六十年前，毛主席在天安门城楼上说"中国人民从此站起来了"，中国结束了挨打的时代；此后经过三十多年的改革,中国结束了挨饿的时代;现在,中国正式进入一个挨骂的时代。

我们与世界的关系微妙而奇怪,夸张的表扬与夸张的批评迎面而来,最高的礼遇和最恶毒的打击迎面而来。

萨科齐曾经非常不理智、不礼貌,差点儿葬送了中法之间多年积累的友谊。但是这一次胡锦涛去法国访问,萨科齐又到机场迎接,然后全程陪同,这是过去从没有过的。你想,一个国家领导人全程陪同——上厕所、睡觉除外——这几乎是最高规格的礼仪。

因此全世界很多媒体也在分析“为什么”。世界看中国的面孔,哪一张才是真的? 事实上,如此错综复杂的面孔,就是世界看中国的面孔。未来十年,甚至很长的一段时间,中国都将面临这样的世界环境。不适应吗? 要适应。

在一个话语权力和实际权力的俱乐部里,突然闯进了礼仪不那么优雅、穿着不那么讲究的一员,充满“泥沙俱下的活力”,让人一时很难适应。何况相当多外国朋友,对世界的了解十分有限。千万别以为他们除了火星哪儿都去过,相当多的美国人一辈子没离开过他那个小镇,你能指望他对中国有一个清晰的判断?

1995 年我去美国,在纽约住宾馆,进来一个打扫卫生的黑人男服务员,非常认真,给我们介绍房间设施:“这是冰箱,夏天用来储藏食品,不让食品坏。”然后友善地问我们:“请问中国人一般用什么储藏食品?”他天然认为中国是没有冰箱的。我怀疑他一会儿关门出去的时候会想:“这几个中国人为什么没留辫子?”

所以,不要指望别人对我们非常了解,更何况,还把中国这个社会主义国家想象成前苏联和现朝鲜的外国朋友也不在少数。

我不止一次在国际论坛和国际媒体的交流中告诉他们,不要再拿“前苏联""前中国"("文化大革命"、改革开放之前,全体人民不认识"圳"字时的中国),以及现在的朝鲜,去衡量当下的社会主义中国。不能不懂中国人的智慧,什么叫"有中国特色的社会主义",什么叫"社会主义初级阶段"? 这就是对过去的一种改变。

当今世界上,喜欢中国的人相对少,喜欢中国人民的人在增多,但是大家都喜欢中国人民币。这就是世界对中国的面孔如此复杂的根本原因。

这时候中国面临的考验就变得格外严峻。比如钓鱼岛问题,最近一段时间沸沸扬扬。中日两国的历史问题已经很棘手了,可是相对领土问题来说,还是有斡旋空间的。领土问题没得谈,谁也不会退让半步。

中国跟亚洲其他邻居的关系也挺麻烦,菲律宾、越南等,更不要说角力的另一方其实是美国。奥巴马到访印度,印度给予非常高规格的接待,奥巴马强调:"印度是我们维护亚洲关系最重要的基石。"为什么奥巴马要到印度? 背后当然有很多因素冲着中国。中国正面临着最错综复杂的世界局势,而且躲无可躲。

大家要相信一点,在外交上没有永远的朋友,当然也没有永远的敌人。任何一个国家都是在高度保护本国利益的基础上,发展与其他国家的关系。国际上有活雷锋? 不可能。在这种前提下,就需要更多的智慧。

还有一个挑战,不知大家有没有注意到,这几年中国在国际上面临的很大一个挑战,是权利与义务的平衡问题。你希望拥有越来越多的权利,但是别人希望你承担越来越多的义务。

邓小平在世时,曾经给中国与世界的关系定了一个基调,叫"韬光养晦,不当头"。几十年来,中国的外交政策基本上延续着这样一个立场。但是,当一个国家的 GDP 成为世界第二,当你拥有越来越多的话语权利和其他权利时,想韬光养晦都很难。一个人绝不是想低调就能低调的,树欲静风还不止。中国一直强调，我是一个发展中国家的代表，而国际上相当多的国家要求你承担发达国家的义务。

另外，中国提出了"软实力"的概念，就是那些无法用数字衡量的目标。我之所以对深圳寄予厚望，更多也是在"软实力"这一方面。一个国家的国际影响力，通常与它的经济实力成正比，少数国家例外。比如希腊对全世界的影响，与它的经济实力就不太成正比，因为它依靠的是强大的文化历史遗存，让世界对它有更大的认同。但是这种国家毕竟是很少见的。更常见的情形是"美国制造""日本制造"随着本国影响力的持续扩大，输出到全球。麦当劳、肯德基、好莱坞影片里全是美国文化，这就是"软实力"的输出。

有人说中国文化深深地影响了日本，我说那是老祖宗的事儿。过去这五六十年间反过来了，是日本文化深深地影响着中国。女士的衣服、发型，现代汉语里的很多词汇，"警察""派出所""公务员"等等，都是从日语里来的。中国"70后""80后"的孩子是看着《铁臂阿童木》《哆啦A梦》长大的，而日本孩子顶多知道中国的孙悟空，还是从爷爷那里听来的。所以，得脸红一下。

除了脸红之外，我们还能做点儿什么？

"中国制造"的产品已经大规模地走向世界，为你获得夸张的表扬和夸张的骂提供了机会。为什么所有夸张的表扬和夸张的骂都落在你头上？他们怎么不去表扬或骂马达加斯加、特立尼达和多巴哥？因为你跟他们有实实在在的关系，他躲不开你。

"中国化"似乎成了全球化的代表。在美国，在澳洲，甚至见外国人比见中国人还难。悉尼的任何一家商店都有中文非常流利的店员。你说，西方世界对你能不警觉吗？反过来，我们也要用一种更新的视角、更长远的心态去看待世界。除了为本国经济指标感到自豪，也要为人类的发展贡献更多的理念价值和务实推动。是世界改变了我们，还是我们改变了世界？都有。

老祖宗说"君子和而不同"，这是中国同世界和谐相处的大智慧，大根基。

我们不能再指望一夜之间的革命。那不过是一群喊着革命口号的人以革命的名义去征服了另一群人，大概不久以后就会成为下一拨被革命的对象。历史不就是这样一步一步走过来的吗？有多少革命者能够自我更新呢？

共产党从十五大、十六大开始，也将自己的角色慢慢从"革命党"转变到"执政党"，潜台词里已经放弃了"革命"这个概念。执政党要为所有的人，包括不喜欢你的人，提供服务。这是一个非常深刻的变化。

## 中国：在动态平衡中解决问题

接下来谈中国。

作为一个中国的公民——我现在更愿意用"公民"这个词，不仅仅是天下为公，而是每个人天然就是公民——在这个社会上很难独善其身。你的幸福、你的快乐，你所有的事情都跟周围有千丝万缕的联系。

比如今天，我的腿在踢球时受了伤，在机场不得不坐轮椅。首都机场租一个轮椅很贵，那么近的路，收四百块钱。我说这近乎于抢，但你毫无办法。

这还不是最麻烦的。飞机停在没有廊桥的地方，先下舷梯再坐摆渡车，你得等到所有乘客都走完了，才颤颤巍巍把乘务员叫过来。

"我怎么下去？"

"轮椅就在下面。"

"问题是我怎么下去？"

"我搀着您吧。"

"我要是能让您搀着走，还用叫轮椅？"

他能想到搀你下去已经不错了，他不会考虑到你的尊严。

我刚才从外面进大讲堂，入口处只有一个楼梯，我建议将来再增加一个坡道。谁说坐轮椅的人就不可能来到这里演讲或听演讲呢？小小的一个改变，折射出对人的尊重却很伟大。

我是"亚残运会"的形象大使，我一直在倡导某些用词的改变。过去我们说"残废人"，现在叫"残疾人"，不，将来要改成"残障人士"。仅仅改这个称谓还不够，还得把我们由"正常人"变成"健全人"。有时候，"平等"就体现在一点一滴的言语和行动中。

举这两个有关尊重和尊严的例子，是想说明，中国自身的问题要比面对世界的问题复杂得多。刚才讲世界问题，已经让大家出了一脑门子汗，轮到中国问题，八脑门子的汗都流不完。

比如人口老龄化问题。我看到现场有很多老人，这一代老人面临着很多挑战。可能十年前退休、二十年前退休，工资都各不相同，我估计能到场交流的，可能经济状况要算好的，还有很多老人一肚子委屈。但我想说的是，你们这一代老人比我们幸福多了。我都不能想象我们这一代老了会是什么样。

那天我在节目里看到天津一位老人有四个孩子，其中两个女儿为了伺候他，不得不提前退休，日子过得很艰难。可是我对他首先不是同情，而是羡慕，因为他有四个孩子在身边为他养老。

我们这一代人，包括比我们小的一代人，几乎没想过会让孩子养老，想的都是在福利院里打麻将。由打麻将变成斗地主，然后下象棋，最后一个人弄弄十字绣，如果剩下的那个是你的话。

现在，中国六十岁以上人口占总人口的 13~14%（注：2015 年已超过 15%），这个比例很可爱，意味着中国老龄化程度还没有发展到让人担心的地步，起码还有十年的人口红利可吃。但问题是，我们人口基数大，六十岁以上的人迅速超过 2 亿。

在日本，这个比例是多少呢？六十五岁以上老人约占总人口的25%，也就是每四个人中就有一个人年龄超过了六十五岁。日本男人平均寿命在全世界排第二，女人平均寿命世界第一，所以在那个国家，六十岁左右的只能算是中年人。

很多人说，日本从二十世纪九十年代至今，这二十多年在经济领域被美国黑了。其实，日本所谓"失去的二十年"，主因在于人口结构发生了重要变化，消费能力开始减弱，国内创造能力疲软。日本首席经济学者在一场小范围对话中，首先讲到的就是人口老龄化问题，所以中国一定也会有这一天，而且正好被我们这代人赶上。

这些还仅仅是细节。从宏观上看，中国面临一个相当大的挑战，就是由前三十年的"效率第一"逐步转向既关注效率、又关注公平。如何使"效率"和"公平"之间达成新的平衡？

比如，毫无疑问，富士康的代工模式使效率达到了极致。但是其接二连三的坠楼事件之所以引发全国乃至全世界媒体的高度关注，是因为我们现在对效率已经不像过去那么看重，我们开始看重公平。

"公平"二字，包含着很多信息，比如人权、民主、平等、自由等。富士康做了相当多的工作，人力成本倍增，但只是延长了悲剧发生的间隔，并未根治。我想不仅富士康，所有劳动密集型企业，都很难在短期内解决同样的问题。

因为现在的年轻人跟父辈已然不同。"50后""60后"那批务工人员，初来深圳，做好了吃一切苦的准备，他们的目标是改善家庭生活，而不是为自己，因此任何事都难忍也能忍。而且，那时城乡反差较大，城市带给他们的，除了艰苦之外，或许还有一点小小的新奇感和成就感。即使目睹城乡之间的收入差距和生活水平差距，也觉得天经地义。所以那时的务工人群心理上相对稳定。

到了"80后""90后"这批年轻的务工者，他的目标不再是改变家庭的命运，而是改变自己的命运。其中大部分初中毕业，也有相当多是高中毕业，文化素养普遍高于父辈。他们也玩手机，听MP3，去网吧打游戏。这样一批人的心理诉求跟父辈是不一样的，他们更渴望公平。不公平的待遇会对他们形成一种很大的压力和刺激，继而心理问题上升到社会问题。

引起广泛关注的"强拆"，矛头也指向"效率"和"公平"的重新博弈。

十年前，没有人议论"强拆"问题。不仅仅是因为没有《物权法》，还在于那时效率第一。城市要快速发展，生活要快速改善，基础设施要快速增加，"强拆"司空见惯。

但是现在，公权利与私权利产生了对峙，人们的维权意识也在觉醒，使得过去一直存在但长期不被重视的问题，终于浮出水面。

## 自己：超越物质的期待

最后谈我们自己。

今天的中国人离世界很近，离自己却很远。大家有一个共同的特质——"我要"！但是要什么，还真不知道。

曾有外国人被问到："中国让你印象最深的是什么？"答："红绿灯

一点儿用都没有……"听起来像抱怨，其实不是，后面还有句由衷夸赞，"但是从来不出事。"

中国是一个"乱中有大智"的民族，擅长在混乱中建立一种安全，事故发生率好像并不比那些遵守秩序的国家高太多。这是中国人的本事。但是让人感慨的是，那些习惯闯红灯的人，越过无数潜在的危险冲到了马路对面，其实也没什么急事。

我在北京的三环路上开车，经常遇到一些车像"疯狂老鼠"似的，在几个车道间来回钻，一会儿一个急刹车，让周围的车很不安全。开出十几公里了，发现他也没超出多远，还在我旁边。

这样的情形见多了，我们就要思考：中国人怎么了？

穷怕了，人太多得抢，先占到手里再说，这是一种苦难的遗传。过去十个人只有三个馒头，必须先把馒头抢到手里，再决定我是饿还是不饿。如今苦难消逝已久，馒头供应充足，但"抢"的基因还在。

我现在关心的是中国人到底要什么，该要什么。

有时我看到身边的人玩命赚钱，可是从来没有花钱的时间。这让我很困惑，因为花出去的钱才是你的。还有很多的人声名显赫，但其实非常可怜。说得好听点儿是为社会打工，事实上是为周围所有人打工。一个年收入几千万的老板，你认为他还是在为自己工作吗？

前几天还做了一个减肥的节目，一位美国的医学专家说：我们追求的是"活得健康"，别忘了"活"在"健康"前面。然而现在很多拼命减肥的人，都是并不需要减肥的人。苗条作为体型的一种，已经被时尚化了，继而用于减肥的处方药被当成了保健品。接下来，哪里有需求，哪里就有陷阱；哪里有热潮，哪里就有危险。在这个问题上我们是不是也走偏了？

我四十岁的时候写给自己十二个字——捍卫常识、建设理性、寻找信仰。

为什么叫捍卫常识呢？因为常识就在这儿，需要你捍卫。我们的栏目叫"新闻1+1"。1+1=2，很简单，人人都知道？不一定。稍有一点儿利益诱惑，就会有人大言不惭地说出"1+1=3"。过去人们在很多情况下违背常识，不说真话，是因为畏惧；现在却是为了利益，满大街泛滥着"伪常识"。

比如健康领域，我的媒体同行会公然给"伪常识"的传播提供方便。台湾来的某人讲"无毒一身轻"，他说中国人吃的东西都不能吃，只能吃他说的红薯。这事儿一听就不靠谱，我找到卫生部新闻发言人毛群安，问他管不管，赶紧让专家出来以正视听，这是常识。他们倒也找了，专家也出来说了话。但我发现在某些时期，常识干不过伪常识。伪常识会包装、会宣传，依然畅通无阻，从湖南传到北京。没隔多久，台湾司法机构把这哥们儿抓回去判了。

为什么要建设理性？因为理性有了一部分，还需要逐步建设。但是为什么要寻找信仰？因为信仰几乎一点儿都没有。

中国的信仰，是千百年来儒释道的杂糅，是唐诗、宋词中传承的审美，是爷爷奶奶讲给你的故事，是别人看待你的眼光里无形的约定俗成。但是这一切从"五四运动"到"文化大革命"，戛然而止，接下来改革开放，欲望扑面而来，没有信仰的中国人底线层层突破，最后你不幸福，我不幸福，大家都不幸福。

所以，回到最初的问题，我们到底要什么？

我们刚一出发的时候就是为了去人民币里找信仰吗？去权力里找信仰吗？当然不是。我们是为了幸福而出发，为了让人生有价值而出发，为了那些无法用数字衡量的指标而出发。为什么走着走着就走偏了呢？

我这个年岁的人都知道"异化"这个词的含义。现在的中国人就是异化了，原本一路奔幸福而去，现在成了奔 GDP 而去……

　　但我并不因此而悲观。我们正在接近一个时代的折返点，有些东西继续向前，有些东西停在原地，或向回转。比如深圳这样一个下雨的周末，一个市民讲堂，没有对面商场里的打折优惠，给不了你什么实际的东西。但是依然来了这么多人，尤其是那些站着聆听的朋友，一定是因为它能满足你另外一些需求。

　　这些内心深处的超越物质的期待，就是我们每个人的未来，就是这座城市的方向。

2010 年　深圳市民大讲堂

我们好多人都习惯了焦虑。

也是，时代的速度太快了，谁也不敢踩刹车。都想跑，没办法，不竞争好像就不是当下的中国人。这是个体焦虑的缘由。

而整个群体，焦虑也是共性。想想中国此时到处是成绩，可也到处是问题。有时候都庆幸，这么多问题的中国，怎么没太出事儿地走到了这个地步！

焦虑也不会让目标一步到达，得学会把有些事儿交给时间。解决中国的好多问题，真正的帮手只能是时间。

这么一想就从容了。写《繁花》的金宇澄，在一次访谈时聊到：从发展的眼光来看，你只能寄希望于未来。我从来没觉得我们这一代怎么样，我们看历史书，翻一页就是五百年……

中国与世界的关系也是这样吧。2014 年初，在法国巴黎见到咱们刚派过去的大使，他给我们讲了一个趣事。在外交部时，经常接到老百姓邮过来的钙片，潜台词很明确：中国外交太软，需要补钙。可到了国外，听得最多的却是人家天天觉得我们的外交太强硬，总欺负他国……你看，矛不矛盾？

没错，我们正处在矛盾中前行的中国，这是我们这一代人的宿命。

# 时间轴上的中国

> 对于今天的中国，从追求可以用数字衡量的目标，到追求无法用数字衡量的目标，是一次巨大的转场。

小到一件事的细节，大到一个国家的发展方向，定位是非常重要的，否则就会迷路。作为一个干新闻的人，在开口谈改革之前，非常重要的一件事就是明确此时此刻的中国在哪儿，找到横轴和纵轴的坐标。我对目前中国的定位不妨用四个年份、四个数字，或者说四个跨度去定，即百年中国、六十年中国、十年中国和 2012 年的中国。

## 百年中国：从家国梦想到个体梦想

第一个跨度就是百年中国。

2011 年是一个注定要跟历史结缘的年份。这一年，我们要纪念中国加入世界贸易组织十周年、北京申奥成功十周年、中国足球进入世界杯十周年，还有中国共产党成立九十周年，更重大的纪念是辛亥革命一百周年。

当我们用一百年的跨度去衡量中国，恐怕要思考这样的问题：这一百年里中国发生了什么变化？我觉得最重要的变化就是自辛亥革命以来，一个以国家独立、富强为标志的"中国梦"，过渡到以个人梦想得到尊重、得到保障、得到维护、得到推动为主的新"中国梦"。

此时此刻的中国，正处在"中国梦"的转轨时期。为什么这么说？请问在一百年前，辛亥革命时期，中国的忧虑是什么？痛苦是什么？梦想是什么？回过头看，那时一些已经开办的报纸杂志，也在收集梦想，只言片语中承载的多是"家国大梦"。因为在一个四分五裂、哀鸿遍野、积弱积贫的国度里，国民恐怕很难有属于自己的梦想。乃至再往前追溯半个世纪，从 1840 年算起，"中国梦"大多都与个性无关，与个人无关。

在实现家国梦想的过程中，大多数的国民是愿意参与其中的，参与的方式就是抑制个人梦想，融汇到家国大梦之中。我们可以举无数的例子。比如说"三钱"当中的一位——钱伟长，日本入侵，国难当头，他突然意识到只有科学才能挽救国家命运，历史、文学都无能为力。于是他生生舍弃了世代家学，摒文从理。请问现如今的"80 后""90 后"们，有几个人还愿意放弃自己的爱好和梦想，去为所谓的家国大梦扭转人生道路？

还有无数没有留下名字的人，在历史长河中销声匿迹。河北一个小村子里，有一位八一多岁的老农民，年轻时给住在村里的战士送过饭。有二十三名战士在一场非常惨烈的战斗中牺牲了，他把他们掩埋在村里，为他们守了六一多年墓。他家就在墓旁三百米的地方，从来没搬过，将来也不打算搬。因为他曾经见过这些活生生的年轻面孔，转眼之间就变成了尸体，心里割舍不下。

　　过去的岁月里这样的故事太多了。因此，很多人说"中国压抑个性、不尊重个体"，我对这类说法持不同意见。一个弱不禁风的国家，没办法谈太多的人权、民主。我觉得要有一个历史的定位。

　　经过了一百年的浴血奋战，经过了一百年的奋发图强，经过了一百年的曲曲折折，我们走到今天，实现了和平崛起，联合国五个常任理事国之一，世界 GDP 第二，不能再算一个"弱国"了吧？连美国人都开始管中美叫"G2"，要"共治"。我说甭玩儿这个，"U2"还好一点儿，那是个乐队，可以听听；说中美是"G2"，是共治国家，这纯属忽悠。但是不管怎么着，我们已经绝对地实现了百年前的家国之梦了。

　　那么这时，我们要告别家国大梦为主的"中国梦"，开始进入实现个体梦想的通道。开始需要讲求公平和公正，尊重每一个人，很多历史的遗留不能再延续。

　　岁数小的同志可能不知道崔健有一首歌叫《红旗下的蛋》。我们"60后"这批人当然是"红旗下的蛋"了，"80后""90后"稍微模糊一点儿。每个人身上都背负着历史遗留的影子，家国梦曾经高于一切，指望一夜之间完全改变很难。

　　但是今天的中国正在转向，很多政策调整也与此相关。过去提"富国"，现在提"富民"，说"要让公众分享改革的成果""以人为本"。"尊严"和"幸福"写进了政府工作报告。这一切都意味着国家在考虑富了之后该做什么。未来五年或十年、二十年，还会有这么大的财税收入向中央集中吗？会不会向地方倾斜？向落后地区更倾斜？

　　总之，从一百年这个角度来算，现在已经开始发生了巨大的转变，今后的梦想追求要以个体的保障、个体的尊严与幸福为更大的福祉和追求，这是第一个定位。

# 六十年中国：从"物化"向"非物化"目标的转变

第二个历史定位就是六十年。我说的六十年，是从 1949 年算起的六十年。

2009 年，我们走过了共产党执政的第一个六十年，我在做国庆直播时感慨万千。六十年，在中国文化中是一个很特殊的大数字，一个甲子，一个轮回。这六十年可以拆成两个三十年，再加上以 2009 年为起点的未来三十年，这三个三十年各自代表什么？

第一个三十年不用说太多，从 1949 到 1978 年，很曲折，很折腾。从民生和社会经济角度看，期间有很多的探索、失误、教训。用句玩笑话来形容："头三十三最重大的收获，就是告诉所有中国人，这么走是走不通的。"但也不能这么简单地去评估这三十年，我们还是取得了很大的成就：完成了从农业到工业的转变，实现了真正的独立自主，恢复了联合国席位，国家的腰杆挺起来了。

第二个三十年，从 1979 年开始。吹响改革开放号角的，是 1978 年《光明日报》的"实践是检验真理的唯一标准"和"小岗村承包土地按手印"，但真正的发令号是十一届三中全会。会议的核心思想——我见过真迹——是邓小平用铅笔写的一些字，包括"解放思想、实事求是"等。于是，改革大幕在 1979 年正式拉开了。

那么，第二个三十年完成了什么呢？在这个发展阶段，我们追求的是可以物化衡量的目标——温饱、小康、翻两番、万元户等。物质快速增长创造了世界奇迹，GDP 以年均 10% 左右的速度直线上升，世界排名由第十名升至第二名，不止翻了两番，财税的增长速度更是远超 GDP 增速。

毋庸置疑，这是在物质层面上突飞猛进的三十年，但也积累了相当多的问题。从 2009 年共和国成立六十周年以来，这个国家在悄悄发生着变化，开始确立一些没法用数字衡量的目标，新的改革时代开始了。

这个时候，所谓"改革进入深水区"，深不可测是什么意思？"不可测"就是没法用数字来衡量了，对吗？请问你拿什么数据去衡量尊严？请问你拿什么数据去衡量幸福？请问你拿什么数据去衡量以人为本？请问你拿什么数据去衡量和谐社会？

深不可测，意味着不知道该怎么做。

从国家政策层面上看，前些年就开始强调"快"。最早的"快"诞生于"大跃进"的时候，但那个"快"不靠谱。真正的"快"来自十一届三中全会之前，邓小平去日本访问的时候，我看过当时的介绍。

坐在"新干线"上，旁边的朋友向邓小平介绍"新干线"的时速，他就跟没有听到一样，自己想自己的事，突然开口说了一句："就感觉到快，在催人跑。"所以这个"快"字，成了中国这三十年的一个最重要的基调。

前几年，新一代领导集体把"快"变成"又快又好"，"快"字仍然在前。又过几年，出现了"又好又快"，是胡锦涛总书记在"两会"期间跟江苏团聊天的时候提出来的，后来变成了文件，在当年年底的经济工作会议上被明确。"好"和"快"的顺序发生了改变。

现在的中国还是不能丢掉"快"，有一个重要的节点，就是 GDP 增长不能连续几年低于 7%。如果低于 7%，社会问题会显性化。

我一直是这样举例子的：中国是一辆自行车，骑着就稳，停下就倒，"骑"跟"停"的分界线就是 7%。但是不要僵化地去理解：是不是 6.8% 就不行，那不至于；是不是 7.2% 就更好，那不一定。

与此同时，我们显然又在一个减速的过程中。减速不是目的，而是为了提升另外一些效益。如果仅仅减速，其他效益没上来，这是严重失误；如果速度适当下降，环境保护、经济转型等方面有了大幅提升，这是对的。

我仔细研究过十七大报告，关键字是"民"，前半本是民生，后半本是民主。报告用两个章节探讨民主的问题，尤其在党建部分，有很多很棒的说法。

比如，在党章修改里面，"上级任命"这四个字没有了。请各位去思考，取消"上级任命"这四个字意味着什么？党建部分有这样一句话：将来我们的领导干部是由党委推荐和群众推荐相结合，实行"票决制"。什么意思？这都是未来有关民主的某种粗框架模式的确立。

在十七大报告里，民主改革有了明确的时间表，叫"公民的有序参与"，先党内后党外，写得清清楚楚。我认为媒体在传播十七大报告的过程中是失职的，只强调了民生，几乎没强调民主。有关民主的报道也忽略了实现路径。

报告前半部分有两大主题。一大主题是强调一定要继续改革，因为在十七大召开之前，有一种以"保护弱势群体"为借口的反改革力量在升腾。另外一大主题也非常重要——统筹兼顾——在报告里列了十条，翻译成白话就是"走平衡木"。

什么叫"走平衡木"？快了不行，慢了也不行；牺牲公平不行，牺牲效率也不行；不发展不行，发展太快不保护环境也不行；光讲究效率不照顾民生也不行，光考虑国内不考虑国际也不行……这十条强调的就是寻找中间路线，把握平衡。

回头看过去五年，这一届领导班子的工作重点不就是"平衡"吗？也正因如此，各方面的人都感到有些"不过瘾"。在环保人士看来，依然有很多保护不力的地方，不过瘾；在一些地方政府看来，为了环保对我们限制太多，也不过瘾。

这就是这一届领导人的宿命。历史发展到了一个找平衡的阶段，"统筹兼顾"的结果一定是各方都得到了一点，但也都不太满意。

"统筹兼顾"还意味着什么？意味着转折。意味着我们由前三十年的物化目标，向后三十年的非物化目标转折。改革开放初期，深圳蛇口一句著名广告词，"时间就是金钱，效率就是生命"，在今天已经不符合时代要求了，应该改成"效率就是金钱，公平就是生命"。

中国的一个显性的转变，就是要从追求效率向公平的方向转变，但此时的中国，仍是天平两端放着效率和公平，偏废哪边都不行。改革的难题全在于此。

我们现在不得不牺牲一部分的效率，因为公平的诉求太强烈了；可是彻底满足公平、牺牲效率，显然又做不到。

比如高铁，时速原本是按照 350 公里设计的，降到 300 公里，就意味着效率和效益的牺牲。但是能不降吗？不能。"7·23"动车事故使得全社会对生命、对公平的诉求，达到了最高值，不牺牲效率过不去。

动车降速，作为一个标志性事件，留在了 2011 年。在我看来它更像是中国前行过程中的一则寓言，是改革这趟列车发生了事故，促使我们思考。它的背后就是公平与效率的问题。而安全保障了，速度也可以再升回来。总之，要平衡。

再比如前些年，《劳动法》开始实施的时候，遇到了来自方方面面的阻力。为什么？因为劳动者权益得到相当大幅度的提升的同时，社会要付出效率大幅降低的代价。过去，在劳动密集型产业占主导的情况下，中国和外国拼，一直拼的是劳动者超低的工资，和超高的工作时长——这是我们最大的优势。

我在日本横滨的港口，一个货运公司负责人指着密密麻麻的汽车告诉我："日本无法跟中国竞争。员工周末必须休息，所有的车都运不出去，只能停在这儿。"这句话深深地提醒了我，中国人的竞争优势变得非常具体。

欧洲很多国家，周末想买个东西都很难，商店不开门，要吃饭得去唐人街。在美国纽约也一样，采访到晚上9点还没吃饭，麦当劳都打烊了，怎么办？去唐人街。唐人街完全是另一个世界，灯火通明，从餐饮到足浴到按摩，什么都有。

我们可以认为，欧洲出现了很大的问题。

2006年"世界杯"之前，我在德国待了一个月，在那儿亲眼见到德国人怎么干活。一摞木头，三个人搬，其中两个人都闲着，剩下一个人操作吊车，干了一下子还剩半摞没搬完。德国人，在欧洲还算勤奋的。而在中国，不要说农民工兄弟，让我自己干，估计半小时也够了，而且根本用不着机械。这时候我知道欧洲问题大了。

欧洲的劣势正是我们的优势，但回到国内，我也能清清楚楚看到我们自己的劣势。

因此，《劳动法》开始实施的时候，相当多的人表示担心。此时的中国，依然是效率略高于公平，但我想用不了几年，公平的诉求就会超过效率的诉求。这也是第三个三十年所呈现出来的东西。

"麻烦事儿"还有很多。除了公平，老百姓对民主和自由的诉求也在快速增长。互联网进入中国，显现出超过其他任何一个国家的"搅拌能力"。

虽然在互联网上，"白岩松"隔三岔五就"被自杀""被封杀""被辞职"，我依然是互联网的支持者。为什么？互联网启蒙了中国人的民主意识：你可以不同意别人说话的内容，但要维护别人说话的权利。你要习惯与刺耳的声音共处，与糟糕的评论共处，与谎言共处——真理的价值不是独立存在，而是与荒谬同在。

有人说应该控制互联网上的谣言，务必谨慎，并合理合法。正如化疗在杀死癌细胞的同时也会杀死正常细胞，谣言被消灭了，真理也就跟着消失了。

真正需要强调的，是如何传播真理的声音。2011 年《人民日报》有一个评论，"目前的中国是改革和危机抢时间"，我非常认同，也曾多次援引。

社会上的群体事件，正从过去的不发达地区——贵州的"瓮安事件"，湖北的"石首事件"，扩散到发达地区——"厦门 PX 项目事件"、"东莞水污染事件"。过去媒体人强调更多的，是监督政府权力的运营、监督法律的运营等，但是现在，媒体也要强调每个公民自我的改变。社会问题不仅仅是改革的阶段性产物，也有民族性的根源，每一个人都该在其中承担责任。

## 十年中国：只顾摸石头忘了过河？

第三个时间跨度，是以加入世界贸易组织为标志的"十年"。

我很幸运地经历了从 1994 年恢复关贸总协定，到 2001 年加入世界贸易组织谈判的全过程。面对加入世贸组织，我们曾有无数的担心、忧虑，但是当你走过第一个十年，并以此为节点回头去看，就会发现大多忧虑是没必要的。

比如汽车行业，最近三年一直保持两位数的增幅，中国已经超过美国，成为汽车产量最大的国家——十年前谁能想得到？更重要的是，在这个新的历史节点上，我们该思考的是中国下一步怎么办？是不是到了启动新一轮改革的时候？毫无疑问，时候到了，然而一系列的矛盾都卡在这儿。

我举几个例子。1992 年邓小平"南方视察"时，广东家长教育孩子经常这样说："你不好好学习，将来就只能当公务员。"再看现在，公务员热成了什么样？很多腐败现象也正是从这里滋生出来。山西长治环保局，完全算不上"大衙门"，但一个家长为了帮女儿在这里谋个职位，要掏近十二万元行贿。这钱得多长时间才能挣回来？

可见加入世界贸易组织十年，从某些方面看，市场经济的改革不是前进了，而是倒退了。最有吸引力的并不是与市场经济紧密挂靠的部门。"国考"成了"天字第一号"，比高考竞争还激烈。

还有，1997年党的十五大报告第一次明确了公有制的多种实现形式，也拥有了第一个民营企业的党代表。我们强调私营、民营、集体、国有等企业一律平等。十五年过去了，我们做到了吗？

众多中小私营企业资金链断裂，因为银行出于"避险"的考虑，不愿意给他们贷款。银行贷款部门的负责人是这么琢磨的：给国企贷款出了问题，大家一起背黑锅；给民企贷款出了问题，就是个人的责任。可是在支撑就业方面的贡献，民营企业早已超过半壁江山。

很多年前，中央就制定政策，提出某些垄断行业可以更大范围地面向民营资本放开，但是实现不了。为什么？屁股决定脑袋，都在考虑地方利益、部门利益。

还有关于财政收入高度集中的问题。二十世纪九十年代这样的做法是对的，集中财力干大事，支持农村、支持西部，包括建设一些落后的公共事业等。发展到今天这个阶段，要不要为地方回补？

中央对于房地产的调控愈演愈烈，已经不是经济问题，而是政治问题。那天"北京地王"出来，我们做了一期节目，发明了"总理说了不算，总经理说了算"这句话。几乎全中国所有的城市，市政府都搬迁了，为什么？就是要把老地卖个高价，再让一块没有价值的新地，随着市委市政府的迁入而升值，政府就能多一些收入去干事。不要总认为这里都是腐败，很大程度上是土地财政的倒逼。是谁逼着地方搞土地财政的？将来中央跟地方的分税要不要进行改革？

无数个改革的需求摆在面前，迫在眉睫。

因为上层建筑、经济基础之间的关系需要理顺。我们的程序如何合理？

我曾经半开玩笑半认真地问，共产党的民主模式是什么？我非常愿意相信，有可能是党内竞争。或许未来五到十年，会有这样的试点：某个县委书记或县长，由三名共产党员同时竞争，走民主程序。中国的民主投票权一定从党员开始，然后再向党外扩展。所以我希望有更多愿意推动国家前行的人成为党员。

建党九十周年的时候，总书记讲话谈到几个"风险"，第一次提到这个词——懈怠。这话值得玩味，明显是有所指的。改革进行了三十多年，大家都有些松弛了，前行的动力不足。

同样是在建党九十周年讲话中，还有一个重大转变。过去"发展"是第一要务，现在"稳定"和"发展"并列为第一要务、硬指标。围绕这些局面和细节，我们的确要想：改革一直强调"摸着石头过河"，但我们现在是不是只顾摸石头忘了过河？

对于发展改革委的朋友，光有理想是不够的，还要有一个正确的方向。扛着所谓的理想大旗走在错误的方向上，比不走还糟糕。

## 2012 年的中国：继续努力，并多些释怀

最后一个历史节点，就是此时此刻，2012 年。

2012 年，可以用很多"大事件"去定位。全世界的大领导都要换了。美国要换了，法国要换了，俄罗斯要换了，中国也要换了。

这一年，对媒体来说挑战很大，大家会下意识地说："哎哟，换届之年得小心点儿。"可是，有一句话对我影响很大，"你把对方当朋友，他就真的成为你的朋友；你把对方当敌人，他就真的成为你的敌人。"这

句话适用于人与人相处、国与国相处，稍微改一改，也适用于人与年代的相处。"你把这一年当成改革年，改革就会推进；你把这一年当成停滞年，改革就会停滞。"

还有一句歌词，对我们这代人影响非常深远："是我们改变了世界，还是世界改变了我和你？"年轻时认为，当然是"我们改变世界"了，要是被世界改变了岂不很悲剧？但是二十多年过去了，回头再看走过的道路，才会发现事实的真相：我们改变了世界，世界也改变了我和你。

很多年前，龙永图告诉我："谈判是双方妥协的艺术。"人生就是一场谈判，与梦想谈判，与时代谈判，与身体谈判，要懂得有所妥协。这个世界上从来没有百分之百的纯金，又有谁可以圆满地实现理想呢？过一步，再退半步吧。任何一个时代，所谓的终极目标，永远无法达成。

国家发展改革委的朋友也要明白，你殚精竭虑地付出一生的努力，时代的病状依然不会彻底消除。每个阶段有每个阶段的问题。唐朝、宋朝、清朝都曾是盛世，但如果你能穿越回当时那些知识分子云集的酒馆，会发现他们也同样忧心忡忡。忧心忡忡是知识分子的天然使命。

中国这列火车，我们希望它朝着正确的方向走。但是别忘了，一定有人拦在车的前面把它往回推，也有人在侧面瞎推。更可气的是，还有相当多的人，坐在车顶上，事不关己。这是一个非常残酷但必须接受的现实。好，我们接受。但在接受的同时，确保自己是向前推动的人群中的一分子就好了。

2012 年　国家发展改革委

去发改委谈改革，还呼吁多推动改革，好多人听说后嘲笑我：胆儿挺大的啊？那是 2012 年 1 月份，十八大还有近一年才开，"改革"与"中国梦"还不是热词，有机会进发改委，当然要说说。

现在，这两个词已经大热，很欣慰，但也到时候该谈谈别的了。

2015 年春节，我给朋友自创短信贺年，最后我对新一年的祈愿，用了三个"开"：开放、开明、开心。

当改革重新热起来，并向深水区挺进的时候，我发现"开放"二字被或多或少地忽略了。可别忘了，中国改革的起步，"改革开放"是不可分割的黄金组合，甚至从某种角度说，开放，正是改革的一部分。

今天再提开放，不仅是开国门建特区的问题，更在于心灵、头脑与思维意识的开放。这些年，中国进步很大，相当多的人自信起来，这是对的。但如果自信到自以为是、封闭及老子天下第一的状态，那就错了。

而开明是期待中国能真的自信，因此更包容更多元更让人有安全的自由感。如果很多人都是担心、顾虑，说言不由衷的话，那时代与个体又如何真正地开心呢？

只有更开放更开明，我们才会更开心。

# 留住乡愁，而不是想起故乡就发愁

"贼没文化，损失巨大。"那么一个民族呢？

## "贼没文化，损失巨大"

我先编一个故事，不妨把主人公设定成冯骥才老师。

二十世纪八九十年代，电视机还很值钱，冯老师家不但有电视机，还有很多字画和文物。突然有一天，有人告诉冯老师："您家四门大开，好像被人偷了。"冯老师说："惨了，我的字画！我的文物啊！"可是等冯老师赶回家中，惊讶地发现，小偷把电视机和录像机都搬走了，字画和文物一样也没动。

冯老师对赶到的警察说："给你一千元钱，抓到小偷的时候替我谢谢他。"因为小偷拿走的那些东西都没字画和文物值钱。

　　警察走了，冯老师坐在沙发上说了这样一句话："贼没文化，损失巨大。"

　　好了，贼没文化损失巨大，那么一个民族要是没文化或者不弘扬文化，该有多大的损失呢？

## 文化就是民族的故事

　　柏拉图说过这样一句话："谁会讲故事，谁就拥有世界。"我一直在想，对于中华民族，对于世界上的各个民族，什么才是那个民族的故事？是文化。

　　有人或许会说："不，我们有 GDP，我们有钱，我们有高楼。"但如果把一个民族比喻成一个人，GDP、钱和高楼是这个人身上的外套和脸上的气色。气色好当然好，但是骨子里没有文化，脑子里没有思想，不管外套穿什么名牌，你都不可能成为名牌。

　　一个民族若有故事，可以解决这三个问号：因何而著名？因何而流传？因何而有用？

　　我从第一个问号讲起。

　　前几天我去了德国的莱比锡。莱比锡有博览会，还有保时捷的生产基地。但是到了那里没有人向我们提这些，他们首先提的是巴赫。巴赫在那里生活过二十多年，瓦格纳在那里出生，门德尔松在那里出任乐团指挥，并创建了莱比锡音乐学院……每个人都对这一切如数家珍。莱比锡的街道上有许多金属做成的音符，那是地面的路标，指引你通往一个又一个故居。

　　见到莱比锡市长的时候，他极其自豪地向我们介绍，这座城市因巴赫而闻名。我们问市长："莱比锡将来要打造成德国东部的著名城市吗？"市长回答：'一个拥有巴赫的城市，怎么能只满足于成为德国东部的著名城市呢？我们要成为国际著名的城市。"他们的底气源于巴赫在那里生活过。

第二个问号：因何而流传？

我去浙江南浔古镇时，当地人自然领我们去了藏书楼。在藏书楼，讲解员是这样介绍的："中国人常说'富不过三代'，你们看，这家第三代就出了个文化人。"我一听特郁闷。

第三代这个文化人要开始败家了。他爱书成痴，把前两代积累的巨大财富全买成了书，一共有十七万册孤本、善本，建成这座藏书楼。现在，这座藏书楼是南浔最著名的古迹之一，也是浙江图书馆的分馆。周恩来总理在解放南浔之前专门有一个批示，告诉解放军这里有座藏书楼，不许炮火轰击，要保护。

即将离开藏书楼时，我们说，幸好第三代是个"败家子"，把祖辈积攒的金钱都"败"成了文化，让这个家族因此流芳百世。

因何而有用？大家都知道《富春山居图》。

几百年前，在富阳郊区的深山老林里，一位七十多岁的老人开始画《富春山居图》。我相信那个朝代的"城里人"也都在忙着做些"有用"的事，赚名赚利，歌舞升平。而这位老人，独自在山林中守着孤寂作画。

几年之后，作品完成了。他自己大概也觉得"无用"，便将它送给一位名叫"无用"的僧人，该画因此得名"无用师卷"。

几百年过去了，那些功名富贵都已烟消云散，一幅"无用"的画，却为这座古城带来了扎扎实实的声名和利益。这就是文化的"无用之有用"。

## 在作品里知道，这就是中国

我们这一两代中国人，是没有"故乡"和"故居"的，一直都在迁徙。

也许能看到父亲领着儿子指着广场上的地砖说："你爸当年就住这儿。"1994 年，冯骥才老师为了保护天津要拆的街巷，组织一百多位摄影师去拍照。最后房子拆了，艺术家把它们留在了无声的作品里。

还有韩美林老师和其他很多艺术家，他们也在为我们保留过去的故乡，创造未来的故乡。真的，很多年后，无论在世界的哪个角落，当你看到这本书或那幅画的时候，你会知道这是中国，你走不丢的。

多年前有一位中国的文化人，离开了祖国，认为自己从此将成为一棵没有根的树。几个月之后，他走进国外的一家图书馆，在馆藏的典籍中看到了《红楼梦》《水浒传》《三国演义》……在那个昏黄的充满旧书气息的空间里他号啕痛哭。他突然感到安全了，自由了。这不就是中国吗？自己没有离开它呀。

因此，哪怕我们失去家园或远离故土，依然会在艺术家的作品里知道，这就是中国。

2013 年 　"韩美林日"艺术论坛暨《解放日报》第 62 届文化讲坛

文章一开始讲的故事，事后与在现场的冯骥才先生核实，基本属实。"贼没文化，损失巨大"，这句话是我编的，但该是大冯的心声不假。

其实，类似这样的故事哪用虚构，现实中的例子大把大把。把有历史的房子拆了，盖成金碧辉煌的样子，一副土豪气象。这样的事儿哪个城市没有？

当然，不只这个时代，我们自己也好不到哪儿去。现在的收藏大家马未都当初与我们一样，也是个码字的媒体人。七十年代末八十年代初，他带上当时最流行的电镀折叠椅子，在北京西四等地信托商店或家具门市外面，等那些拿红木或更珍贵老家具来的主儿。上前商量着用电镀椅子换老家具，十有八九乐呵呵地同意。转眼二三十年过去，电镀椅子都锈了扔了，而换来的老家具则进了马未都自己建好的博物馆，展览着，拿啥都不换。

因为我们这样的人太多，马未都该成为一个大收藏家。不用说谢了。

再不好好重视文化，我们将来拿什么回忆，拿什么找到家？

在这个没有故乡也少了故居的时代里，如果再没了记忆，未来还有什么意义？也许将来都会像二十多年前，诗人北岛所说："我对着镜子说中文。"隔了一会儿，北岛又说："祖国是一种乡音。"

# 打造一副让世界喜欢的面孔

> 日本曾把"哆啦Ａ梦"选作"国民大使"，中国也有
> 这样的大使吗？
> 恰恰是最朴实的农村老太太，言谈举止中还保留着老
> 祖宗的DNA。

## 平视

2009年3、4月份，我去拍《岩松看美国》，和十几年前去美国相比，明显感受到一些内心的变化。

二十世纪九十年代，出国人员要严格管理，还有一些特殊待遇。比如，国家会发一笔置装费，让你置办一身还不错的行头，给咱们社会主义中国争面子。于是，无论你去好莱坞还是迪斯尼，只要看见十几个人全穿着统一的西装，基本上就是中国人。

那笔置装费也体现了咱们跟世界之间的关系。从心态上说，我们很长一段时间，对"外国"都怀有一种非常复杂的

情绪，有好奇，有仰视，有自卑。我第一次去美国也是，满大街的车都不认识，看哪儿都新鲜。

一转眼十几年过去了，2009年春天这一次去美国，刚下飞机，从机场出来，我说先别去宾馆，去华尔街看一下。结果到了华尔街，就看到美国的两个废墟。一个是看得见的，"9·11"双子大厦的废墟，就在华尔街前面几百米，不知什么原因，重建工程也处于停工状态，让人触目惊心。当你一转身走进华尔街，又有另一个肉眼看不到的废墟——金融危机。当时华尔街也在维修，路面上堆着各种建材，它的确是需要维修的，从有形到无形。

眼前这一切，突然就会使你的心态发生很大的变化。短短十几年过去，中国人已经不用再仰视美国了。

所以我提出了一个概念，"平视美国"。不仅仅对美国要平视，而对整个世界都要平视。

平视有两层含义，第一层是不仰视，如今做到不难。第二层是不俯视，没必要因为中国GDP增长就沾沾自喜。我常说，任何一个国家都有优点，哪怕只有一个，您都先虚心地把它学来再说——这个也不容易。

日本是个忧患型国家，只要受到一点威胁就全民反思、全民警醒。中国却是乐天派民族，日子刚好点儿就开始莺歌燕舞，欢呼雀跃。有时候还会慈悲心泛滥，金融危机发生以后，中国人看美国，恨不得帮点儿是点儿：哎哟，看他们可怜的……再加上G2概念满天飞，咱们更找不着北了，真觉得中国和美国应该联手营救全世界。但这是真的吗？

## 脱敏

面对世界先学会平视，平视之后才有平和。

平和体现在哪儿呢？也分几个层面，先是脱敏。"脱敏"这个词用于政治领域，可能是我发明的，最早写在《南方周末》上。

举一个例子，当我九十年代第一次出国，脑海中会有很多纠结：方便面带还是不带？榨菜带还是不带？万一外国人挤对中国，该怎么说？第一次去台湾就更麻烦，涉及很多敏感的政治问题，一路都在琢磨：遇到国民党党员怎么办？那时候哪能想到国民党一转眼变成共产党最铁的哥们儿了，"青天白日"还等同于青面獠牙呢。更没敢想遇见民进党党员怎么办。

结果却很戏剧，离开台湾前一天，围在一桌吃饭的人，各党派都聚齐了：国民党、亲民党、新党、民进党……其中国民党党员就是邓丽君的哥哥。最后，所有的党都站在我党这一边，跟民进党那哥们儿干起来了。我说干起来可不是打架啊，而是喝酒。后果当然很惨烈。

经历了这样一个"脱敏"的过程，你就知道现实生活中的交往比想象中容易得多。当你能够将心比心去考虑他人的情感和感受，肤色、民族、党派上的差异都没那么可怕。

从人性角度说，人与人80%都是彼此相通的，所以我们都会被柴可夫斯基、贝多芬和莫扎特的音乐吸引，都会为迈克尔·杰克逊的离世感到悲伤。剩下20%的不同，可能是意识形态、受教育程度、价值观等，在交往中也都能找到解决的途径。

## 镜子

除了"平视"和"脱敏"，第三个关键词是"镜子"。看日本，看美国，看香港，看台湾，归根结底是为了看自己。

在日本、美国和欧洲，你会看到人们的眼神越来越单纯，商店关门越来越早，高楼大厦越来越少。二十世纪六七十年代的严重空气污染经过治理，蓝天白云正在回归。

从某种意义上井，中国正在重蹈他们当年的覆辙，空气被污染，水被污染，眼睛和心灵被污染。他们的简单，无论人际交往还是生活方式，会让复杂惯了的我们感到无所适从。

这是一个必然的经历。从世界这面镜子里，能看到我们的过去和未来。

## 软实力

近三十年来，中国在文化输出方面是严重逆差，进口太多，出口太少。这就说到了最关键的关键词：大国。

什么叫大国？中国与世界的交往中，不能仅仅依靠硬实力，硬实力有时候还会产生反作用力。在很长一个历史阶段里，中国 GDP 排名靠前的事实不会改变，从硬件角度来说我们足以自豪。那么豪华的饭店，那么宽的马路，那么多一模一样的机场，走遍世界也几乎找不到。

但是从软件的角度呢？

在东京最繁华的地段，红灯一亮没人横穿马路，绿灯一亮快速通过，想见到排队加塞是一件很困难的事情。

在德国开车是不限速的，时速超过 200 公里也 OK，但我几乎没见过有人不打转向灯突然别车、辅路进主路不减速的。

美国的校车拥有机动车中最好的质量，最高的安全标准，是每个学生都能享受的福利，由攻府出资运营了将近一百年。

国家的软实力，体现在一个又一个细节上，有价值的输出、理性的情怀，也有制度的人性化，民众的素养。也许中国的 GDP 二十年内能够成为世界第一，但要做到这些细节，起码还得五十年。

## 君子和而不同

最近一百年，请问中国在人类的价值观方面贡献了什么？只贡献了半个"和平共处五项基本原则"。为什么是半个？因为是跟印度等国一起发明的。而且它不是针对全世界，主要针对第三世界国家。此外，中国对整个人类的进步，尤其在政治框架和制度设计方面，没有太多贡献，很残酷，但这是事实。

这几年，中国开始提出"和谐世界"这个概念，大家有时候不去关心这些，觉得不过是一个口号。其实没那么简单，这是中国开始尝试为人类的发展寻找模式。这个概念应的是中国一句老话"君子和而不同"——君子之交，和睦相处，但各自保留不同之处，千万别成小人之交，因为"小人同而不和"，表面上都相同，但骨子里钩心斗角，不和睦。"君子之交"从根儿上说有戏，但实现起来需要过程。

第一，你自己是不是这样做的？你能不能让别人相信你会这样做？这就扯到另一个话题，弱国怎么震慑强国？首先你有置人于死地的武器，其次你说你敢用，再次别人真的相信你敢用。这就是毛泽东时代别人不敢小看你的重要原因。

如今在价值观输出方面你仍然可以套用这个逻辑。你有没有一个靠谱的理念？有没有努力推广并自我践行？别人愿不愿意接受？三个答案都是肯定的，才能在文化上碰撞出结果。

第二，文化传播要走民间通道，采取国家和政治之外的模式。如果你有机会代表中国走出去，政治在骨子里，不要显化在生活中，让人家不知道拿你当朋友还是当间谍。

一旦走出去，要讲究"民间外交"，但别真像外交官一样义正词严，一二三四陈述方针政策。您更多还得用人文的方式去跟世界交流。要相信共同的情怀、非政治化的解读、超越国籍的同理心，反而会得到润物细无声的结果。

## 中国的"哆啦 A 梦"呢？

"形象"二字，已经成为中国很重要的目标。目前我们需要两张面孔，一张是实力派，一张是亲和派。

实力派要排第一，没钱谁跟你玩？你以为人家喜欢中国，喜欢中国人民，其实人家喜欢的是中国人民币。反过来，当中国人民币具有足够吸引力的时候，中国人民和中国也会招人喜欢。拥有足够的政治影响力，别人就愿意跟你相处。拥有足够的外交影响力，就可以拥有话语权。

但是另一方面，我们又需要亲和的面孔。中国有自己的梦想，不会永远韬光养晦，不会永远把脑袋埋在沙子里。拿破仑说，中国是一头东方睡狮，醒了以后了不得。现在咱们真的醒了，少不了让人畏惧。

然后中国总跟别人解释，我绝不威胁你，不欺负你。但是换一个角度去思考，会发现你的解释其实缺少说服力。一个天天说自己不吃人的狮子，谁信哪？你用什么方法证明能吃人的狮子的确不吃人呢？

这个时候，就需要展现出另外一张面孔，可亲可敬可爱，我们现在非常欠缺。

国外有个调查，让我们很尴尬。你知道全世界的国家形象中，谁排第一吗？日本或加拿大。值得庆幸的是，中国游客虽然在很多国家都不受待见，好歹没排倒数第一。我们常常排在中间部分，比美国好一些。

所以对于中国来说，打造一张亲和的面孔就是艰巨而漫长的任务，在座的每一位，都肩负着这样的职责。有些事不妨向日本学学。

曾有一个相当于日本外交部副部长的人跟我聊天，说想选"哆啦 A 梦"作为日本的"国民大使"，为什么？世界各国的人可能语言不通，但一个印在 T 恤上的"哆啦 A 梦"就是共同的语言。

这话让我听了真是羡慕嫉妒恨啊。可是再恨日本人，你会恨"哆啦 A 梦"吗？中国也能有这样的"亲善大使"吗？

当然，孔子学院可以是这样的亲善大使，输出一些优秀的文化传统，给人家讲我们的儒释道。这又触及一个核心问题：作为传播者，你传播的东西你自己相信吗？

我们对传统文化礼仪的尊重和理解，已经远远不如几十年前。所以于丹、易中天、百家讲坛才会盛行一时。千百年来传承的东西，现在听着却挺新鲜，更何况还有那么多人没听过呢。

有一天我和倪萍一起坐飞机，她给我讲她姥姥的故事，讲着讲着就掉眼泪。老太太大字不识，门口来了要饭的，她一边布施一边还得说上一句，孩子吃不了这些，幸亏您来了，要不浪费了。路过的人渴得不行，讨口水喝，她把人家迎进门，烧上一锅热水，又说不差这点儿工夫，再加把米，就变成了一碗粥。这种尊重和善良，不就是文化吗？

这是最朴实的农村老太太，言谈举止中还保留着老祖宗的 DNA。我当时鼓励倪萍，一定把老人家的故事写下来，因为太稀有了。

在城市里，大学里，有学历没文化的人还少吗？如果你的行为非儒，非佛，非道，却以为穿上长袍就能代表孔子，在课堂上大讲特讲，真能影响别人吗？

打造一张可亲可信的面孔，任重而道远。

## "世界普遍的价值观"

中国跟世界的磨合，有很多层面。除了政治层面、外交层面，还有传媒层面。在传媒层面上，一定要以透明、开放、民主的姿态去跟世界交流。

去年的拉萨"3·14事件"，和今年的乌鲁木齐"7·5事件"，我们采取了截然不同的处理方式。前者基本上屏蔽，产生的效果是负面的；后者迅速向全世界公开，接受各国记者采访，得到的反馈是积极的。

到现在为止，也没有任何一个国家的政府部门和外交部门，在这件事情上对我们予以指责。这跟西藏的状况完全不同。当你敢于把事实展现给全世界，反而堵住了他们的嘴。

包括很多字眼，你也不要担心，可以大胆面向世界去谈人权，谈民主，谈自由。我在很多场合说过，党的十七大报告当中有两个关键词，一个是民生，一个是民主，而且谈得非常直率和尖锐，上来就说民主是社会主义的生命。

领导人在去年高调谈论老百姓要知情权、参与权、表达权和监督权。如果媒体做不到开放透明，政府做不到信息公开，老百姓怎么有知情权？如果没有政治体制改革，没有中国民主进程拉开大幕，老百姓上哪儿去表达和参与？最后，老百姓的监督权用来监督谁？自己监督自己啊？那是另一个国家，你知道的。在中国，指的是监督政府和监督法律的运行。

所以，如果你仔细研究过总书记和总理的讲话，就能够意识到一种变革，没什么可担心的，去国外照谈不误。

去年，总书记跟日本签署了第四份政治文件，有史以来第一次出现这样的表述："中国与日本将针对世界普遍的价值观进行定期磋商。"

所以，对一个越来越开放的国家，也要用越来越开放的方式塑造自己的形象。在座各位也是其中一个重要的环节，希望大家都取得成功！

**2009 年　吉林大学孔子学院培训班**

　　也许会有人对这篇文章的题目不太喜欢，"凭什么要打造一副让世界喜欢的面孔？爱喜欢不喜欢！"

　　不知道是不是人群中爱抬杠的人多，常常见到有人"不高兴"，"不高兴"可以，可不该"没头脑"。反问一句也许问题就容易说得清："难道拥有一个让世界不喜欢的面孔，对我们自己更好吗？"

　　提到德国，想到严谨的"德国制造"；提到法国，想到浪漫优雅；提到意大利，想到时尚、古迹……提到中国，我们该让世界想到什么？

　　前年在政协会上，我提出一个问题：总说要打造中国形象，讲好中国故事，可为什么从没有人告诉我们，我们要打造一个什么样的中国形象？是亲和的？是儒雅的？是活力的？还是……如果目标不明确，工作又如何能有效呢？

　　中国制造的产品占领全世界，中国每年出境的游客超过一个亿，可我们并没有因此打造出一个清晰而让世界喜欢的中国面孔。在中国不可避免地走上大国之路的进程中，这是一个大课题。

　　很巧，这篇文章的内容，是2009年给孔子学院培训班讲的。为打造友善的中国面孔，这些年我们以孔子学院的方式在世界各地耕作。但近两年，遇到相当大的障碍，显然，我们必须思考与世界交往的方式方法。遇到问题不可怕，可怕的是自说自话，不调整不前进。

# 我的故事以及背后的中国梦

> 中国人似乎在用望远镜看美国，美国所有的美好，都被这个望远镜给放大了。
> 美国人似乎也在用望远镜看中国，但我猜他们拿反了……

过去的二十年，中国一直在跟美国的三任总统打交道，今天到了耶鲁我才知道，其实他只跟一所学校打交道。但是透过这三位总统我也明白了，耶鲁大学的毕业生的水准也并不很平均。

接下来就进入主题，或许要起个题目的话，应该叫《我的故事以及背后的中匡梦》。我要讲五个年份，第一要讲的年份是 1968 年，那一年我出生了。

但是那一年世界非常乱，在法国有巨大的街头骚乱，美国也有，然后美国的肯尼迪遇刺了……但是这一切的确都与我无关。（1968 年 6 月 5 日，前总统肯尼迪的弟弟罗伯特·F·肯尼迪在洛杉矶遭枪击身亡。由于五年前，他的哥哥也是遇刺身亡，由此拉开"肯尼迪家族魔咒"的大幕。此事在当年震惊全美国。）

那一年我们更应该记住的是马丁·路德金先生遇刺，尽管他倒下了，但是"我有一个梦想"这句话却真正地站了起来。不仅在美国站起来，也在全世界站起来。

可惜很遗憾，当时不仅仅是我，几乎大多数中国人都不知道这个梦想，因为当时的中国人，每一个个人，很难说拥有自己的梦想。梦想变成了一个国家的梦想，甚至是领袖的梦想。

中国与美国的距离非常遥远，不亚于月亮与地球之间的距离。但是我并不关心这一切，我只关心我是否可以吃饱。因为我刚出生两个月就跟随父母被关进了"文化大革命"特有的一种牛棚，我的爷爷为了给我送点儿牛奶，要跟看守进行非常激烈的搏斗。

很显然，我的出生非常不是时候，无论对于当时的中国还是对于世界，似乎都有些问题。


第二个年份是 1978 年，我十岁。

我依然生活在我出生的那个只有二十万人的小城，要知道，在中国它的确非常非常小。它离北京的距离是两千公里，北京出的报纸，我们要三天之后才能看见。所以对于我们来说，是不存在"新闻"这个东西的。

那一年我的爷爷去世了，而在两年前我的父亲也去世了，所以只剩下我母亲一个人要抚养我们哥儿俩。她一个月的工资不到十美元。因此即使十岁了，"梦想"对我来说，依然是一个非常陌生的词汇，我从来不会去想它。

我母亲一直到现在也没有建立新的婚姻，是她一个人把我们哥儿俩抚养大。我看不到这个家庭的希望，只是感觉那时的每一个冬天都很寒冷，因为我所生活的城市离苏联更近。

　　但是就在我看不到希望的 1978 年，不光是中国这个国家，还有中国与美国这两个国家之间，发生了非常巨大的变化。那是一个我们在座所有人今天都该记住的年份。

　　1978 年 12 月 16 号，中国与美国正式建交，那是一个大事件。而在中美建交两天之后，12 月 18 号，中国的十一届三中全会召开了。今天你们知道，那是中国改革开放的开始。

　　历史，两个伟大的国家，一个非常可怜的家庭，就如此戏剧性地交织在一起。不管是小的家庭，还是大的国家，其实当时谁都没有把握知道未来是什么样的。

　　接下来该讲 1988 年了，那年我二十岁。已经从边疆的小城市来到了北京，成为一个大学生。

　　虽然今天依然有很多的人在抨击中国的高考制度，认为它有很多很多的缺陷，但是必须承认正是高考的存在，让我们这样一个又一个非常普通的孩子，拥有了改变命运的机会。

　　当然，这个时候美国已经不再是一个很遥远的国家，它变得很具体，也不再是过去那个口号当中的"美帝国主义"，而是变成了生活中的很多细节。我已经第一次尝试过可口可乐，而且喝完可口可乐之后，会觉得中美两个国家真是如此接近，因为它的味道几乎跟中国的中药是一样的。我也已经开始狂热地喜欢摇滚乐，那正是迈克尔·杰克逊还长得比较漂亮的时候。

　　更重要的是，这个时候的中国，已经开始发生非常大的变化，因为改革已经进行了十年。中国开始尝试放开很多商品的价格。这在你们会觉得是非常不可思议的事情，但在当时的中国是一个很大的迈进，因为过去的价格都是由政府决定的。

　　不过，也就在那一年，因为放开了价格，引起了全国的疯狂抢购。

大家都不知道这种状况会持续多久，于是要把一辈子的食品和用品买回家里。这标志着中国离市场经济越来越近了。当然那个时候没有人知道市场经济也会有次贷危机。

当然我知道，1988 年对于耶鲁大学来说也格外重要，因为耶鲁的校友又一次成为美国总统。

接下来又是一个新的年份，1998 年。

那年我三十岁，已经成为中央电视台的一个新闻节目主持人。更重要的是，我已经成为一个一岁孩子的父亲。我开始明白我所做的许多事情不仅要考虑我自己，还要考虑孩子及他们的未来。

那一年中美之间发生了一个非常重要的事件，主角就是克林顿。也许在美国你记住的是"性丑闻"，但在中国记住的，是他 6 月份的来访。

他在人民大会堂和江泽民主席召开了一场开放的记者招待会，又在北京大学进行了一场开放的演讲，两场活动的直播主持人都是我。

当克林顿总统即将离开中国的时候，记者问道："这次访问中国，您印象最深的是什么？"他说："我最想不到的是，这两场活动居然都直播了。"

不过直播让中国受到了表扬，却让美国受到了批评，当然只是一个很小的批评。在克林顿总统的北大演讲中，由于全程用的都是美方提供的翻译，因此翻译水准远远达不到今天我们翻译的水准。

我猜想很多中国观众知道克林顿的确一直在说话，但说的是什么，不太清楚。所以我在直播结束时，说了这样的一番话："看样子美国需要对中国有更多的了解，有的时候要从语言开始。"包括美联社在内的很多美国媒体都报道了我的这句话，但是我的另一句话不知道他们有没有报道，"对于中美这两个国家来说，面对面永远要好过背对背。"

也是在这一年的年初，我开上了我人生中的第一辆车。这是我在过去从来不会想到的，中国人有一天也可以开自己的车。个人的喜悦，也会让你印象深刻，因为第一次是最难忘的。

接下来我要讲述的是 2008 年，这一年我四十岁。

已有很多年大家不再谈论的"我有一个梦想"，这一年却又听到太多美国人在讲。看样子，奥巴马的确不想再接受耶鲁占领美国二十年这样的事实了。他用"改变"以及"梦想"这样的词汇，让耶鲁大学的师生为他当选总统举行了庆祝。这个细节让我看到了耶鲁师生的超越。

而这一年，也是中国梦非常明显的一年。无论是北京奥运会，还是"神舟七号"中国人第一次在太空中行走，都是中国人期待已久的梦想。但是，就像全世界所有的伟大梦想都注定要遭受挫折一样，突如其来的四川大地震，让这一切都变得没有那么美好。

我相信这个时候中国人对于生命的看法，跟美国人和世界上一切善待生命的民族都是一样的。八万个生命的离开，让每一个中国人度日如年。我猜在耶鲁校园里，在每一个网页、电视以及报纸里，也有很多来自中国和世界各地的人们，为这些生命流下眼泪。

但是就像四十年前马丁·路德金先生倒下，却让"我有一个梦想"这句话站得更高，站得更久，站得更加让人懂得其价值一样，更多的中国人也明白了：梦想很重要，生命更重要。

在北京奥运会期间，我度过了自己的四十岁生日。那一天我感慨万千，虽然周围的人不会知道。因为时间进入我生日那天的时候，我在直播精彩的比赛；二十四小时后，时间要走出这一天了，我依然在直播。

我觉得自己非常幸运，正是这样一个特殊的生日，让我意识到我的故事背后的中国梦。正是在这样的四十年里，我从一个根本不可能有梦想的边远小城的孩子，变成了一个可以在全人类欢聚的节日里，分享并传播这种快乐的人。这是一个在中国发生的故事。

　　同样是在这一年，中国和美国相距不再遥远，你中有我，我中有你，彼此需要。据说布什总统度过了他做总统以来在国外——而且是同一个国家——待得最长的一段时间，就是北京奥运会。菲尔普斯拿到了八块金牌，他的家人都陪伴在他身边，所有的中国人都为这样一个特殊的家庭祝福。

　　当然，任何一个梦想都会转眼过去。在这样一个年份里，中美两国几乎是历史上第一次同时发出了"我有一个新的梦想"的声音。这样的时刻，如此地巧合，如此地应该。

　　美国面临了一次非常非常艰难的金融危机，当然不仅仅是美国，全世界都受到重大的影响。昨天我到达纽约，刚下飞机，去的第一站就是华尔街。我看到华盛顿总统的雕像，他的视线总是永久不变地盯着证券交易所上那面巨大的美国国旗。非常奇妙的是，雕像后面的展馆里正在举行"林肯总统在纽约"这样一个展览，因此林肯总统的大幅画像也挂在上面，他也在看那面国旗。我读出了非常悲壮的一种历史感。

　　离开那个地方的时候，我对我的同事说了这样一句话："很多很多年前，如果美国发生了这样的状况，也许中国人会感到很开心，'你看，美国又糟糕了'。但是今天的中国人会格外地希望美国尽早好起来，因为我们有几千亿的钱在美国。"

　　我们还有大量产品等待着装上货船，送到美国来。如果美国的经济进一步转好，这些货品背后，就是一个又一个中国人增长的工资，是他重新拥有的就业岗位，以及家庭的幸福。因此，你明白，这不是一个口号的宣传。

　　过去的三十年里，你们是否注意到与一个又一个普通的中国人紧密相关的中国梦？我不知道世界上还有哪个国家，可以在三十年里，让个人的命运发生这么大的变化。一个边远小城市的孩子，一个绝望中的孩子，今天有机会在耶鲁跟各位同学交流，当然也包括很多老师和教授。

中国这三十年，产生了无数个这样的家庭。他们的爷爷奶奶依然守候在土地上，仅有微薄的收入，千辛万苦。他们的父亲母亲，已经离开了农村，通过考大学，在城市里拥有了很好的工作。而这个家庭的孙子孙女也许此刻就在美国留学。三代人，就像经历了三个时代。如果我没有说错的话，现场的很多中国留学生，你们的家庭也许就是这样，对吗？

那么，在你们观察中国的时候，也许经常关注的是"社会主义"或其他庞大的政治词汇，或许该换一个视角，去看看十三亿普通的中国人，看他们并不宏大的梦想、改变命运的冲动、依然善良的性格和勤奋的品质。今天的中国是由刚才的这些词汇构成。

过去的很多年里，中国人看美国，似乎在用望远镜看。美国所有美好的东西，都被这个望远镜给放大了。经常有人说美国怎么怎么样，我们这儿什么时候能这样。

过去的很多年旦，美国人似乎也在用望远镜看中国，但是我猜他们拿反了。因为他们看到的是一个缩小了的、错误不断的、有众多问题的中国。他们忽视了十三亿非常普通的中国人改变命运的冲动和欲望，使这个国家发生了如此巨大的变化。

我也一直有一个梦想，为什么要用望远镜来看彼此呢？我相信现场的很多来自中国的留学生，他们用自己的眼睛看到了最真实的美国，月自己的耳朵了解了最真实的美国人内心的想法，很难再被其他的文字或声音改变，因为这来自他们内心的感受。

当然我也希望更多的美国人，有机会去看看中国，而不是透过媒体去了解中国。你知道我并不太信任我的所有同行——开个玩笑。其实美国同行是我非常尊敬的同行，我只是希望越来越多的美国朋友去看一个真实的中国。我起码敢确定一件事情：你在美国吃到的即使被公认为最好的中国菜，在中国都很难卖出好价钱。

就像很多年前，中国所有的城市里都流行着一种"加州牛肉面"，人们认为美国来的东西一定非常好吃，所以他们都去吃了。即使没那么好吃，因为这是美国来的，大家也不好意思批评。这个连锁快餐店在中国存在了很久，直到越来越多的中国人亲自来到美国，发现加州原来没有牛肉面。

随着加州牛肉面的连锁店在中国陆续消失，我们知道了，面对面的交往越多，彼此的误读就越少。

最后我想说，四十年前，马丁·路德金先生倒下的时候，他的那句"I have a dream"传遍了全世界。但是，一定要知道，这句话不仅仅有英文版。在遥远的东方，在历史延续几千年的中国，也有一个梦想。

它不是宏大的口号，不只属于政府，它属于每一个非常普通的中国人。而它用中文写成：我有一个梦想。

2009 年　耶鲁大学

我并没有想过在耶鲁的这次交流获得了那么大的反响。

这本是在制作《岩松看美国》时，推不掉正在耶鲁工作的前同事之邀，一次"路过"性质的交流，甚至差点儿因未"提前上报"、不符合外事纪律而挨"处分"。

但沟通结束，它就像一个孩子，在互联网时代，有了它自己的生命生长历程，而后更有一个出乎意料的结果：由于被高层领导看见并首肯，最后这次沟通变成文字，居然在《人民日报》海外版及《光明日报》上全文刊登。这也开了一个纯民间交流的先河吧！

我不会为此昏头，认为自己讲得好。我想这可能是对一种与世界交流方式的肯定与期待——不是口号，是故事；不是严肃紧张，而是轻松活泼；不是分成你我，而是活生生的人。我愿意是因这些原因而被认同，并让未来改变。

其实，时任国务委员的戴秉国，有一场在美国的演讲也该被更多地传播。

当时，世界上有越来越大的声音，认为中国已不是发展中国家，而是已经进入发达国家的行列，因此，自然要承担很多中国还无法承担的义务。

要说服美国人，怎么办？

在庆祝中美建交三十周年的一次演讲中，戴秉国让美国人看了自己一张初中时的同学合影，五十多人中有一半已不在人世。说这话时的戴秉国不过才六十七岁，他的六个兄弟姐妹，在农村的三个都已离世。原因不复杂，戴秉国出生并成长于经济并不发达的贵州。生活条件的艰苦，是悲剧的原因。

还有什么比这更能说明，中国，是一个发展中国家呢？

现场的泪光、沉默与之后的掌声肯定着戴秉国的演讲。

看样，不管多大的政治或多小的交流，讲故事，将心比心，以人与人面对面的方式走进心灵，都是真正有效果的。

但愿我们不仅感动，也都能有所感悟。

# 说一个更好点儿的未来

（代后记）

白岩松／文

这是一本演讲集吗？可能很多人问。我要回答：不是。

因为，我一不会手舞足蹈地演，二不会义正辞严地讲。我只会说话或者与你聊天。

这是一本自传吗？不会有人这样问。可我还是想抢着回答：好像是。

因为在整理这本书的过程中发现，一路上与人聊天的话语，其实比写在纸上的覆历更真实地记录了自己在内心里走过的路。

接下来，这样的聊天可能还少不了，那么，还想说一些什么？

　　前几天，又翻开"东西联大"二期毕业生给我的留言册，其中一页上有这样几行字：老白，您还欠我一次课。有次我们的展示是"一个字概括你的未来"，我选的字是"公"，讲了"天下为公"和"公务员"。您说，应该加上一个"公民"，找时间讲讲"公民"这一课，我可一直期待着呢……

　　我想起来了，是说过，可能后来又忘了。其实，又没忘。带学生的过程中，每堂课都会或多或少地讲到这个内容，只不过，没专门用到"公民课"这个题目而已。这么想，是欠了同学的，那就欠一个人的还给一群人吧！在未来的每一个时间，与"公民"有关的沟通不会过时，我们都该试着讲一讲，认真地听一听。

　　我还想好好说说中国的 AB 面。

　　当下的中国，希望在 A 面，失望在 B 面；东部在 A 面，西部在 B 面……这样的 AB 面中国还有很多。

　　为什么一个民族，一方面说着"好死不如赖活"，另一方面又说"士为知己者死"；这边"大公无私""天下为公"，那边又"各人自扫门前雪，莫管他人瓦上霜"。我们为何如此分裂？

　　在信仰上，一方面，过年时让庙里香火缭绕；另一方面，却又是临时抱佛脚，人与佛成了互惠互利的商业关系。我们到底是信还是不信？

　　在公开的场合，我们常常主义、真理、礼义廉耻；可下了台家门一关，又是另一套语言逻辑。哪些是真话？哪些又是假话？

　　好事来了，人群中你争我夺，互黑互害互抢；可灾难来了，却又马上牺牲小我同呼吸共命运。一会儿让人瞧不起，一会儿又让人肃然起敬。

　　哪一面才是我们的面孔？我们是继续 AB 面分裂着，还是慢慢会有清晰的面容？

　　我们一起想，有空聊聊。

还想说说自由，这是一个总与我的职业连在一起的词语。如果说新闻的绝对自由，我没有；但人格与心灵上的自由，我有。

自由，不该只是字面上的，更重要的是心灵深处。没有内心真正的自由，就不会有独立而大写的中国人。因此，自由，并不仅仅是个被"政治化"的词汇，还该有它更可爱的面目。

当然，不都是这些大而空的选题，还有更多有趣的。比如，我很想讲一次古典音乐，我自己选出交响乐中最喜爱的第一乐章、第二、三、四乐章，它们各有魔力，有着不同的情感冲击。选出它们，不是为了构成一个新的交响曲，而是一个让人开心的游戏。通过这样的游戏，让更多人走进音乐的世界，滋养过我的，也该属于你。

在我带学生的课堂上，有一堂课，是讲"达明一派与香港问题的由来"，这是校园里不会有的课。哪一天，又可以讲回到校园里？

还有很多很多……

这个时候，可能有人会问了：题目千差万别，你其实是在说一些什么？在即将合上这本书时，我知道，无论说的是什么，都不过是在说一个更好点儿的未来。现实也许还有很多的无奈与失望，能支撑我们前行的依然是明天。说的时候，总觉得那更好的未来能靠我们更近一些。

在一个众声喧哗的时代里，或许可以篡改一下鲁迅先生的名言：

世上本没有路，说的人多了也就成了路！

2015 年 8 月　北京

**图书在版编目（CIP）数据**

白说 / 白岩松著 . – – 增订本 . – – 武汉：长江文艺出版社，2020.7（2025.5 重印）
ISBN 978-7-5702-1264-4

I. ①白… II. ①白… III. ①演讲 – 中国 – 当代 – 选集 IV. ① I267

中国版本图书馆 CIP 数据核字（2020）第 039896 号

# 白 说（增订本）
BAI SHUO （ZENGDING BEN ）

白岩松 著

选题产品策划生产机构 | 北京长江新世纪文化传媒有限公司
总 策 划 | 金丽红 黎 波
责任编辑 | 陈 曦 装帧设计 | 郭 璐 责任印制 | 张志杰 王会利
法律顾问 | 梁 飞 内文制作 | 张景莹 媒体运营 | 刘 冲 刘 峥 洪振宇
版权代理 | 何 红
总 发 行 | 北京长江新世纪文化传媒有限公司
电 话 | 010-58678881 传 真 | 010-58677346
地 址 | 北京市朝阳区曙光西里甲 6 号时间国际大厦 A 座 1905 室 邮 编 | 100028

出 版 | 长江出版传媒 长江文艺出版社
地 址 | 湖北省武汉市雄楚大街 268 号湖北出版文化城 B 座 8-9 楼 邮 编 | 430070
印 刷 | 天津盛辉印刷有限公司
开 本 | 710 毫米 × 1000 毫米 1/16 印 张 | 20.25
版 次 | 2020 年 7 月第 1 版 印 次 | 2025 年 5 月第 10 次印刷
字 数 | 280 千字
定 价 | 68.00 元
盗版必究（举报电话：010-58678881）
（图书如出现印装质量问题，请与选题产品策划生产机构联系调换）